Michael Wildenhain

Das *Singen* der *Sirenen*

Roman

Klett-Cotta

gewidmet denen, die ich liebe

FSC
www.fsc.org
MIX
Papier aus verantwortungsvollen Quellen
FSC® C014889

Klett-Cotta
www.klett-cotta.de

Printed in Germany
Cover: Anzinger und Rasp, München
unter Verwendung des Fotos »Untitled« by Jack Davison
Gesetzt von Dörlemann Satz, Lemförde
Gedruckt und gebunden von Friedrich Pustet GmbH & Co. KG,
Regensburg
ISBN 978-3-608-98304-3

Daß das Edle im Menschen, erworben in jahrhundertelangen Prüfungen und Irrtümern, darauf beruhe, die Materie zu beherrschen … Daß über die Materie siegen, sie begreifen bedeute, und daß das Begreifen der Materie notwendig sei, um das Weltall und uns selbst zu begreifen; und daß somit das periodische System … Poesie sei.

Primo Levi

Die schöne Russin, die nie eine Russin gewesen ist, kaut ungeduldig an ihrem rechten Daumen, treibt mit den lackierten Nägeln der Linken einen raschen Rhythmus ins Armaturenbrett.

Sie, asiatische Augen, hohe Wangenknochen, künstlicher Dialekt, hat ihn nach Paris eingeladen, mit ihm ein Festival in Montevideo, am Rio de la Plata besucht, ihm in Almaty, am Deutschen Theater, angeboten, er könne ein Stück für sie, die Regisseurin, schreiben – sie, Wunschbild aller Männer: Spielleitern, Intendanten, Schauspieldirektoren, hat ihm zu verstehen gegeben, dass er talentiert sei, sie den Willen, die Kontakte habe, dass er über den Stoff verfüge, sie zu ziemlich vielem, mit ihm, entschlossen sei.

»Deine Entscheidung.«

Sie hupt, sie denkt an die Nächte mit ihm, im Hotel, in ihrer Wohnung, sie hofft, dass er sich umdreht, seinen Rucksack über die rechte Schulter wirft und über den kleinen Parkplatz zu ihr herüberkommt.

Schließlich betrachtet sie erneut die rauchende Frau in Joggingmontur, die auf der Holzbank am Rand des Spielplatzes kauert, mit der blondierten Strähne des ungekämmten Haars spielt.

Kippe. Ausgedrückt. Nächste Zigarette.

Sie indes, schöner als jede, die er bisher kennen gelernt haben dürfte, schüttelt sich, zieht, die Hand auf der Hupe, eine Augenbraue hoch, umfasst mit den Fingern den Zündschlüssel des Wagens.

Gestern noch haben sie über seine Pläne gesprochen: endlich das zweite Stück beenden, in London, besser Paris anbieten, ein Thema, kaum aktueller zu denken. Sie habe unterdessen nicht nur Kontakt zu einem Pariser Theater, gut, Banlieue, aber das passt doch, sondern auch zu einer deutsch-französischen Agentin, altehrwürdige Abstammung: von Bismarck, was willst du mehr? Deine Entscheidung.

Verdeckt von einem Gebüsch, dessen Zweige das baldige Ende des Sommers ahnen lassen, dreht sich der junge Mann, der einen für den Spielplatz zu mächtigen Rucksack behutsam neben sich abstellt, zögernd um.

Sein Sohn, noch eben versunken ins Spiel mit seinen Backformen, scheint den Blick des Vaters im Nacken zu spüren, sodass er sich langsam aufrichtet, sich von der langen Reihe sorgsam geformter Sandkuchen abwendet, um die wenigen Schritte auf seinen Vater zuzugehen, den er hinter einem Holzschiff, der Arche Noah, bei der seit Tagen errichteten, nunmehr fast fertiggestellten Sandburg mit trutzigem Bergfried nicht vermutet – weiß. Der Vater ahnt den Schatten, der das Gesicht seines knapp vierjährigen Sohnes im nächsten Moment zeichnen wird, hört das verhaltne Hupen der wartenden Begleiterin, das knappe, trockene Geräusch, hört, wie der Wagen, ein Allrad-Jeep, mit dem man Gebirge über-, Wüsten durchqueren kann, auf dem Miere bewucherten Parkplatz anspringt, der ans Areal mit Wippen, Rutschen, Sandkästen und Basketballkörben anschließt.

Kurz mustert er die rauchende Frau, in sich versunken auf der Holzbank, die ihn nicht bemerkt, nicht bemerkt haben will: nikotinfarbene Fingerspitzen, Brandlöcher in der Joggingkluft, Kippe, Feuerzeug, nächste Zigarette. Kein Blick, keine Beachtung. Kein Suchen nach Sandburg und Sohn.

Wiederholtes Hupen – deine Entscheidung.

Er denkt an die Nächte in der Wohnung der Regisseurin, den Theaterunterkünften, den Hotels, wirft den monumentalen Rucksack über die rechte Schulter, hört, wie der Jeep mit der schönen Russin in seinem Rücken ruckartig anfährt, bricht eine verdorrte Knospe von einem spillerigen Ast, gibt dem geölten Gittertor, Zugang zum Buddelplatz, einen Stoß, setzt sich samt viel zu großem Gepäck und ohne die rauchende Frau auf der Holzbank zu beachten neben den Jungen, seinen Sohn, in den Sand, der, beharrlich in seiner Sorgfalt, die Mauern der Festung wie auch die Wände des Burggrabens mit der Metallschippe glättet und seinem Vater den Eimer mit Eierpampe gnädig überlässt.

ARRIVAL HEATHROW AIRPORT

1 – Charterhouse Square

»You look so lost.«

Sie lächelt, während er, den Schlüssel in der Hand und dennoch ratlos, vor dem Backsteingemäuer steht. Die Kleidung vom Nieselregen durchweicht, sucht er nach einer Klingel, einem Eingang unter dem tropfenden Torbogen, hofft, in der dunklen Durchfahrt auf jemanden zu treffen, der ihn empfängt, ihm den Weg weist: in seine Wohnung, die er hier, neben der *Pestwiese,* so wird er's morgen auf einer Messingtafel lesen, längst nicht mehr vermutet.

»Ist leicht zu finden«, hatte der Student am Eingang zum Campus hurtig gesagt, wo er, nervöses Trippeln auf der Stelle, ihn immerhin erwartet hatte. »Paar Stationen mit der Tube, keinerlei Problem, dann zum alten Unigelände, Medizin, Zahnmedizin: Dean-Rees-House, Charterhouse Square.« Flugs war der Junge, ein Milchgesicht, wieder verschwunden.

Bei Feuer Hast!

Unwillkürlich das Schild im Treppenflur des Plattenbaus vor Augen, Dreiraumwohnung in Hellersdorf an der Berliner Stadtgrenze, die er seit einiger Zeit mit Frau und Kind bewohnt.

Wollte was sagen, rufen, doch kaum dass er den Koffer samt der beiden Rucksäcke auf dem Londoner Campus abgestellt hatte, war der Student nicht mehr zu sehen – Tutor vielleicht, der »noch etwas zu erledigen habe«, der auch in den folgenden Tagen stets etwas zu erledigen haben, ihm, immer in Eile, nicht in die Augen blicken wird.

Paar Stationen mit der Tube. Danach die Beschreibung, die er sich am Ausgang der Station Barbican mit Mühe meinte, erneut ins Gedächtnis gerufen zu haben. Dann aber, unweigerlich: falsche Treppe, falscher Ausgang. Die Überführung, Neubaublocks: über ihm, neben ihm, unter ihm, zwielichtig irgendwie.

»Nicht die Überführung zu den Blocks – Charterhouse Square! Da ist meist noch ein Hauswart, selbst um sechs.«

Klar.

Kein Hauswart. Auch klar.

Jetzt steht er vor den Backsteingebäuden, Dean-Rees-House, düsterer, schöner als Block und Plattenbau, unsicher, ob er den Weg nicht doch verfehlt hat und auf der anderen Seite der zahnmedizinischen Fakultät, der alten medizinischen Labore, gelandet ist.

Hatte der Student nicht Ähnliches erwähnt?

Simon, Sam – wie war noch der Name? Schau mir in die Augen, Simon, guck mich doch mal an, ich stehe vor dir.

You look so lost. Der Koffer. Der erste, dann der zweite Rucksack. Zusätzliches Gepäckstück. Einhundert Euro extra am Flughafen Schönefeld. Einen Rucksack hinten, einen vor der Brust. Wie er es hasst, in Gegenwart einer Frau zu schwitzen. Dieser Frau zu schwitzen. Ähnlich jung wie der Student, Tutor mit Schlüssel, Meister des raschen Rückzugs, aber eine dunkle, mäßig dunkle Haut.

Das Gesicht im Schatten, und als die Lampe oben am Torbogen erlischt, wirkt sie beinahe wie ein Geist, »my name is Mae«, fast unsichtbar, trotzdem sieht er sie lächeln.

»Oh, you are from Germany?«

Die geraden, weißen Zähne sollen ihm wohl sagen, sie habe den Klebstreifen mit dem Gepäckkontrollabschnitt am Rucksack vor der Brust sofort entdeckt.

Wohin er denn wolle?

Heben der Schultern. Wisse er nicht so genau.

Grinsen, ungläubiges Lächeln, knapper Ruck der linken, nein, der rechten Braue – ja, es gebe, gleich hier, eine Pforte, eine kleine Tür.

Während sie ihn mit einer Geste auf den Eingang im Windfang hinweist, gleitet ein Blatt aus einem leuchtstoffbunten Umschlag, Kladde, die unter der Achsel klemmt, und segelt in eine Pfütze ihr zu Füßen.

Deckblatt zu einem Vortrag über – Stammzellen? Deren Gewinnung? *Stem Cells* liest er in ultramarinblauer Schrift, der Rest liegt im Schatten. Übergroße Buchstaben, deren Tinte im Regen, noch schwimmt das Blatt in dem Rinnsal unter dem tropfenden Torbogen, zu verfließen beginnt.

Sie bückt sich, er bückt sich, eine Bewegung. Koffer längst nass, Rucksäcke auch. Sanft stößt seine Stirn an ihre.

Fühlt er den feuchten Ansatz der Haare, hebt seinen Kopf. Meint den Duft ihrer Haut, eines Parfüms, Shampoos zu riechen. Rosen? Rasen? Keine Ahnung, alles vermischt mit dem Londoner Niesel, stockender Kleidung. Blickt ihr in die Augen, als sie, die Tinte des Titels zieht Fäden, beim Griff nach dem Blatt seine Finger berührt. Ein Moment des Verhaltens, Verweilens, die Gesichter – keine zehn Zentimeter voneinander entfernt. Wenn ihr euch vorbeugtet, träfen sich unweigerlich eure Lippen.

Schmecktet ihr euren Atem. Schlösse sie ihre Lider. Spürte er die geraden, weißen Zähne.

Nicht dass sie zurückführe, hochschreckte, sich in abrupter Bewegung von ihm, dem Fremden, abwendete, dies sei ein Versehen, vielleicht feixte, ironischer Zug um die Winkel des Mundes, dennoch, sie lässt von dem Blatt.

Gibt die Berührung der Finger, der Kuppen, behutsam beinahe, auf. Erhebt sich, ebenso er.

Das Deckblatt ihres Handouts wird in der steten Feuchtigkeit unterm Baldachin des Bogens nachgiebig und weich. Während die Buchstaben ihre verfügte Form verlieren, die Schrift sich im flachen Wasser der kaum bewegten Pfütze langsam anfängt aufzulösen, hält er den Blick am Boden. Weiß nichts zu sagen, sich nicht zu bewegen, tastet nach dem Griff seines Koffers, wünscht sich, er wäre nicht hier.

Dann stehen sie voreinander. Er sieht sie an und schweigt.

»Bist du verrückt? Oder einfach nur pervers?«

Sagt sie. Nein, schreit sie, als sie die Illustration aus den 20er-Jahren sieht, die mechanische Liebhaberin mit dem mächtigen Dildo, die er in das Buch eingelegt hat. Das Buch, das ihn seit Monaten, seit Jahren schon begleitet.

Es ist nicht das Bild allein: albernes Bild, harmlos. Im Stil eines Filmplakats, *Metropolis*. Es ist der Text, den sie auf seinem Schreibtisch entdeckt und in die Hand genommen, in die Finger bekommen hat: treffendes Idiom.

Nie interessiert sie sich für seine Arbeit. Nie hört sie ihm zu, wenn er länger als eine Minute darüber spricht. Fühlt sich angegriffen, wenn er ihr etwas erklären möchte. Sie, seine Gefährtin, Frau seines Lebens.

Ja, sie mag ja durchaus recht haben, er neigt zum Dozieren, ja. Aber wie soll er ihr nahebringen, was er den Tag über tut? Auch während der Nächte, wenn sie schläft, erschöpft von der Arbeit im Lager des mächtigen Supermarkts. Der nicht nur sie, sie beide und ihr Kind, den Sohn, der auch die Umgebung durch bloße Präsenz erstickt.

Nein, es ist nicht nur das Bild, die Abbildung – es ist der Text. Manifest einer Gender-Forscherin, der Name, Beatriz Preciado, steht für: *Kontrasex.*

Dildo und Anus statt Penis und Vagina.

Beschrieben ist eine Übung, bei der sich ein Transvestit, Prinzessin der Schmerzen, passend mit Dornenkrone und an intimer Stelle mit Stahlnadeln gepierct, den Hackenschuh in den Arsch rammt.

Verrückt? Oder einfach nur pervers?

Sie schreit ihn an, obwohl das Kind – längst kein Kind mehr, ein Junge – im Nebenzimmer schläft.

Wie jung sie einmal war, wie unbesiegbar.

Gift und Galle, Schwefel und Asbest.

Sie hat ja recht, denkt er.

Ich bin zu alt, ich bin ein Mann, ich kann das Abgefahrenste – Habil, klingt irgendwie arabisch – in meine Arbeit einschreiben: ich werde keine Chance haben, und darum hat sie recht.

Obwohl sie etwas anderes, Grauenerregenderes meint: das Unverständnis, das uns hier, im fast vergessnen Hellersdorf, auseinandertreiben lässt, die Fremdheit füreinander, die den Graben tiefer und tiefer einschneidet. Ihr Unvermögen, einzusehen, dass nun mal nicht jeder ganz Tat und Handeln, ganz Augenblick und Praxis ist – Primo Levi hat ihn, Sandro Delmastro, so beschrieben: den ersten, der vom Piemontesischen Militärkommando der Aktionspartei fiel.

Dann wird sie wieder zutraulich, redet trotz ihres Alters von einem zweiten Kind. Gleich darauf so, dass ihn die Angst des Anfangs packt: doch, doch, ja, ja, er weiß es noch – Köder, animalisch, Furcht, von ihr verschlungen zu werden.

»Sorry.«

Mae, das Gespenst, guter Geist von London, drückt den Schalter in der Nische. Und weil der Glühstrumpf der Birne wieder leuchtet, erkennt er, nicht jung, nicht alt, so irgendwie dazwischen, dass sie nun wieder lächelt, grinst, da er so tumb im regennassen East End steht, ihn anblickt, prüfend betrachtet und ihren Kopf schüttelt.

Während er, noch spürt er an der Stirn die Spur ihrer Berührung, nickt, als wisse er, als wisse er nun endlich, wohin er müsse, wo er sei, dass ihn jene Wohnung, hier in historischem Gemäuer, ihn, den aufstrebenden Wissenschaftler, hell und warm erwarte – auch eine dieser Lügen: *Writer in Residence.*

Später wird sie ihm die Labore zeigen, die Kelleranlagen, wo sie, wenn auch in – noch! – nachrangig dienender Funktion, der Forschung nachgeht, ihrer Forschung: am Leben, wie er's insgeheim und nur für sich benennt. Sie, das weibliche, das dunkelhäutige Pendant zu jenem Arzt, den Mary Shelley in ihrem unvergleichlichen, weit über allem stehenden Roman verewigt hat. *Der Unhold … die Züge gezeichnet von Bosheit, bitterer Verachtung, maßloser Qual … ein Geschöpf, grauenvoll, zu hässlich fürs menschliche Auge.*

Wie das alles ausgegangen wäre, wenn er, mein Gott, wie lange ist das her?, fortgegangen, hier gelandet wäre. Im London der Labore: wie funktioniert das in den Filmen? Starkstrom, der Homunkulus auf einem Tisch mit Gummituch. Der Verputz der Wände roh. Die Armierung, rostig, blinkt unterm Beton hervor. Feuchtigkeit, auch das. Stiefel dickster

Gummisohlen, dann unvorstellbar hohe Voltzahl, elektrischer Schlag und das Geschöpf erwacht: warum nicht weiblich?

Jetzt steht sie also vor ihm, dichter, als es sich – ziemt?

Seltsames Wort, denkt er.

Denkt es nur wegen ihrer Hautfarbe, wegen der hochgeschlossenen Bluse, deren Kragen er unter der nachlässig geknöpften Jacke, einer Regenjacke, gerade erkennen kann. Sie trägt einen Schirm bei sich: pink, nicht aufgespannt. Sodass ihr Haar, tropfnass und dunkel, kaum bedeckt von der Kapuze, die nur den Haarknoten im Nacken vorm fiesen Niesel, der Londoner Feuchtigkeit schützt, an Stirn und Schläfen klebt. In Strähnen haftet es daran, und trotzdem ist sie schön, denkt er, obwohl ihre Erscheinung, jetzt, in dem schmalen Eingangsbereich, Pforte unterm Torbogen, Amalgam aus Schatten und plötzlich wankender Beleuchtung, durchaus jämmerlich wirkt.

Aber das Lächeln, so kommt es ihm vor – *you look so lost* –, scheint aus ihrem Innern nachzuglühen, gibt Körper und Gesicht die Wärme, die er im Londoner Regen dicht neben sich zu spüren meint, zu spüren und zu brauchen, als sie, da er den passenden Schlüssel in dem antik wirkenden Schloss gedreht und die Metall beschlagene Haustür geöffnet hat, mit ihm den Korridor betritt – als habe sie Sorge zu tragen, dass er seine Wohnung, die sich im ersten Stockwerk befinden soll, tatsächlich unversehrt erreicht. Während sie vor ihm im engen Flur steht, wünscht er mit einer Wucht, die ihn wundert, sie möge bleiben.

Möge sich zu ihm setzen, für die verbleibenden Stunden des Abends, von denen er nichts mehr erwartet in dieser verregneten Stadt. *Loneliness of the Long Distance Runner.* Möge mit ihm die Zeit verbringen: sie säße auf dem Stuhl am Fenster, dem einzigen Stuhl in der Wohnung, vom Küchenhocker abgesehen, er säße auf dem Bett. Unsicher, ob er darauf drängen solle, sie möge sich doch zu ihm, neben ihn auf das Deckbett setzen. Der Tee? Stünde auf einem Sekretär, Tischchen, einzigem Möbel, neben dem Bett mit Baldachin, nächst dem rötlich-braunen, überhohen Schrank, Furnier aus Eiche.

Sie begleitet ihn bis zur Treppe, verharrt am Fuß: zögernd, meint er zu erkennen. Doch dann lacht sie – »nice to meet you, but I've got to go«.

Schon wendet sie sich ab. Und er? Weiß nicht, wie er sie halten soll. Wie sich verhalten? Weiß nicht, was er nun sagen soll, ohne plump zu wirken.

Your phone number? Email address? Schweigt.

Als sie sich umdreht, ist es zu spät, einmal dem Fehlläuten gefolgt – er wird, sobald er die Treppenstufen hinaufgestiegen ist, feststellen, dass sich im Zimmer kein Tisch befindet, dass die Küche, das wird ihm mehrfach widerfahren, abgeschlossen worden ist, dass man die Heizung abgestellt hat, dass es kein warmes Wasser gibt, im riesigen Bad mit der ausladenden Badewanne. Es sei denn, er bereitete sich eine Portion nach der nächsten im Wasserkocher, der neben dem Kästchen mit dreieinhalb Teebeuteln, vier Zuckertütchen und einem Kaffeeweißer steht, dessen Haltbarkeit deutlich in der Vergangenheit liegt. Das große Bett ist klamm und frisch bezogen.

Jetzt dreht sie sich um, läuft von der letzten Stufe der Stiege durch den dunklen Korridor zur Tür, er hört das Schlagen, »bye«, das Schnappen des Schnappers im Schloss.

Später wird sie ihn manchmal mustern, den Kopf schütteln, wenn er sich wundert, worüber sie forscht, was für Dinge ihr Interesse wecken: Embryonen als Stammzellenspender in einer Petrischale. Das sei in Deutschland verboten, doch hier …

In Indien gebe es Kliniken, da züchte man künstliche Hornhaut.

Später wird sie die Schultern zucken, die Achseln heben, ihn auslachen ob seiner seltsamen Bedenken, seinem Gerede von Mary Shelley – ja, sie habe das alles gelesen, damals, in der Schule.

»Hertfordshire. Hockerill. College. Highest ranking.«

Später wird sie sagen: »Du weißt nicht, was du willst. Du bist ein Weißer.«

2 – Stadtbad Schöneberg

»Spring doch«, sagt er leise, »ich bin bei dir.«

Sein Sohn, der am Ende des Einmeterbretts verharrt, der den Geräuschen des Hallenbades zu lauschen scheint: dem Hall, den die Wasseroberfläche nicht bricht, sondern zurückwirft, sodass man für Momente den Eindruck bekommt, von einer Wand aus Worten, Lauten, aus Schall und Geräusch umstellt zu sein, eingemauert, sein Sohn, der nach unten blickt, einen Meter, einen weiteren Meter, der in die farblose Tiefe des Beckens bis hinab zu den Kacheln des Grundes der vier Meter betragenden Absenkung unter den Sprungbrettern blickt, Kacheln, die dunkler scheinen, blauer als die Kacheln oberhalb des an die Ränder schlagenden, in der Überlaufrinne verschwindenden, nach gechlorter Sonne riechenden Wassers.

Ohne einen Fuß zu bewegen, die Zehen verkrallt in das raue, schwarz glänzende Fiberglas, im Rücken nur das Metallschild, das die Erlaubnis, vom Brett zu springen, vorläufig suspendiert, sowie einen Bademeister, einen beleibten, geduldigen Mann, der die Schwimmkurse der Kleinen an den Nachmittagen beaufsichtigt, blickt sein Sohn hinunter auf das Wasser.

Behütet von jenem Schwimmmeister, der, die Arme vor der Brust verschränkt, seit zwei Minuten wartet, seit zweieinhalb Minuten, reglos und still. Wartet, ob der Junge, den er kennt, gut kennt, der es heute bis ans Ende des wippenden

Stegs geschafft hat, in das Becken springen wird. Ein Junge, kein schlechter Schwimmer, der von einer Lähmung befallen ist, einem unerwarteten, rätselhaften, wiederkehrenden Zustand ähnlich einem Krampf, der niemandem vertrauter ist als dem dicken Herrn der Halle, der Obacht gibt, was geschieht.

Ein Zustand, eine Lähmung, die niemand inniger zu lösen wünscht als der Mann am Rand des nun ruhigen Beckens, der bis zur Brust im Wasser steht und wartet.

»Spring doch. Ich bin bei dir.«

Ohne eine Hand, einen Finger zu bewegen, ohne sich umzudrehen oder den letzten Schritt in die Tiefe zu wagen, ohne zu weinen oder etwas zu sagen, blickt der Sohn, indem er den Kopf wie gegen einen Widerstand bewegt, zu seinem Vater hinüber – der, nach einer gelungenen Krampe, Zapfen, einem Sprung, der das Wasser über ihm wie in einem Schacht hat zusammenschlagen lassen, eilig aufgetaucht ist, um zum Rand zu paddeln und seinem mutigen Sohn bei dessen Wagnis zuzuschauen.

Der Vater nickt und lächelt. Ahnt trotz geheuchelter Zuversicht, dass das Vorhaben seines Sohns – eben ein Klacks, nun ein Schrecken – im Angesicht des geduldigen Schwimmmeisters ein weiteres Mal scheitern wird.

»Spring doch«, sagt er leise, das stete Glucksen des Wassers am Überlauf im Ohr.

Sein Sohn wendet den Blick.

Und er, der Vater, die linke Hand am Rinnenrand, die rechte unwillkürlich zur Sprunganlage vorgereckt, meint, ein Zucken der Schultern seines Sohnes zu erkennen, ein Zucken wie an den Tagen, wenn der Sohn den Gang zum Kindergarten mit feuchten Augen verweigert: den Kopf senkt, nicht redet, die Achseln hebt – sein Sohn, der die Füße stillhält und hoch zum Dreimeterbrett schaut.

Dort drückt sich, die Fiberglaskante umfassend, seine Mutter, deren Muskulatur sich abzeichnet wie vom elastischen Stoff des enganliegenden Badeanzugs eben erzeugt, mühelos in den Handstand.

Sie, die seit Wochen, Monaten in Jogginghose, Sweatshirt auf die Straße wie auch zur Arbeit ins Lager des Supermarkts geht, erscheint dem jungen Mann, der sich an die Umrandung der Überlaufrinne klammert, den gereckten Arm in der Luft, als zeige er auf etwas von Gewicht, während der Bademeister, die Trillerpfeife baumelt ihm vor der behaarten Brust, sich ein Grinsen versagt – sie, seine Frau, erscheint ihm wie ein wiedererstandenes Wesen aus einer Zeit, an die er sich inzwischen kaum noch erinnern möchte.

Als sie sich, während die Hände sich vom nachwippenden Kunststoff des Sprungbretts lösen, kontrolliert vornüber fallen lässt, den Oberkörper in einer vorschnellenden Bewegung zu den gestreckten Beinen bückt, einen Augenblick berühren ihre Brüste die gespannten Schenkel, die sie mit den nachgreifenden Händen fest umfasst, und während das Gesicht zwischen den geschlossenen Knien zu verschwinden droht, als sie, derart gebückt, der Oberfläche entgegenstürzt und er, der Mann am Rand, sich fragt, ob sie ihren Sohn nicht hat beachten wollen oder wegen des Sprungs nicht hat beachten können, als sie, die gestreckten Arme an Wange und Schläfe pressend, die Fäuste, bevor sie eintaucht, ballt und als die Geräusche der Halle für einen Moment zurücktreten, geht ein Ruck durch den Rumpf des Sohnes und es scheint, als springe auch er.

Obwohl ihr Körper: Pfeil, Fasern, Wille, das Wasser des

Sprungbeckens teilt – gelernt ist gelernt: kaum Spritzer –, verharrt der Sohn, erstarrt seit Minuten, weiterhin am Ende des Einmeterbretts. Im Rücken den ihn im Auge behaltenden Bademeister, dessen verschränkte Arme sich, als die Mutter auftaucht, leicht gelockert haben.

Sie krault mit wenigen Schlägen zum Rand, schenkt dem Kuss des Mannes an der Rinne kaum Beachtung, mustert ihren Sohn, der den Blick erwidert.

»Spring«, sagt sie leise. »Mama ist bei dir.«

3 – Queen Mary University

Klopfen. Erneutes Klopfen. Die Tür geht auf, die Tür geht zu, fällt hinter ihr ins Schloss.

»Oh, am I late?«

Maes Lächeln. Kokett, ein wenig spöttisch. Frech.

Der Seminarraum, Souterrain: kein Fenster, Leuchtstoffröhren. Schlagartig hell, so scheint es ihm, luftig und licht, während er vorn am Overheadprojektor die statisch aufgeladene Folie ungeschickt knickt: das an die Wand geworfene Bild, Landschaft aus Schnörkeln, schliert, verschmiert, weil er die Klarsichtfolie auf die Glasplatte des Tageslichtprojektors drückt, sodass der dunkelgrüne Satz verwischt, weil er, der Seminarleiter, statt des wasserfesten den löslichen Stift benutzt hat – das machen die absichtlich hier mit mir.

Maes Lächeln. Augenaufschlag. Seitlich geneigter Kopf.

»Entschuldigen Sie bitte. Aber meine Bahn hatte Verspätung.«

Die Blicke der wenigen Teilnehmer des Seminars: *Literarisches Schreiben unter spezieller Berücksichtigung* … wenden sich ihr zu.

»Dürfte ich dennoch an Ihrem Seminar teilnehmen? Herr Dr. …«

»Krippen. Jörg Krippen.«

»Dürfte ich also trotzdem …?«

Die Blicke der wenigen Teilnehmer des Seminars wandern, wie an der Schnur gezogen, gemächlich von ihr zu ihm.

Warum spricht sie deutsch? Warum kann sie – deutsch?

Ja, im Seminar soll deutsch gesprochen werden, aber wir wissen doch alle …

»Ja, natürlich«, sagt er.

Knittert die Folie vom Projektor. Weiß, dass er zu hastig redet. Sich zu hektisch vorn vor den Versammelten bewegt.

Woher weiß sie von dem Seminar? Als Medizinstudentin? Oder Assistentin der – *klinischen Physiologie?*

Hatte sie am Dean-Rees-House nicht Ähnliches erwähnt?

Schmeißt die unbrauchbare Folie eilig in den Papierkorb. Murmelt: »Gut. Dann wären wir wohl vollzählig. Ich erläutere Ihnen, was ich von Ihnen erwarte.«

Den ersten Tag in London empfindet Jörg Krippen als schrecklich.

Am Donnerstag ist er in Heathrow gelandet, hat das Zimmer – keine Wohnung, ein Zimmer – neben der Pestwiese bezogen. Ist ihr begegnet. Hat am folgenden Vormittag alle fünf Minuten aus dem einzigen Fenster gespäht, in der Hoffnung, er sähe sie wieder. Könnte, die schmale Treppe kein Hindernis, hinaushuschen: aus der festungsartigen Toreinfahrt, dem Bogen, dem nur das Fallgitter fehlt. Ihr entgegen, »hallo« sagen, »ich bin gerade … auf dem Weg zum … um mir …«, sich um ein ruhiges Atmen bemühend. Wahrscheinlich vergeblich, egal, nach den englischen Wörtern müsste er sicherlich suchen. Sie aber wäre längst stehen geblieben, unterbräche ihren Weg: zu Vorlesung, Labor, Experimenten, um ihm ihren Namen, den vollen Namen zu nennen: Mae … Ihm zu sagen, dass sie sich freue, ihn hier, so wohlbehalten, wiederzusehen.

»Tragen Sie sich doch bitte auch in die Liste ein: Namen, Mailadresse, Ihre Handynummer. Nur, wenn Sie mögen …«

Die ersten Tage empfindet Jörg Krippen als grauenhaft.

In der Nacht vom Donnerstag auf den Freitag überfällt ihn ein ungeheurer Hunger, kaum dass er eingeschlafen und sofort wieder aufgewacht ist. Als er die Augen aufschlägt, wird ihm erst nach Sekunden klar, wo er sich befindet. Die Momente, die ihm vorkommen, als halte ihn ein Traum, der ungewohnt real wirkt, gefangen, machen ihm Angst. Eine Angst, die ihn entscheiden lässt, dass es sinnlos sei, noch einmal hinaus auf die Straße zur Station Barbican zu gehen, um etwas Essbares zu kaufen. Gibt es in London eigentlich einen Spätkauf? Tankstellen, die nachts geöffnet sind?

Am Freitagnachmittag trifft er Simon – Sam? Und als er ihn fragt, ob er am Abend, oder am Sonnabend, mit ihm essen gehen wolle, erwähnt der Tutor einen »Freund aus Frankreich«. Einen Freund, der am »Weekend« über den Kanal käme.

Und hat dann noch Dringendes, ausgesprochen Dringendes in der verbleibenden Zeit zu erledigen. Wirkt wie gehetzt. Wie von ihm zurückgestoßen. Habe ich Ausschlag? Mundgeruch? Simon, das Gemüse.

Er habe ihm nur rasch den Zweitschlüssel, die *electronic card*, für den Campus, geben wollen. Und, ja, jetzt müsse er wieder zurück zum Bus. Und, nein, es sei nicht nötig, dass er, Dr. Krippen, ihn begleite.

»Im Wesentlichen erhoffe ich mir, dass Sie einen Text schreiben. Eine *story*. Eine Geschichte, in der ein künstlich erschaffenes Wesen eine … tragende Rolle spielt. Verstehen Sie, was ich meine?«

Am Freitagabend stellt er fest, dass die Küche verschlossen und die Heizung abgestellt ist.

Kein warmes Wasser.

Zugang hat er nur zu seinem Zimmer, ein Raum mit Erker, das einzige Fenster zur Pestwiese, mit ungeheurem Bett, Baldachin, Daunendecken, Kissen, in denen er versinkt. Mit einer Anrichte, winzigem Teekocher, klumpigem Zucker, trockenem Tee, einem Schrank, dessen Schatten das Zimmer zu füllen scheint. Kein Tisch, kein Stuhl mit Lehne.

Zudem gewährt ihm einer der Schlüssel Zutritt zu einem üppig ausgestatteten Saal. Geräumig wäre ein Euphemismus, ausladend käme dem Sachverhalt näher. Ein Saal, der auf ihn den Eindruck eines Museums macht. Die Wände bespannt mit einer Tapete, die grün und aus Stoff ist. Bilder, Portraits von Koryphäen, die hier, neben der Pestwiese, als forschende Ärzte gewirkt haben sollen, die Möbel antik, die Tafel von einer Länge, dass Artus und seine Ritter nicht hätten drängeln müssen. Es gibt einen Tisch, viele Tische, und Stühle mit einer Lehne, je einen trägt er in sein angrenzendes Gemach. Erst Tage später wird jemand oben an seine Tür klopfen, die Torbogenpforte kein Hindernis, wird ihn dafür schelten, dass er dem antiken Ensemble Gewalt angetan habe.

Schulterzucken, tja.

»Ich hätte noch eine Frage.«

»Ja?«

Sie wird als einzige Teilnehmerin aus London, singuläre Britin, mehr als nur eine Doppelstunde im Seminar verbleiben, alle anderen werden aus der Schweiz, aus Deutschland, Österreich oder Luxemburg sein und mit Erasmus studieren.

Die hiesigen Studenten sprächen zu wenig deutsch. Meint sie. Deren Eltern – Inder gewesen sind?

»Ich habe Ihrer CV entnommen, dass Sie theoretisch arbeiten. Aber es soll ein … erzählender Text sein?«

»Ich wurde darum gebeten.«

»Vom Department?«

»Ja.«

Er zögert.

»Und ich habe, früher, selbst literarisch geschrieben.«

Sie mustert ihn einen Augenblick. Nickt. Sagt: »Ich weiß.«

Am Samstagmorgen versteht er, warum die Küche für ihn verschlossen war.

Am Samstagmorgen beginnt die Tagung, die bis zum Abend dauert und die sich, das immerhin begreift er aufgrund der Vorträge hinter der dünnen Wand, der Transplantationsmedizin widmet, Schwerpunkt: Hand, und deren Teilnehmer mit Schnittchen und Getränken und Kuchen und Kaffee und Tee und einem Imbiss am Nachmittag aus der Küche versorgt werden, in der er am Abend zuvor gern die Konserven aufgewärmt hätte, die er aus Hellersdorf, Berlin, ins nieselige East End von London mitgebracht hat.

Das wird sich alles klären.

Am Sonntag ist es ruhig, er schläft lange.

Schläft aus und träumt von künstlichen Armen und Händen, von Implantaten im Gehirn, von Augen, die besser sehen, als es denen des Menschen je möglich gewesen sein wird.

Am Sonntag öffnet er das Schloss der abgesperrten Küchentür mit einer zu einem Dietrich gebogenen Büroklammer. Grinst beim Gedanken an die Zeit, als derartige Fähigkeit wichtig für ihn gewesen ist. Zweieinhalbtausend

Euro – *per month.* Üppige Apanage. Die erste Rate schon auf seinem Konto. Da braucht es keinen Einbruch in jenen kleinen Kassenraum des murkeligen Kinos in Neukölln.

Begutachtet die Ausstattung der Küche, in der eine Heerschar bekocht werden kann, Töpfe mit Kurbeln, Pfannen am Aufzug, wärmt seine Konserven, isst.

Setzt sich an seinen erbeuteten Tisch, breitet seine Notizen aus. Stellt die mitgebrachten Bücher ins Fenster, das auf die Pestwiese schaut. Allen voran Mary Shelley in deutscher wie englischer Ausgabe, fühlt sich, bis es dämmert, unerwartet wohl. Telefoniert nach Hellersdorf. Sieht vor sich die Zimmer der Plattenbauwohnung, noch immer nicht renoviert seit dem Einzug, noch immer die eigenartige Farbwahl der Vormieterfamilie. Mal die Tapete violett, mal die Decke meliert, das eine Zimmer in Oliv, und jede Wand des kleinen Bads mit andrem Material verputzt: in hellen, grellen Farben je anders übertüncht.

Es geht niemand ans Telefon. Und er ist froh, weil das Guthaben begrenzt ist, weil sie, er ahnt es, kaum erfreut klingen wird, sondern ihre Stimme, Tonfall, Melodie, den üblichen Vorwurf transportieren, modellieren, zum Ausdruck gebracht haben wird: du treibst dich in der Welt herum, ich bin allein mit unsrem Sohn, einem fast fünfzehnjährigen Jungen, der kifft und eine Freundin hat und bloß noch Scheiße baut.

Am Ende der Seminarsitzung will er Mae an der Tür des Hörsaals abfangen.

Möchte sie fragen, ob sie …? Würde sie gerne einladen, mit ihm das East End zu erkunden, den Weg am Kanal mit den Schleusen entlang, die Parks mit den grauen Eichhörnchen, die all die roten verdrängt und ausgerottet haben. Die

Orte in London, die man besucht, wenn man als Tourist reist. Hätte mit ihr gern die Plätze entdeckt, die keiner der Fremden kennt: den großzügigen Friedhof, Tower Hamlets Cemetery, nicht weit entfernt, mit den verwunschenen Gräbern, überwucherten Grabplatten, die Dämmerung bedrohlich. Tage später wird sie sich einfach an ihn schmiegen.

Wär am liebsten mit ihr an der Tafel gesessen im musealen Tagungsraum, das weiche Licht des Vormittags auf grüner Spanntapete. Das Zwinkern der Koryphäen, altehrwürdige Forscher, wie in den allzeit magischen Portraits auf dem Zauberschloss Hogwarts. Jeden Abend die Vorlesezeit mit seinem Sohn, acht Jahre alt – ja, am liebsten mit ihr an der langen Tafel gesessen, *high table,* während die Daunenkissenberge unter dem künstlichen Himmel des Betts, des Baldachins aus Tüll, Troddeln und Bommeln und spitzengeklöppeltem Tuch, dem Duft lang aufbewahrter Säckchen mit Lavendel, noch restwarm wären von ihren schlafschweren Körpern.

Als er von seinen Folien und Notizen aufblickt, ist Mae wie alle Teilnehmer des Seminars verschwunden.

Weg aus dem Raum im Souterrain. Vielleicht durch jene zweite Tür hinter der Tafel und dem vermüllten Abstellraum. Sie wird nicht wiederkommen.

Eine gefakte Nummer, eine falsche Mailadresse. Als er die schwergängige Tür zu dem Büro, das er mit Simon teilen muss, aufschließt, aufstößt, nicht darauf achtet, dass die Klinke ungebremst gegen die Bürowand kracht: kein Stopper, klar, Simon ist ein selten blöder Hund, als er den winzigen Raum mit einem Blick erfasst, berührt ihn eine Hand an der Schulter, und er fährt herum.

»Wollen wir uns treffen? Heute Abend?«

Wo kommt sie her? Was hat sie ihn gefragt?

»Why …?«

»Because – you look so lost?«

Lächeln, kokett: wie sonst? Sie drängt ihn in die Ecke. Sie beißt sich fest, wie ein Vampir. Sie ist eine Agentin.

»Und?«

Weshalb sie so gut deutsch spreche, das hätte er sie fragen wollen. Woher sie wisse, dass er, früher, »geschrieben« habe? Warum sie, Medizinstudentin, oder vielleicht Assistentin, krakeliger Listeneintrag, in sein Seminar gekommen sei?

Das wird sich alles klären. Stumm hat er genickt.

Sie lacht. »Bis nachher!« Nennt den Ort.

Und führt ihn ohne Umschweife am frühen Abend zu einem Japaner, dessen Speisekarte er nicht lesen kann.

4 – Reaktionsgeschwindigkeiten

»Papa, was ist Chemie?«

»Eine Wissenschaft, eine Naturwissenschaft. Warum fragst du?«

Leon, sein Sohn, besucht die fünfte Klasse einer Berliner Grundschule und wird nach den Sommerferien mit dem letzten Jahr der Grundschulzeit beginnen.

Im frühen Herbst, wenn er die sechste Klasse, die letzte vor der weiterführenden Oberschule, geplant ist der Besuch eines fußnahen Gymnasiums, seit einigen Wochen begonnen haben wird, werden sie seinen elften Geburtstag in einem Spaßbad feiern, mit Freunden, auch mit Mädchen.

»So was wie NaWi?«

»Ja, Leon. Aber schwieriger.«

Sein Sohn bohrt in der Nase.

Er, der Vater, wünscht sich zurück an seinen Schreibtisch, um das Paper für die Bewerbung nicht erst nach Mitternacht beenden zu müssen.

Während sie aus dem Fenster schauen und eine Krähe beobachten, wie sie auf dem Dach der Garage gegenüber eine Walnuss zu öffnen versucht, indem sie die Frucht mit dem rechten Krallenfuß festhält und mit dem furcheinflößend großen Schnabel die Naht, an der die Hälften der Nussschale aneinandergefügt sind, behutsam entlanghackt, murmelt sein Sohn: »Weißt du, schwierig, das mag ich eigentlich.«

Ihm, dem ungeduldigen Vater, fällt ein, dass er im Fach seines Schreibtischs, zuunterst, eine nicht sonderlich große, zusammengerollte Kladde, Tafel des periodischen Systems der chemischen Elemente verwahrt: gestohlen am letzten Schultag aus dem Chemielabor. Unvermittelt meint er, sich seither kein einziges Mal an dieses letzte Gedenken seiner Schulzeit erinnert zu haben.

»Ich zeig dir, was Chemie ist. Aber zuerst musst du mir sagen, warum du mich gefragt hast.«

»Wir machen eine AG. Mit welchen vom Gymnasium. Hab mich angemeldet.«

»Du dich?«

»Nö. Der Herr Leithold. Aber ich find's gut.«

Die folgenden Monate sitzt er mit seinem Sohn an fast jedem Wochenende, und manchmal während der Woche, am leergeräumten Schreibtisch. Sie beugen sich über das periodische System der chemischen Elemente, das an einigen Stellen rissig und an anderen verblasst ist. Der Vater erläutert dem Sohn, woran er sich an den Tagen vorher meint erinnert zu haben – oder was er sich während der Nächte wieder angelesen hat.

Es ist, als sei er in die eigene Schulzeit zurückgekehrt, spürte noch einmal die während der Unterstufe empfundene Gewissheit, den Rätseln des Universums auf die Spur zu kommen. Fühlte erneut jenen Rausch, den er ähnlich allenfalls beim Verfertigen seines ersten, einzigen Theaterstücks für Momente empfunden hat. Danach trotz allen Bemühens, trotz der Verehrung für Mary Shelleys großen Roman, nicht noch ein weiteres Mal in vergleichbarer Weise.

Mit der Macht eines archaischen Urbilds weht die Empfindung ihn an. Zugleich genießt er das Behagen, neben seinem Sohn am präparierten Schreibtisch zu sitzen, mit ihm allein einen Gegenstand zu teilen, dessen Geheimnisse sich Leon nach und nach zu erschließen beginnen, egal, wie jung er noch sein mag. Die Vielfalt der systematisch angeordneten Elemente, ihr prinzipieller Aufbau, ihre besonderen Eigenschaften, die Faszination des tabellarischen Überblicks, das Wissen um die Hilflosigkeit von Erde-Feuer-Wasser-Luft, der Triumph der modernen Chemie über die alten Alchemisten, die Blamage eines Mannes, der auf den Sockeln der Denkmäler steht, seines »Es-gibt-mehr-Dinge-zwischen-Himmel-und-Erde-als-Eure-Schulweisheit-sich-träumen-lässt« – das Erkennen der Welt.

Er weiß nicht, ob sein Sohn all das versteht, worüber sie sprechen. Aber er spürt das Einverständnis, wenn sie die abgegriffene Tafel beiseitelegen, sich die Proben der Elemente, Moleküle: Schwefel, verschiedene Metalle, Kohlenstoff, das Siliziumdioxid – »das ist doch bloß Sand«, Leon lächelt – aus dem Chemiebaukasten anschauen, den er seinem Sohn zu dessen elftem Geburtstag geschenkt hat. Und wenn sie danach Mühle oder Dame spielen und Cola trinken oder Sprite mit Orangensaft, wünscht er, die Zeit bliebe stehen: nie mehr zurück an den Schreibtisch, die Universitäten, Schwangerschaftsvertretungen für eins-komma-sieben-fünf Semester vor dünkelhaften »Studierenden«, die alles über Leute wie Roland Barthes, Judith Butler oder Derrida und den sogenannten *linguistic turn* wissen, aber nichts mehr vom Periodensystem der chemischen Elemente.

Bevor er, kurz nach der Geburtstagsfeier seines Sohns im Spaßbad, zu der die vier eingeladenen Mädchen und zwei der fünf eingeladenen Jungs – einer aus der Klasse, einer aus der Fußballmannschaft – pünktlich erscheinen, zur nächsten spärlich honorierten Gastdozentur in einer fast fünfhundert

Kilometer entfernten Universitätsstadt aufbricht, bevor er sich verabschiedet und das periodische System in Vergessenheit gerät, sagt sein Sohn, als sie sich am letzten Abend über die Metalle beugen, Nebengruppe, vierte Periode: Scandium / Titan, Vanadium, Chrom / Mangan, Eisen, Kobalt / Nickel, Kupfer, Zink – fast alles Stahlveredler, sagt mit einer Stimme, aus der das Bedauern herauszuhören ist: »Weißt du, Papa, eigentlich find ich Chemie … beinah sogar noch besser als Rechnen und Geometrie.«

5 – Brixton Market

»You look just … a little bit excited?«

Sie lächelt, während er, das Ticket für die Tube achtlos in die Tasche schiebend, verlegen vor ihr steht.

Das Gesicht von einer erstaunlich kräftigen Februarsonne angenehm warm, die Augen blinzeln ins Gegenlicht, im Rücken die Station Brixton.

Karamellisiertes Gummi: der Geruch, als er die Bahn verlassen hat – mit einem leichten Misstrauen, ob sie wohl, wie verabredet, am vereinbarten Ort sei.

Dann steht sie, lächelnd, am beschriebenen Ausgang. Den er diesmal, die Skizze in der Jackentasche wäre ihm vor ihr peinlich, mühelos gefunden hat. Blind könnte er die Ausgänge jedem Touristen aufzeichnen: mit Rolltreppen und Fahrstühlen und allem Drum und Dran.

Gestern schon hier gewesen. Das wird sie nicht erfahren.

Wird nicht erfahren, dass er, überwältigt von der fast ausschließlich farbigen Bevölkerung, nur für die Dauer einer Zugfolge geblieben ist. Das Gelände der Station nicht verlassen hat, nachdem er sämtliche Treppen, Rampen, Schrägen der Zu- und Ausgänge von Brixton abgelaufen ist, um sie sich einzuprägen. Begleitet von der Erinnerung an die Diskussion, vor Jahren, in einem Theater: er und zwei Begleiter die einzigen Weißen, Bleichgesichter, keinem ihrer Beiträge wurde, als bewegten sie die Lippen ohne Ton, in jenem kleinen Probenraum damals Beachtung geschenkt.

Sie lächelt, während er, das Ticket für die Tube achtlos in die Tasche schiebend, verlegen vor ihr steht.

Sein Blinzeln in das Gegenlicht, das klare Licht des Februars: ihr Strahlen, wie gebleichte Zähne, das Augen, Wangen, Stirn erfasst, ihrem Gesicht wie eingeschrieben wirkt – endlich, da bist du ja.

Wieder ihr Lächeln, als sie ihm, ein wenig steif, die Hand gibt – »begrüßen sich die Deutschen nicht für gewöhnlich so?«

Sein Mut, als er den Handschlag nur beiläufig erwidert, dazu den Kopf schüttelt.

Die Kühnheit, als er auf sie zutritt, ihr die Arme leicht um Oberkörper, Schultern legt, nicht wagt, sie an sich zu ziehen.

Ihr Schalk, als sie ihn von sich schiebt, ihm in die Augen schaut.

»Tun das nicht bloß die Jüngeren?« Grinst, lacht. »Komm, lass uns gehen.«

Hier in der Gegend sei sie aufgewachsen.

Obwohl's ihre Eltern in Brixton nicht immer leicht gehabt hätten, sei's eine unbeschwerte Kindheit gewesen.

»Da drüben, in der Markthalle, da haben sie gearbeitet. Nachmittags, nach der Schule mussten meine große Schwester und ich ihnen oft helfen. Six days a week – you know, I'm just working class …«

Brixton, mythischer Klang.

Die Aufstände Anfang der 80er-Jahre, immer und immer haben die Genossen die Beschreibung der *riots* im Munde geführt, von der Zeit erzählt, den Kämpfen um eine bessere Welt – »da bist du zu jung für gewesen«.

Immer zu jung für gewesen. Immer alles verpasst.

Ja, ihre Eltern seien schon ewig britische Bürger. Nein, ihre

Schwester habe nie studiert, nicht wirklich. Nein, über ihre Schwester wolle sie jetzt nicht reden.

Ja, sie sei in Deutschland gewesen. Ja, daher spreche sie, halbwegs, deutsch.

Ob er denn schon mal hier, in England gewesen sei?

Der letzte Abend, das Abschlussfest der London Summer School: die Blackbox unterm Dach, in der die Kurse stattgefunden haben, ist von den erhitzten Körpern Tanzender aufgeheizt.

Physical Theatre. Zwei Tage zuvor, beim Finale, haben er und Arundhati bei jener Werkstattinszenierung den Romeo und die Julia gegeben.

Kein Kuss. Nur Text. Bloß Verse.

Dann, als die Aufmerksamkeit aller einem Vortrag im Nebenraum gilt, müssen weder er noch Arundhati etwas sagen, um aufeinander zuzugehen, schweigend und ohne Hast.

Nein, er schüttelt den Kopf, nie in London gewesen.

Ob er eine Frau, eine Freundin habe? Gar Kinder?

Nein. Er schüttelt den Kopf. Keine Frau, keine Kinder, nie in London gewesen.

Maes Lächeln wirkt im vagen Licht, dem Schatten einer Tordurchfahrt von Brixton fahl und bitter.

Sie betreten die Markthalle und schlendern den Hauptgang entlang.

Überwältigender Gestank, vielfältige Fische.

Meeresfrüchte, drapierte Seeungeheuer. Getier, das ihn beim Anblick der Tentakel, Saugnäpfe, Fangarme, feurigen Farben, der abgeschnittenen Köpfe in Plastikeimern würgen lässt.

Ob er an die frische Luft …?

Mühsam schüttelt er den Kopf. Wechsel zu einer anderen Abteilung.

Obst, Gemüse, Früchte, die er noch nie gesehen hat. Klebrige Süße, signalisiert sein Magen. Maes Hand unvermittelt auf seinem Unterarm.

»Schau doch mal dort.« Die behutsame Berührung seines Handgelenks.

Sie erreichen den Gang, den sie ihm zeigen wollte.

»Sieh mal.«

Stechender Geruch, geronnenes Blut.

Maes Finger, die seinen Blick in eine Richtung zwingen wollen – abgetrennte Tierköpfe, Schweine mit glasigen Augen. Was ich doch für ein Glückspilz bin. Halbierte Rümpfe hängen an der Rückwand von scharf geschliffenen Haken. Ihm wird übel. Er schluckt den gallbitteren Geschmack, den Speichel aus den Eingeweiden, der jetzt aus seinem Rachen beharrlich zur Mundhöhle drängt. Hält Zähne, Lippen geschlossen, schluckt, kämpft, sucht einen Haltepunkt, dann ihre Hand in seiner, womit verdiene ich das.

Eingeweide. Gekröse. Darmschlingen, die wie aufgewickelt wirken, werden in groben Kästen, aus denen Blut in Rinnen tropft, dem Käufer dargeboten. Daneben das Geflügel, mal mit, mal ohne Kopf.

Leber, Herz und Nieren. Ich möchte sie küssen.

Gelbliche Krallen. Horn. Kämme der Hähne leuchtend rot, wäre doch bloß nicht der Geruch, süß, woher all die Fliegen im Februar, was hab ich für ein Glück, er übergibt sich.

Gebeugt über den Abfalleimer, in dem sich Fleisch und Unrat finden, dieses und jenes abgetrennt und weggehackt und fortgetan, in den er sich erbrechen kann, ohne gestört zu werden. Sie reicht ihm Tücher, wischt den Mund, sie bringt ihm Wasser, sorgt sich, derweil sich seine Eingeweide langsam beruhigen. »Are you a vegetarian?« – »Ich brauch jetzt einen Schnaps.« Sie bringt ihm Whisky.

Der Eisbeutel am Haaransatz, der kühle Lappen auf der Stirn, Februarsonne im Freien.

Brixtons Sozialbauten im Blick. Was ist das: Glück? Milchcafé in einem Pub, Spaziergänge am Wasser.

Der Tunnel unter der Themse. Docklands. Bürofassaden. Vor Jahrzehnten durch einen Sprengsatz der IRA entglast.

Für einen feinen Wimpernschlag halten die Transaktionen inne, davon redet sie nicht, er zuckt die Schultern.

Und denkt an die Genossen, die er seit Jahren nicht mehr sieht, ihr Reden von den wechselnden Subjekten der Revolution.

I'm the nigger, hunting you now.

»Zu ehrgeizig«, wird sie Ende der Woche flüstern, nachdem sie auf seinem Schoss gesessen und mit belegter Stimme gewispert haben wird: »Ich möchte … so gerne mit dir schlafen.«

Inderin, die in Deutschland war, die Medizin studiert, seit Jahren, die in Foren und Laboren über Stammzellen forscht.

Wie er leise erwidert hat: »Warum nicht jetzt? Bei mir?«

Im Zimmer, nah der Pestwiese, das hat er nur gedacht.

»Zu ehrgeizig.«

Und hat ihn für den übernächsten Abend in ihre Wohnung eingeladen.

»Sei pünktlich«, wird sie sagen, »there is some … Überraschung. Ein Geschenk für dich.«

6 – Weihnachtsfeiertage

»Du bist so ein Arschloch. So ein billiges Arschloch, und du weißt es.«

»Wir brauchen das Geld. Ich brauche die Zeit. Willst du denn ewig in diesem …«

»Wenn du erst diesen Abschluss, wenn du erst einen Job hast, bist du sowieso weg.«

»Ist auch wichtig für meine Vita.«

»Sage ich ja: weg.«

»Warum bist du immer so …«

»Ja?«

»Defätistisch.«

»Sprich deutsch mit mir.«

»Negativ.«

»Weil du keine Ahnung hast, was ich … weil du so ein Arschloch bist, so einfach ist das eben.«

»Kannst du einmal diesen Ausdruck, das Wort beiseitelassen?«

»Fick wenigstens mit mir.«

»Was soll das jetzt?«

»Sieben, genau sieben Monate ist das her.«

»Das hat doch damit überhaupt nichts …«

»Denkst du eigentlich an deinen Sohn?«

»Ich bin sein Vater.«

»Ja.«

»Und außerdem trainiere ich …«

»Wer macht das, wenn du weg bist?«

»Es gibt einen Co-Trainer, das weißt du.«

»Aber *du* bist weg. *Du* bist der Trainer. Und du bist weg. *Du* bist sein Vater. Und du bist weg.«

»Er ist jetzt fast fünfzehn. Vielleicht ist es sogar besser …«

»Weißt du überhaupt, was los ist? Kriegst du überhaupt was mit? Zwischen deinen Büchern? Und den scheiß Notizen?«

»Zweimal in der Woche ist Training. Ich rede mit ihm. Am Samstag sind die Spiele.«

»Und immer nur Fußball, Fußball … Mann, kotzt mich das an.«

»Eben hast du noch gesagt …«

»Fick wenigstens mit mir.«

»Lass …«

»Du Schlappschwanz. Ficken. Bevor du wieder abhaust. Auf diese scheiß Insel, in diese andere Stadt.«

BOW COMMON LANE

7 – Spanby Road

Zwei stille Tage liegen hinter ihm.

Tage, an denen Jörg Krippen weder seiner Lehrverpflichtung hat genügen müssen, noch sich von den Gespenstern hat durch London hetzen lassen. Gespenster, die dort, in seinem Quartier am Charterhouse Square, im Hof das satte Grün der Pestwiese, unvermittelt auftauchen, ihn jagen, durchs östliche Ende der Stadt, die ihn zurückweist.

Tage, da ihn keine Konferenz im Tagungsraum nebenan behelligt. Die er nutzt, um sich, erneut, seiner Arbeit zu widmen. *Du bist mein Schöpfer, aber ich bin dein Herr, gehorche!* Begleitet von der Lektüre des Textes, ein Genuss, von der Empfindung, hier, im Angesicht der Pesttoten vor seinem Erkerfenster, den Laboren nah zu sein, in denen Mae, Vexierbild jenes zweifelhaften Schöpfers, ihrer Ambition, dem Gestalten künstlichen Lebens, nachgeht?

Tage, die ihn nicht mehr durch die Umgebung treiben lassen. Vorbei an den nächstgelegenen Markthallen mit ihrer Betriebsamkeit am Morgen, am Arrangement der Hochhäuser, Barbican Centre. Bestimmt von dem bedrängenden Gefühl, hinter all den Fenstern, in all den Wohnungen leben Menschen, Menschen in kleinsten Einheiten, Grüppchen, traurige Familien.

Der Vater, der sich sehnt, hinunterzugehen, Freunde im nächsten Pub zu treffen, die er seit Jahren nicht mehr kennt: man fällt sich in den Arm, schlägt einander auf die Schulter, redet, ohne tatsächlich miteinander zu sprechen. Fußball, ja, dein Club, dein über allem stehender, bald bedeutungsloser Verein … ein Spieler, der … Politiker, die … Bellt, grummelt, grunzt die ewig gleichen Spruchweisheiten in den Dunst aus abgestandenem Bier, Kumpelnähe, wortkarger Freundschaft, wie sie nur Männer teilen, an jedem Ort der Welt.

Die Mutter, die sich nach Berührung sehnt, nach Wärme, einer Nachbarin, mit der die Stunden beim Plausch beiläufig zu vertändeln sind. Sich zurückwünscht in die Zeit nach der Schule, ewig währende Minuten, als man beieinanderstand, nach dem Gespräch mit Freundinnen: Rauchen, ja, kiffen, ja, trinken, ja, um vorzuheizen, weißt du, worauf er steht, die Sau? Tuscheln, und rosarote Flecken, die überm Dekolleté blühen bis hoch zum Hals, der Kehle. Sich sehnt nach den Wochen und Monaten, als ihr Mann sie in einem nachts zugesperrten Park, gerade noch kniet sie vor ihm und zerrt ihm die geknöpfte Jeans bis zu den Kniekehlen runter, zum ersten Mal geschwängert hat. Die sich – dort, auf dem durchgesessenen Sofa neben ihrem Mann, der sich, ins Schweigen entkommen, nach einem Ausweg verzehrt, den er nicht findet, nicht finden kann – nach den glücklichen Tagen sehnt, *those were the days.*

Und Kinder? Zwei Jungen, stier vor den Laptops und Smartphones und iPads, die, wenn man die Zimmertür einen Spalt öffnet, nach dem scharfen Schweiß beginnender Pubertät riechen. Geben, kra und kri und kruk, keine vernünftige Antwort, während in der Spielshow, einer der tausend Kanäle des Universums Television, die nächste und übernächste und noch eine Runde beginnt. Und das, du weißt es, jeder weiß es, sind noch die Glücklicheren: die, die umhegt vom Mund- und Körpergeruch eines zum stummen Möbel geronnenen

Partners dort, in all den eingezäunten Schachteln, ausharren. Niemand klopft nebenan, keine Tür wird aufgetan, steht offen, wär bloß aufzudrücken, hallo, bin euer Nachbar, der das Alleinsein – seit Stunden jetzt, Tagen, Jahren – nicht mehr erträgt. Lasst mich auf eure Couch setzen, mich, mit euch gemeinsam, egal, was gezeigt wird, still auf den großen Bildschirm eures Fernsehers schauen: der uns, keine Szene, die dem Gedächtnis haften bleibt, für die folgenden Stunden Trutz ist, Unterschlupf, Behausung, gegen die Fährnis der Welt.

Ja, er war eingeladen, von einer englischen Kollegin, die einer Steckrübe ähnelt und keinen Mann, aber zwei Töchter in ihrem Haus zu wohnen hat: reizende Mädchen, gediegenes Parlieren, geistreich und gesittet. Allein, es fehlte ihm die Kraft, sich dem Nahverkehr Londons anheimzugeben und der freundlichen Einladung gewissenhaft Folge zu leisten. Aber den Gespenstern hat er ihren Platz unterm Rasen gewiesen, der ihnen seit dem Mittelalter zusteht, hat jeden Gedanken während der letzten beiden Tage an Knochen, faulendes Fleisch aus seinem Kopf verbannt, hinaus in den Graupel, den Londoner Niesel gescheucht.

Am späten Nachmittag des zweiten Tages, vielleicht vierundvierzig Stunden, nachdem Mae, angetrunken, auf einer Bank vor einem Pub plötzlich auf seinem Schoß gesessen hat: *Ich möchte so gerne mit dir …*, sich ohne Erklärung von ihm hat verabschieden wollen, nicht, ohne ihn vorher in ihre Wohnung eingeladen zu haben, *sei pünktlich*, am späteren Nachmittag jenes zweiten Tages bricht er auf.

Noch leuchtet die Gegend hell, noch wirken die Straßen belebt. Schulklassen in Uniform, darunter Mädchen mit einem Tuch, das, passend zur übrigen Kleidung, ihr Haar verhüllt und das sie – er sieht es, da die Sportstunden bei warmer Februarsonne im Freien verbracht werden – beim Baseballspiel nicht ablegen.

Noch berührt ihn die Umgebung mild, bemerkt er kaum Gruppen männlicher Jugend an Ecken, Bushaltestellen, in kärglichen Grünanlagen, während er durch die ihm schon fast vertrauten Parks nahe des Bahnhofs Mile End läuft, über die Brücke mit Bewuchs, sich, den Campus im Rücken, von der Universität Queen Mary, London, am Kanal entfernt.

Noch fühlt er sich sicher und beschließt, indem er sich dem Viertel, das als Bow in der Karte verzeichnet ist, anvertraut, den Friedhof zu durchqueren: Tower Hamlets Cemetery, Gemenge aus verfallener Grabstättenansammlung und öffentlichem Park.

Spanby Road.

Plus zweistelliger Hausnummer, so lautet die Notiz auf seinem Zettel.

Er spürt, wie er den Schritt zwischen den hohen Bäumen, efeuverhangen, den oft gekippten Grabmalen, gebrochenen Platten mit kaum leserlichen Namen, ursprünglich lotrecht aufgerichtet, Naht an Naht, ungewollt beschleunigt. Das Handy in der Hand umklammert, dennoch die Lichtreflexe, Ranken, kaum belaubte Zweige, wenig Immergrün, auf den gestampften Wegen, den Pfaden des verwilderten Friedhofs genießt.

Das Einzige, das der Anbetung wert sei – die Wahrheit.

Mathematikprofessor. Darunter Geburts- und Todestag. Als Inschrift eines tief gespaltenen Steins.

Erleichtert atmet er auf, als er den Ausgang am Limehouse Railway erreicht.

Spanby Road.

Gepflegte Häuschen, die sich von den Sozialbauten, den Hochhäusern nahebei, angenehm absetzen, die richtige Nummer, zwei Ziffern, aber das Haus steht leer.

Der Anruf seines Sohnes gestern, morgens.

»Wie lange bleibst du weg? Ich schreibe Mathe.«

Die richtige Nummer, zwei Ziffern. Aber das Haus steht leer.

Vernagelte Türen, staubige Scheiben, das Dach reparaturbedürftig: doch, das Haus steht leer.

Ich möchte.

Die Beine links und rechts der waagerechten Oberschenkel, seiner Schenkel, der Schoß: warm unterm Stoff der engen Jeans – der Vorgarten verwahrlost. Kein Name, kein Klingelschild, das Haus ist aufgegeben, Punkt. Steht, gewiss seit Monaten, seit Jahren vielleicht, leer.

Der Blick auf seinen Zettel: Straße, Hausnummer, alles stimmt.

Eine Frau, verhuschte Gestalt, wechselt aus dem Garten an der Rückfront des verwaisten Hauses in der Spanby Road, gleitet, schwebt, Schatten in weitem Gewand – bedeckt mit einem großzügig getragenen, viel Rot, bestickt, indisch wirkenden Tuch –, rasch in den benachbarten Garten. Betritt das angrenzende Haus, als sei sie ertappt. Verschwindet von der Terrasse, bleibt seinem Blick entzogen.

Im Besitz von Maes vermeintlicher *phone number* wählt er die Ziffernfolge, die er längst auswendig weiß: *unknown.* Nummer nicht vergeben.

Setzt sich auf eine Bank, von einer Hecke verdeckt, trotz Februar wohltuend schattig. Buchsbaum.

Ich möchte … so gern.

Die Frau im weiten Gewand, unterm nachlässig gebundnen, rötlich gemusterten Tuch, verlässt, in der Hand einen schäbigen Beutel, das Haus neben der ihm von Mae überlassenen Adresse. Blicke, als müsse sie sich vergewissern, dass keiner ihr folge, kein Fremder. Niemand. Antwort des listigen Ithakers. Er merkt, dass er schwitzt wie ein Schwein. Erhebt sich nicht, ruft nicht. Zieht keinen Moment in Erwägung, sich nach Mae zu erkundigen, bleibt, beschirmt von der Hecke, für den geschwinden Blick der beiseitehuschenden Frau anscheinend unsichtbar. Wird trotzdem, weil er nicht weiß, was tun, der Frau im Sari nachgehen, ihr, die ihn an etwas, vielleicht an einen Traum erinnert, in angemessenem Abstand folgen, ohne zu wissen, weshalb.

»Jörg?«

»Wer sonst?«

»Papa, ich muss mal … Jetzt is' besser. Das blöde Netz …«

»Ist das nicht zu teuer?«

»Guthaben von Mama. Transferiert.«

»Und was ist mit Mathe?«

»Mathe ist gegessen.«

»Wie? Was heißt: gegessen? Warum rufst du an?«

»Isch …«

»Ist alles in Ordnung?«

»Ja. Alles okay.«

»Und?«

»Ich werde nach London fliegen.«

»Wie?«

»Ja. In zwei bis drei Wochen.«

Tuten aus dem Lautsprecher des gebrauchten Handys. Sein

Sohn, der kurz vorm Abflug das Gerät mit ihm tauschen wollte, hat den Anruf beendet.

Abgelenkt durch das unvermutete Telefonat, zweiter Anruf in zwei Tagen, hat er die Frau im Sari aus den Augen verloren. Eben noch quert sie die Straße in Höhe einer Schule, deren Sportgelände, die Sonne lässt das Gras leuchten wie künstlichen Rasen, verwaist wirkt.

Nun ist sie weg. Abhandengekommen.

Ein einzelnes Gebäude, hie und da Risse im Backstein, teils halten Klammern aus rostigem Stahl das Mauerwerk beieinander, befindet sich auf der anderen Straßenseite. Einer nicht sonderlich breiten Straße, die, sobald man unterm Brückenbogen des Limehouse Railway hindurchgegangen ist, Bow Common Lane heißt. Melodisch, irgendwie.

Diesseits der düsteren Unterführung, wo sich Schulgelände und Sportplatz sowie das gebrechlich wirkende Gebäude aus angelaufenen Ziegeln gegenüberliegen, das Haus in einer Februarsonne, die ihn an die Wüste erinnert – dort sind sie gewesen, vor Leons Geburt, Hochzeitsreise, »das machen wir mal«, vor der Geburt ihres Sohns –, diesseits des Bahndamms fehlt ein Straßenschild.

Die trockene Hitze Nordafrikas scheint vom Baseballfeld her auf ihn zuzurücken, erneut beginnt er zu schwitzen, während die Sonne ihn blendet, als er das Glas der wenigen Fenster, die Scheiben, vom Schmutz der Jahre überzogen, zu durchdringen versucht.

Ich möchte so gerne mit dir.

Ein Auto fährt vorbei, eine Limousine, deren Stoßstangen sorgfältig mit Blumendraht an der von Rostflecken gezeichneten Karosserie befestigt sind.

Zu ehrgeizig. Pünktlich. Eine Überraschung.

In jenem Backsteingebäude auf der anderen Seite der Fahrbahn, Bow Common Lane, ein Name wie der Vers eines Gedichts, muss die Frau im Sari wohl verschwunden sein.

Papa, zu dir. Ja, nach London fliegen.

»Suchen Sie etwas, mein Herr?«

Angelaufener Backstein: ehemals rot, jetzt dunkel. Abbröckelnde Kanten. Kabel für Strom, Telefon, Satellitenschüsseln. Ein unentwirrbares Knäuel nahe der Regenrinne. Antennen wie vom Sturm geknickt. Einfahrt zu einem Gewerbehof. Lager? Unterschlagene Container? Quartiere für angekettete Arbeiter aus Asien? Reparaturwerkstatt? Vorsintflutliche Autos, kaum als Kfz zu bezeichnen. Lenker rechts. Sonst? Keine Schweißnaht, nirgends. Klassifikation? Holzchassis. Räder mit Hartgummireifen.

Schlicht ein Platz für Kabeltrommeln: Glasfaser, fürs ultraschnelle Internet, das die Stadt, nun endlich, auch in Bow verlegt. Daneben eine Eisfabrik, *old fashioned*, letzte Londons?

»Suchen Sie etwas, mein Herr?«

Erst am folgenden Tag wird ihm auffallen, dass der Junge, ein paar Jahre jünger als sein Sohn, von Beginn an deutsch mit ihm gesprochen, dass er auf schwer zu fassende Art wie ein Automat auf ihn gewirkt hat.

»Weiß nicht.«

»Kommen Sie«, sagt der Junge. Nimmt ihn bei der Hand.

Und er, der Universitätsdozent, lässt es geschehen.

Der Junge führt ihn über einen Hof, vorbei an einem Lager und der Eisfabrik im Hintergrund, die vom Gehweg durch einen Wellblechzaun abgetrennt ist. Sichtschutz. Rostender Nato-Draht. Als gebe es ein Geheimnis zu verbergen.

Widerstandslos lässt er sich von dem Jungen, der für sein Alter vielleicht etwas zu klein geraten ist und der in kurzen, raschen Schritten vor ihm herläuft, an der Giebelwand des Backsteingebäudes auf einem Pfad entlangführen, der morastig wirkt.

Löchrige Fässer unter hoch angebrachten Regenrinnen. Abflusskonstruktionen, die im Innern des Gebäudes Nässe vermuten lassen. Feucht angelaufene Wände. Schlecht haftende Tapete. Kupfersulfat färbt grün blühenden Schimmel.

Er spürt eine Brennnessel, die seine Wade streift. Hinter dem Gebäude schließt sich eine Art Schuppen an: Drogenküche?, Sklavenarbeit?, dessen Eingangstür offen steht. Ein Vorhang aus bunten Kunstglasperlen hält Fliegen und Insekten fern, die es im Sommer geben mag. Die Küche, eine Wohnküche, scheint penibel aufgeräumt. Der Boden, Dielen, darauf Linoleum, glänzend wie eben gewischt.

Der Junge bedeutet ihm, auf einem Sofa Platz zu nehmen, dessen Rücken- und Armlehnen mit Tüchern bedeckt sind. Deren Rot, deren Farbigkeit ihn an das Kopftuch der Frau im Garten des verlassenen Hauses in der Spanby Road erinnert.

Hinter einem weiteren Vorhang meint er, eine Bewegung zu erkennen. Denkt, sich geirrt zu haben. Sieht, durch einen Spalt, der im Luftzug aufweht, einen Schrein. Duftstäbchen, eine Buddhafigur? Vishnu? Oder der Elefantengott, der als naschhaft beschriebene Ganesha der Hindus?

»Möchten Sie etwas trinken?«

Nein, der Junge ist nicht klein, nur sein Kopf scheint ungewöhnlich groß. Jetzt stellt er ein buntes Getränk in einer Karaffe auf den Tisch. Dazu zwei Gläser, die mit farbigen Schmuckkristallen besetzt sind.

Warum gehe ich nicht?

Der Junge gießt in jedes Glas die exakt gleiche Menge der safrangelb schillernden Flüssigkeit, deren Geruch ihm leichte Übelkeit beschert, dann wird ein Schachbrett auf den Tisch geschoben, und der Junge baut die Figuren so auf, dass sein Gegner über die weißen Steine verfügt.

Achtlos eröffnet Krippen mit dem Königsbauern und nippt an seinem Getränk.

»Wann kommst du zurück?«

»In drei, zweieinhalb Monaten. Hatte ich dir doch längst ...«

»Drei Monate?«

»So läuft der Vertrag. Hatte ich dir doch alles längst erklärt.«

»Denkst du manchmal auch an mich?«

»Ich denke an dich. Ich denke an uns. Daran, dass wir Geld brauchen.«

»Geld! *Du* brauchst Geld! Du brauchst das Geld, weil du ...«

»Wir. Oder willst du, dass wir wieder dieses verschissene Hartz IV beantragen müssen? Wie die letzten Knechte?«

»Ist es das wert? Ist dir das eigentlich ... Ist es das wirklich wert?«

»Wie ...?«

»Was empfindest du für mich? Wenn du schon nicht mehr mit mir vögelst?«

»Ich ...«

»Du bist ein dummer, feiger Wichser ...«

»Kannst du einmal ...«

»Du hast eine Freundin. Gib es doch einfach zu: Du hast eine Freundin in diesem scheißverfickten London. Und uns lässt du hier hängen. Irgend so eine arschige, reiche, englische Tussi.«

»Was soll das jetzt?«

»Du bist so feige. Sei doch wenigstens ehrlich. Denn das warst du schon immer: Memme ohne Mumm.«

Schachmatt.

Der Junge, dessen Beine vielleicht doch ein paar Zentimeter zu kurz für seinen Körper sind, hat den Besucher besiegt, der sich auf dem Sofa zurücklehnt. Der meint, ein Geräusch im Nebenraum, das Knistern eines Zündholzes gehört zu haben. Ratschen des Salpeterkopfs an der Reibefläche.

Der die wintermüden Fliegen beobachtet, die sich am Rand seines noch mehr als halbvollen Glases tummeln. Schmeckt ihnen, das süße Gesöff, wär gut als Fliegenfalle.

Er nickt dem Jungen zu.

Der keine Regung zeigt. Keine Freude, keinerlei Triumph.

Der die Figuren sorgsam und schweigend zurück in eine Schachtel legt, die mit rotem Samt ausgeschlagen ist.

Der das Spielbrett zusammenklappt und zu einem Regal trägt.

Erneut hört Krippen das Reißen eines Zündholzkopfes an einer Reibefläche. Riecht den Sandelholzgeruch eines Räucherstäbchens, denkt an den Schrein im Nebenraum, der Vorhang blickdicht geschlossen.

»Ist das deine Mutter?«

Der Junge antwortet nicht.

Verscheucht die kopulierenden Fliegen, räumt das fast unberührte Glas wortlos in die Spüle. Lässt den sämigen Saft in den Abfluss laufen. Füllt Wasser in das benutzte Glas, wirft einen vagen Blick in Richtung des Mannes auf der Couch. Verlässt die Küche. Indem er den offenbar schweren Vorhang zum Nebenraum kaum mehr als einen Spalt, einen Durchschlupf für seinen schmalen, sonderbar proportionierten

Körper öffnet, den großen, klugen Kopf, in dem die dunklen Augen wie schwarze Teiche stehen, dem Besucher noch einmal zuwendet und ohne zu blinzeln wartet, dass der sich erhebt und die Wohnung, die Wohnküche verlässt.

»Auf Wiedersehen.«

Zögernd steht Krippen auf, während er die letzten Züge des Schachspiels vergeblich zu rekonstruieren versucht und ans morgige Seminar denkt – an dem, so seine Hoffnung, Mae wieder teilnehmen wird.

Als er den Vorhang aus Kunstglasperlen beiseiteschiebt, dreht er sich ein letztes Mal um, ruft zurück in die Wohnküche, die der Junge mittlerweile verlassen hat: »Und vielen Dank für das Spiel!«

Er erhält keine Antwort.

Vorabendliche Stille, beginnende Dunkelheit. Er geht an dem Gebäude, das schrundige Stellen, Risse aufweist und feucht ist vom erneut einsetzenden Regen, vorbei und spürt mit seltsamer Genugtuung die Brennnesseln an beiden Waden. Gibt sich keine Mühe, den Pfützen auszuweichen. Hofft, dass ihn weder sein Sohn noch dessen Mutter anrufen werde.

Er möchte wieder ein Junge sein, der sich in eine Ecke zurückzieht, um, angeleitet von einer Fachzeitschrift und mit grenzenloser Geduld, die nächste, übernächste Variante der sizilianischen Eröffnung auf einem Schachbrett auszuprobieren, das ihm sein Onkel aus Indien, der Heimat der Mathematik und des Strategiespiels, von einer Geschäftsreise als Andenken mitgebracht hat.

8 – Südkreuz

Dreimal sind sie dort gewesen, die ersten beiden Male ohne bezahlen zu müssen.

Beim dritten Mal haben sie, keine geringere Dauer möglich, für ein volles Jahr gebucht.

Haben stets an Maschinen, die nebeneinanderstehen, trainiert. Haben einander angelächelt, am Ende einander umarmt. Schweißnass, glitschig. In den Geruch des anderen gehüllt. Mantel aus gemeinsam verbrachten Jahren.

»Bier?« Er grinst.

»Weiß nich'. Endlich ist der Kleine mal bei Oma ...« Sie lacht.

»Und Bier ... haben wir auch im Kühlschrank. Oder?«

Er hat, mit einem Gefühl, als bestehe er trotz schmerzender Muskeln aus Luft, genickt, sie lange betrachtet, an den Anfang gedacht, Schöneweide, die Freude.

Und jetzt, beim vierten gemeinsamen Besuch des langgestreckten, niedrigen Raums, eine geduckte Halle, in der vor langer Zeit Päckchen oder Briefe der Post sortiert worden sind, zwischen der Ansammlung verschiedenster Geräte, die der Ertüchtigung dienen, heute annähernd komplett besetzt, sodass der Raum, keine Halle mit hoher Decke, nach Menschen riecht, deren Körper einer Skulptur ähneln sollen, zum Teil fehlt den Gebilden die ausgewogne Abmessung, menschliche Dimension, jetzt, beim zweiten Besuch nach der Buchung, sagt sie vernehmbar: »Es stinkt. Nach diesen Monstern.«

Das sind doch deine Leute.

Hätte er fast erwidern wollen. Unterlässt es, verbeißt sich die Bemerkung, blickt zu Boden. Zwei Männer, eng anliegendes Shirt mit freier Schulter, schauen zu ihnen herüber.

Strenger Blick, als drohten sie der Person, der die Bemerkung zuzuschreiben sei.

Ehe sie sich erneut der Auswahl an Gewichten fürs Training an der Langhantel zuwenden. Unter der dunklen Tätowierung rollen die Muskelwülste an Brust, Rücken und Oberarm, als suchten sie nach einer Fluchtmöglichkeit, einem Weg aus der bald schon zum Bersten angespannten Haut.

Und er, der schon sein Handtuch über den eben freigegebenen, waagerechten Bügel des Steppers hängt, blickt sie nicht an. Sucht nach Worten. Weiß um die Folge einer falschen Betonung, unglücklichen Wortwahl.

Fragt: »Du wolltest doch hierher? Möchtest du erst mal ans Gerät? Ich könnte warten. Oder uns so einen Shake holen, du weißt schon – Vanille? Schokolade, oder?«

»Quatsch nicht. Fang an.«

Sie setzt sich auf eine der unbenutzten Oberschenkelpressen, ohne ihr Handtuch auf die Lehne zu legen.

Ohne seinen Blick zu erwidern, ohne zu trainieren.

Er wählt sein Gewicht. Startet den Durchgang. Beginnt zu laufen.

Er könnte sagen: Pack lieber dein Handtuch … Starrt stattdessen auf den Monitor vor ihm, der artistische Sprünge einiger Extremskifahrer zeigt. Sieht aus dem Augenwinkel den Trainer den Gang entlang, zwischen Schulter- und Oberarmpressen, gemächlich auf sie zukommen.

Weiß, was der Trainer sagen wird: Tu doch bitte dein Handtuch.

»Tu doch bitte dein Handtuch …«

»Warum duzt du mich?«

»Tun Sie doch bitte Ihr …«

»Fick dich.«

»Wie?«

Verhält in der Bewegung. Erstarrt.

Sie blickt nicht auf. Wartet nicht. Lässt den Dingen ihren Lauf. Er indes, ihr Partner, stoppt den Stepper.

»Sorry. Ihr geht es nicht gut. Gestern ist ihr Vater …«

Er deutet mit der Hand aufs Herz. Lächelt.

Grient, um sich beim Trainer zu entschuldigen. Kawenzmänner, die Unterarme. Nimmt ihr das Handtuch aus der Hand. Hängt es, kein Schweiß auf den Geräten, folgsam über die Rückenlehne.

Sie lässt es ohne Regung, ohne etwas zu sagen, ohne den Kopf zu heben, achtlos geschehen.

Zehn Minuten später, sie stehen, ungeduscht, in Trainingssachen, vorm längst nicht mehr genutzten Postzustellgebäude aus vormals gelbem, nunmehr schwarz angelaufenem Backstein, leuchtend und rot geht die Sonne über der Autobahn unter, zehn Minuten später hält sie ihn an der Schulter fest und murmelt: »Warte mal.«

»Worauf?«

Er muss sich beherrschen, um sie nicht anzufahren. Zu packen und zu schütteln.

Kannst du dich einmal zusammennehmen? Einmal nur? Musst du jedes Mal zeigen, wie ungeheuer unbeugsam du bist?

Schweigt. Wie gewöhnlich. Wird runterschlucken, was er entgegnen will.

Als sie, nach der Ankündigung, diesen scheiß Schuppen

in aller Zukunft zu meiden, hinzufügt, was er erwartet hat: wie den Schlusspunkt, Tupfen auf dem I, das Ende, so oder anders, der endlosen Liturgie.

»Memme. Kein Mumm. Das warst du schon immer.«

9 – Lock Keepers Cottage

Die Geschichte, die Mae im Rahmen des Seminars zuwege bringt, genügt dem gestellten Thema nur bedingt. Sie handelt von zwei Frauen und deren Kindern.

Das eine Kind, gezeugt durch eine anonyme Samenspende, hat einen Vater, den es nie kennen lernt, worunter das Kind, ein Junge, lebenslang leidet. Das andere Kind, ebenfalls ein Sohn, wird mit gezüchtetem Sperma in einer Petrischale gezeugt und anschließend von der Mutter, der eine Eizelle entnommen wurde, ausgetragen. Dieser zweite Junge, so die These der ausufernden Erzählung, die einem Essay ähnelt, gespickt mit wissenschaftlichen Zitaten, mit Fußnoten – *niemand müsse, als Physiker, Newton im Original lesen* und ähnliche Sentenzen –, lebt ohne die Erfahrung eines Verlusts und daher glücklich sein Leben.

Es gelang ihm, sich selbst ein nie endender Entwurf zu sein, genügend seinen eigenen Entschlüssen und Entscheidungen. Der enigmatische Begriff Vater wurde ihm nie nur zur Ahnung. So wie derjenige, der in seinem Leben nicht eine Zigarette geraucht hat, nicht weiß, was Rauchen ist.

Krippen trägt den Text seit Tagen bei sich. Hat ihn im Institut ausdrucken lassen, um, wäre Mae bei ihrer Verabredung, dem Treffen in der Spanby Road darauf zu sprechen gekommen, nicht unvorbereitet zu sein.

Hanebüchen.

Er merkt, dass er der Diskussion im Seminar ohne die nötige Aufmerksamkeit folgt. Dass er an Mae denkt, die nicht da ist. Dass er die Schachpartie in Gedanken erneut nachzustellen versucht, die ihm der Junge am gestrigen Abend aufgenötigt hat.

Die ersten Studenten schieben ihren Kram zusammen. Sie räumen ihre Stifte und Mappen in ihre Taschen und Rucksäcke, nicken zum Abschied, murmeln »bis kommende Woche«, verlassen den Raum, weil es just an der Zeit ist.

Keinem scheint aufgefallen zu sein, dass ihr Seminarleiter, der Residierende aus Berlin, wie in Trance vor der Tafel steht und der Textbesprechung einer Österreicherin, Tirol oder Graz oder Steiermark und wieder was mit Jellinek oder Thomas Bernhard, kaum Beachtung schenkt. Katholisch. Immer gut fürs – Experimentelle. Bernhard, Bernhard, Jellinek. Ho-Ho-Ho-Tschi-Minh. Schleicht euch, Österreicher.

Und dann steht sie unverhofft an der Schranke, die eben für einen übergroßen, knallroten Lieferwagen geöffnet worden ist.

Sie kommt von der Straße, Mile End Road, und blickt in eine andere Richtung. Er stockt im Lauf, hält in der Bewegung inne, vom bösen Zauber erfasst.

Sieht Simon, der mit einem Beutel voll Obst eilig in einen Bus steigt. Hat, ohne daran gedacht zu haben, den Zug während des Schachspiels vor Augen, lange Rochade, der das Unheil eingeläutet hat. Riecht die Ahnung eines Parfüms zwischen den Abgasen des Trucks, sucht unwillkürlich nach einem Versteck, um Mae auszuweichen. Will schon, vorbei an dem Gästehaus für Dozenten, in dem er kein Apartment hat bekommen können – *Buchungsfehler, best regards* –, hinunter zum Kanal laufen, warten, bis sie im Hauptgebäude verschwunden sein wird.

Da dreht sie sich zu ihm um.

»Hi!«

Lächeln, als sei nichts gewesen.

»Was at my parents. So sorry.«

Wird bald erfahren, dass ihre Eltern vor gut einem Jahrzehnt verstorben sind.

»Morgen? Übermorgen? Charterhouse Square?«

Sie küsst ihn kurz auf den Mund. Streicht ihm über die Wange. Und lässt ihn stehen und geht.

10 – Spielfeldrand

»Meinst du, ich kann das schaffen?«

»Du schaffst das. Bestimmt.«

Sein Junge, Leon, der Löwe, läuft während des Spiels wie kein zweiter. Rennt an der Außenlinie auf und ab, ohne den Ball mehr als zehnmal zu berühren. Ist der Spieler mit dem größten Laufpensum, derweil das Spiel an ihm vorbeiläuft.

Er, der Vater, der vom Rand des Spielfelds aus keine Minute versäumt, versucht den brüllenden Trainer zu ignorieren. Dem an diesem eisigen Morgen im Süden Berlins: Buckow?, Johannisthal?, kein Wechselspieler zur Verfügung steht. Will den Trainer ausblenden, obwohl der seinen Sohn, das Wiesel an der Außenlinie, häufiger als jeden anderen Spieler anschreit. Leon, dem beim 9:2, beim 11:2 des Gegners, dem Ergebnis dieser lausigen Begegnung, vermeidbare Fehler unterlaufen.

Gewiss der Erschöpfung geschuldet, das musst du doch sehen, du Arsch!

Dann wird das Spiel abgepfiffen, während es ihm, dem Vater, das Herz in der Brust zerreißt.

Zögernd schlendert sein Sohn, nachdem die Mannschaften sich voneinander verabschiedet und das Spielfeld verlassen haben, auf ihn, den Fußballvater, zu. Widerwillig wirkt jede seiner Bewegungen, mürrisch erwidert der Sohn den angebotenen Gruß, die Ghettofaust.

»Wie war ich – gut?«

»Ja«, entgegnet er leise, »sehr gut.«

Sieht sich im Spiegel der Augäpfel des eigenen wie des gegnerischen Trainers, die sich die Hände schütteln, mehrfach nicken. Sieht seinen Sohn den anderen, die nicht auf ihn gewartet haben, nachlaufen zur Umkleidekabine, froh ob des väterlichen Lobs. Sieht sich einen Brief aufsetzen, der die Mitgliedschaft des Sohns mit Verweis auf den Trainer dieses *Traditionsvereins* fristlos kündigen wird.

Fickt euch ins Knie, ihr Wichser.

11 – Dean-Rees-House

»Ich beschäftige mich hier mit Abstammung, vorwiegend mit Abstammung. Das sind exakte Aussagen. Nicht irgendwelche Geschichten, die irgendwer erzählt.«

Der größere Teil des Labors, in das Mae ihn mitnimmt, ist von einer solch aseptischen Ausstrahlung, dass er beim Anblick der Apparaturen, der Reagenzgläser und Kälteschränke, der Erlenmeyerkolben, Petrischalen, der hochauflösenden Mikroskope, Batterien modernster Computerbildschirme, die im künstlichen Licht leistungsstarker Neon- oder Argonröhren wie ausgestanzt wirken, enttäuscht ist.

Während Mae verschiedene Proben kontrolliert oder manipuliert, Ergebnisse protokolliert, Objektträger markiert, Präparate sortiert, Bakterienstämme drangsaliert, sodass sie sich zu einem rascheren Wachstum entschließen, spürt er eine aus der Enttäuschung erwachsende Langeweile, die ihn, da Mae, die Hochkonzentrierte, ihm keinerlei Beachtung schenkt, durch die Kelleranlagen scharwenzeln lässt, von niemandem aufgehalten.

Von keiner Menschenseele behelligt, fühlt er sich bald vernachlässigt, ist seinen Phantasien, Phantasmagorien viktorianischer Schauerromane, den Bilderwelten hingegeben, die er seit Jahren in sich trägt – und da ist er, der Raum, den er, einem Instinkt folgend, gesucht hat: eine Nische, mehrere Nischen nebeneinander, überspannt von rohem Gewölbe, das an der Stelle, weit hinten, unverputzt geblieben ist. In den vielleicht vergessenen Teilen dieser seltsamen Welt der Wissenschaft, des Wahns, jener instrumentellen Zumutung, von der zu sprechen sie seinerzeit nie müde wurden, dort hinter der Blende, unter der Leitungen laufen, sorgsam versteckt, liegt das Gelass für die verbotenen Versuche. Hier, im verborgenen Bereich lässt sich bequem der Vorstellung nachgeben – *das Geschöpf. The wretch approached … while its unearthly ugliness rendered it almost too horrorible for human eyes.*

Der Stromschlag, Hochspannung, ein Blitz: Lichtbogen, der den Sauerstoff im Raum zu einem neuen Molekül, dreifach das Element: O_3, Ozon verbrennt, nein, anreichert: unruhige Beleuchtung, trübendes Licht, mächtige Isolatoren aus braunem Porzellan – der Stromschlag, Hochspannung, ein Blitz: Lichtbogen, der, in jener kleinen Schale, die man nach Petri benannt hat, das neue, das unfassliche, das nie gekannte, nie ermessne, das unsagbare Leben eines Unholds mit einem Schlag entstehen lässt. Der Körper noch auf einer Liege, die sich dort im Schatten findet, Lederriemen für Brust, Hüfte, Schenkel, Manschetten für Hände und Fußgelenke – tatsächlich, im Zwielicht, nah einer Wand, aus deren Fugen, Mauerwerksrissen leuchtend Kristalle austreten, mal schwefelgelb, mal rot wie Eisen, grün, ein Besatz aus Kupfer, steht jene Vorrichtung, die der Mann, jahrelang schon beschäftigt mit einer Schrift, die künstliches Leben besingen, ja, beschwören will, seit jeher imaginiert. Leben in Form jenes tumben Unholds, dessen Gemüt anfangs noch ohne Arg ist. Gestell, das er, der sich Habilitierende, nur zu genau kennt, so genau kennt, dass er's in tiefstem Traumschlaf mühelos nachzeichnen könnte.

»Was hast du da entdeckt?«

Lautlos hat Mae sich angeschlichen, spielerisch drängt sie sich an ihn. Legt ihre Arme von hinten um seine Taille, die als solche zu bezeichnen schmeichelhaft wäre. Lässt ihre Finger an seinem Bauch, der mit den Jahren an Umfang gewonnen hat, abwärts wandern. Berührt, während sie ihn in den Nacken küsst, beiläufig sein Geschlecht.

Nur wenig später findet er sich, die Handgelenke fixiert durch eben noch bewunderte Manschetten, auf der Liege wieder: den bloßen Rücken am kühlen, am brüchigen Leder der Vorrichtung, den Kopf im Gestell, Gesicht bedeckt von einem Tuch: über ihm, dessen Hosen bis an die Waden herabgezerrt sind, Mae, die sich seines Gliedes kurzerhand bemächtigt …

… *hinweg! Niemals werde ich ein Wesen schaffen, das dir an Missbildung und Verworfenheit gleicht. Begone! I break my promise …*

»Träumst du?«

Sie, den weißen Kittel achtlos verknüllt in der linken Hand, steht neben ihm, während er hinüber zu der Liege schaut, vermeintliche Bettstatt, die, als sei sie in einem vergangnen Jahrhundert in der muffigen Nische vergessen worden, nun vor sich hin zu schimmeln scheint … *Soll jeder Mann eine Frau nach seinem Herzen und jedes Tier eine Gefährtin haben dürfen und nur ich allein sein?*

»Ich, nein, ich dachte nur …«

Er lacht. Sie zuckt die Schultern.

Und so verlassen sie jenes aseptische Labor, in dem es keine Nischen gibt, keinerlei schimmelnden Befall aus früheren Jahrzehnten oder Jahrhunderten.

12 – Tower Hamlets Cemetery

»Ich weiß einen schönen Ort.«

Sie sind aus der Tube gestiegen, in eine kleine Straße hinter dem Bahnhof Mile End abgebogen, haben einen Teil des Friedhofs, Tower Hamlets Cemetery, wortlos durchquert, als sie plötzlich innehält, stehen bleibt, sich an ihn lehnt und nach seiner Hand fasst. Gemenge aus fast verfallener Grabstättenansammlung und öffentlichem Park. Spanby Road. Plus zweistelliger Hausnummer. So lautet die Notiz auf seinem Zettel.

Efeuverhangene, hohe Bäume, häufig gekippte Grabmale. Gebrochene Platten, schlecht leserliche Namen, ursprünglich aufrecht, Naht an Naht. Kein Handyempfang. Lichtreflexe, Ranken. Wenig immergrüne Pflanzen, noch kaum belaubte Zweige, gestampfte Wege, Pfade. Hier schmiegt sie sich unverhofft an ihn.

Keine Erklärung. Sie küssen sich. Dämmerung in den Baumkronen. Keine Hundebesitzer. Abseitiger Pfad, abgelegene Örtlichkeit. Namen, die im Hellen schwer zu lesen wären, treten auf den Grabplatten deutlicher hervor. *Major Hamlet, Mme. Tower.* Seine Hände unter ihrem Top. *Das Einzige, das der Anbetung wert.* Erigiertes Glied. Finger am Verschluss seiner Gürtelschnalle.

Sie trägt einen Rock, kaum breiter als ein modischer Gürtel, »mach weiter«. Das Knarren bejahrter Bäume, knarzender Zweige im Wind.

Fasst in ihr volles, dunkles Haar, streicht über ihren Rücken, Bauch, seine Hände an ihren Schenkeln. Gerät mit einem Mittefinger unachtsam an ihren Strumpfhosenzwickel, den er, Folge des Ungeschicks, zerreißt. Spürt ihren Atem an seinem Hals, hört ihr harsches Luftholen, *mach weiter*, fühlt ihren Schoß.

Schamlippen, Feuchtigkeit, Klitoris. Zwischen Zeige-, Ringfinger. Spreizen ihrer Vagina. Frische Rasur. Kamasutra: Schreie der Turteltaube, des indischen Kuckucks, das Dâtyûha-Huhns. »Jörg, bitte, Jörg.«

Lässt sie sich umdrehen, abstützen auf einem Grabplattenrest, berührt ihre Brüste. Bewegt sich in ihr, hört den Wind, in den hohen Kronen, Eichen. Auf einem Friedhof, Hamlet. Nah der Station Mile End.

Eichen, deren Äste sich wiegen, überreife Eicheln am Boden, die er mit seinem Vater in einen Turnbeutel sammelt, blau-weißes Leinentuch.

Die er mit seinem Vater, einem Schlosser, der es zum Angestellten gebracht hat, der an den meisten Wochenenden einer weiteren Arbeit nachgeht, damit sie, zu dritt, zu viert, im Sommer in den Familienurlaub fahren können, die er mit seinem Vater sammelt, unendlicher Vorrat an Eicheln, den sie nach Hause tragen, wo sie die Mutter, Erzieherin, die allein ihren Sohn erzieht, später auch dessen jüngeren Bruder, mit dem sonntäglichen Mittag geduldig auf sie wartet.

Eicheln, die man im Zoologischen Garten zur Tierfütterung verkaufen kann, per Kilo abgerechnet. Die Groschen für den Automaten mit den bunten Kugeln klebriger Kaugummis, Zuckerglasur in grellen, unterschiedlichen Farben. Auf S-Bahnhöfen, die, wenn sie nicht stillgelegt sind, von der Reichsbahn betrieben werden und zur Ostzone gehören.

SBZ. Im Osten, dort sind die Kaugummikugeln, süß und bunt, am billigsten.

»Können wir nicht, Papa …?«

»Jörgi, du weißt doch, dass ich die S-Bahn nicht mag.«

Hinter dem S-Bahnhof, dem Umsteigebahnhof Schöneberg in Sichtweite des alten Gasometers, beginnen die Grünanlagen, die zu einem Friedhof und zu dem ausgedehnten Sportplatz an der Dominicusstraße und am Sachsendamm führen, dort wachsen die ertragreichsten Bäume mit den prallsten Kastanien.

»Können wir morgen dahin?«

»Du weißt doch, Jörgi, dass ich samstags arbeiten muss.«

Vorträge hält der Vater, an den Wochenenden, für richtige Ingenieure. Eintöpfe, wenn sie, die Söhne, mit ihrer Mutter allein zu Hause sind.

Mach weiter.

Dissonantes Ein und Aus. Ihr Atmen. Rechte Hand zwischen den Schenkeln. Spürt, wie sie sich beherrschen muss, um nicht im Dunkeln zu schreien: Turteltaube, Kuckuck, Huhn.

Groß wird der Vorrat, wächst, wird größer. Wenn er, gemeinsam mit seinem Sohn Leon, schwebend die Zeit, die ihnen an den Wochenenden bleibt, um die Ernte einzuholen, mit Stöcken oder dem teuren Fußball nach den reifen Früchten zielt, die aus der stacheligen Schale, der bräunlich-grünen, springen. Das weiße Auge, die braun polierte Haut der Früchte, die es aufzusammeln gilt, der nachgiebige, helle Samt, aufbrechende Hülle, deren Stacheln, sind die Früchte ausgewachsen, hart und hässlich werden können. Die Leinenbeutel, deren Zweck die Aufbewahrung des Turnzeugs war, der Schuhe, schwitziger Sportbekleidung, die Leinenbeutel, Erbe des Opas, geraten praller, praller, praller, in dem Maße, wie der Vorrat wächst und wächst, den es nach Hause zu schaffen gilt: ein Teil noch nach Wochen, Monaten unterm Bett der Eltern, dem eigenen Bett hervorgezogen, schimmelt, unguter Geruch, der den Stoff des Turnbeutels zu zersetzen beginnt.

»Wir haben doch längst genug gesammelt.«

»Nein, Papa! Jörg, da oben … Schieß doch noch mal mit dem Ball.«

Wartet die Mutter mit dem Essen? Da kann sie lange warten. Sein Sohn und er, kein Schlosser, der in der Arbeitsvorbereitung, der Zeitwirtschaft, die Akkorde gestaltet, verwaltet, Arbeitern an den überschweren Stanzen, Pressen, tausend Tonnen, stets »wissenschaftlich fundiert und exakt« die Produktionszeiten erstellt, an den Stoß- und Fräsmaschinen, Karusselldrehbänken, der spanenden wie der spanlosen Fertigung die Zeiten vorgibt: sachlich, nüchtern, objektiv, kein eigenes Interesse. Später wird der Vater, Opa, auf dem Friedhof begraben sein, in einer blauen Urne mit metallischem Glanz.

Mach weiter.

»Du triffst die ganz, ganz oben, Papa. Wir kriegen die alle, wir schaffen das.«

Wind in den vollen Kronen herbstlich verfärbter Kastanien. Geäst urzeitlicher Eichen. Tower Hamlets Cemetery. *Jörg, bitte, Jörg.* Nicht fern vom Bahnhof Mile End.

Reicht ihr ein Tempotaschentuch, um die noch warme Emulsion aus Körperflüssigkeiten von Slip, zerrissnen Strümpfen so halbwegs fernzuhalten.

Misstrauisch gegenüber den Geisteswissenschaften komme es ihr oft vor, als lebten in ihnen die Gehalte der Religion, der Götzenanbetung fort. Niemand müsse, um ein guter Physiker zu werden, Newton oder Einstein im Original gelesen haben. Jeder müsse, um mitreden zu können, den aktuellen Kanon der Literatur, der Philosophie kennen. Sobald das Zitieren das Denken ersetze, verkomme der Gedanke zur exegetischen Beschwörung, zu einer Form des Gebets.

»Ich muss jetzt los. Have to meet my parents.«

»Brixton?«

»Yes, indeed.«

Grinsend richtet sie die Kleidung. Gibt ihm, feixend, zum Abschied einen Kuss.

»See you.«

Während er noch an Hose, Gürtel, Schnalle nestelt, verschwindet sie in Richtung Docklands Light, nicht zu den Stationen Bow Road, Bow Church oder eben Mile End.

Das Licht zwischen den Bäumen, die den Frühling ahnen lassen, der letzte ferne Schimmer violetter Wolken, der in den noch blattlosen Ästen wie ein Winken wirkt, wird blasser, als er sich, Gürtel geschlossen, Hose von Erde und Samen gereinigt, anschickt, ihr zu folgen: auf dem Weg zum Ausgang des um die Uhrzeit von Hundebesitzern, allen guten Geistern verlassenen Orts am östlichen Ende der Stadt.

Die Frau im Sari, das lange, dichte Haar von einem dunkelroten Tuch kaum zur Hälfte bedeckt, hat den Vorhang zu den weiteren Räumen, dem kleinen Zimmer mit dem Schrein, zurückgeschlagen, steht nun unterm Rahmen. Auf ihrer Stirn ein dunkler Punkt, Bindi: Karmesin? Sepia? Das dritte Auge Shivas blickt ihn unverwandt an.

Mae, die am Herd hantiert hat, lächelt ihr beruhigend zu. Dann dreht sie sich um, drei Schritte, ein Gleiten, und mustert den unerwarteten Besucher ohne ein Zeichen von Scham.

Sie wirft den Putzschwamm in die Spüle, legt einen Arm um die Schulter des Jungen, der, reglos wie stets, auf einem Stuhl am Tisch sitzt und ein Schachspiel nachzuvollziehen scheint. Viswanathan Anand gegen den Norweger?

Mae zuckt die Achseln.

»Hallo. Da bist du ja.«

Sie greift nach dem Geschirrtuch, das ihr von der Schulter zu rutschen droht, streichelt das Haar des Jungen, das ungewöhnlich dick, aber nur mäßig dunkel ist.

Der Junge lehnt seinen Kopf an ihre Hüfte.

Grüßt mit einem knappen Blick den Besucher am Kunstglasperlenvorhang, den jener, der nicht über die Schwelle am Eingang hinausgelangt ist, weiterhin in der Hand hält. Derweil der Junge den gegnerischen König mit zwei Zügen matt setzt und Mae diesem letzten Geniestreich ein lichtes Lächeln schenkt.

»Er ist brillant, oder?«

Vage nickt sie in Richtung des Schachbretts, während der Junge sich von ihr löst und die Figuren vom Tisch räumt.

»Du darfst gern hereinkommen. Du darfst dich auch gern setzen. Und solltest du Hunger haben – das Essen ist gleich fertig.«

Nach wie vor vermeidet es die Frau im Sari, ihn anzuschauen. Der Junge, mit den Figuren beschäftigt, würdigt ihn keines Blicks.

Wie er jetzt dasteht, unbewegt, die Finger gleiten den Vorhang aus Kunstglasperlen entlang.

Nur Mae betrachtet ihn lange, den Dozenten aus Hellersdorf, der nicht vor- und zurückweiß. Hebt langsam die Achseln. Deutet auf den Jungen, das Schachspiel, Anand gegen den Norweger.

»Er ist dein Sohn, Jörg Krippen. In acht Tagen wird er elf Jahre alt.«

BERLIN CHEMISTRY

13 – Lichtenberg, Weitlingstraße

23. Juni 1990. Die von den Nazis besetzten Häuser der Weitlingstraße tauchen vor uns auf. Die Spitze des Demonstrationszugs hält an der Absperrung, die von den Volkspolizisten an der Kreuzung errichtet worden ist. Die Absperrung besteht aus Planwagen und einem weiteren Lkw, mit denen die Polizisten hierhertransportiert worden sind. Einsatzkräfte, die über mangelhafte Schilde, alberne Helme, eine für den Straßenkampf ungenügende Ausrüstung verfügen – weil die Polizei der DDR keine Erfahrung mit Auseinandersetzungen hat, wie die westdeutschen und westberliner Einsatzgruppen sie seit Langem gewohnt sind. Die Militanten aus den westlichen Stadtbezirken beginnen mit ihrem Angriff. Die Planen der Lkws, die auf die Fahrbahn gestellt worden sind, um die Straße zu blockieren, fangen Feuer. Entfacht von den Molotowcocktails, deren Mischung – Öl, Benzin, Klebstoff – mit den Jahren verfeinert worden ist, besser abgestimmt wurde. Die Wasserwerfer, museale Modelle mit müde tröpfelnder Kanone, gedacht, den Angriff der Militanten abzuwehren, vergeuden den Vorrat an Wasser ohne Reizgasbeimischung, um die Fahrzeuge der harmlosen VoPos zu löschen. Vergeblich. Die Militanten beginnen sich zu formieren, wollen die Barrikade der Polizei überrennen und zu den Häusern der Nationalen Alternative vordringen, zögern jedoch. Auf den Dächern jener Häuser, dicht bei dicht, die Kämpfer, die neuen Nationalsozialisten, in der Mehrheit blanke Schädel,

die auf eine Maske verzichten. Ziehen in einer wie einstudierten Bewegung, als greife eine lang geübte Choreografie, beschienen von der tief stehenden Sonne, die die Armee auf den Dächern mit einem Glanz umgibt, einer Aureole, als stünden dort Engel, ziehen, ein Tanzschritt, ein zweiter, die eben noch orangefarbenen Bomberjacken aus, um das Innere nach außen zu kehren, streifen die nunmehr militärgrünen Jacken über ihre sonst allenfalls mit einem schmucklosen Shirt bekleideten Oberkörper und machen sich bereit, den Sturm auf ihre Feste blutig zurückzuschlagen. Der Demonstrationszug, einem feinen, kaum wahrnehmbaren Ton, einem Vibrieren, einem Geräusch am Rande akustischer Möglichkeit folgend, setzt sich erneut, mehrheitlich, fast geschlossen, in Bewegung und passiert die rauchenden Lkws – Skelette vor einem Wasserwerfer, vergessenes Tier aus dem Paläozän, das traurig zu grüßen scheint.

Wir kriegen euch alle.

14 – Betriebsbahnhof Schöneweide

Treppenstufen, Bahnsteig, der eiserne Perron. Die sonderbare Sanftheit der Stimme aus dem Lautsprecher. *I feel so different, now I feel so different, but.*

Während wir – weil wir wussten, dass es meist mehrere sind, die sich in den S-Bahnen, oft am Freitagabend, ihre Opfer suchen – nur in Gruppen auftraten, ausreichend ausgerüstet, nie unbewaffnet, versuchten wir dennoch, die Aktivitäten nicht auf die Patrouillen zu beschränken, sondern, trotz der häufig ablehnenden Haltung der vor sich auf den Boden starrenden Fahrgäste, Flugblätter zu verteilen, auf denen wir erläuterten, weshalb wir in den S-Bahnwagen seien.

Schaut nicht zu. Greift ein. Verteidigt.

Wir hatten, weil wir gut genug vorbereitet waren, nie Probleme.

Wir entwaffneten die Glatzen, denen wir begegneten, nahmen ihnen ihre Jacken, die Embleme, oft die Stiefel und notierten ihre Namen, traten sie, erst wenn wir sie zweimal trafen, um. Wir vermieden es, allein in den S-Bahnen zu fahren. Hin und wieder wird es dennoch nötig.

Treppenstufen, Bahnsteig, der eiserne Perron. *Wir könnten, aber.* Die wenigen Fahrgäste schweigen im schaukelnden Waggon.

Eins: der Schwarze. Schaut erschrocken, obwohl oder weil das Erwartete eintritt. Spannt sich, ein Körper, als würde er lauern. Schließt seine Lider bis auf einen Spalt. Ungewöhnlich lange, dunkle Wimpern. Sieh ins Weiß der Augen deiner Feinde. Heißer Atem am Ohr. Wortfolge wieder im Stechschritt. *Meint ihr nicht, wir könnten unterschreiben?* Wird sich hinknien, widerwillig. Glattrasierte Köpfe neigen sich seiner Ohrmuschel entgegen. Lippen, Laute, Körpersaft. *Denn wir könnten, aber.* Zwei: der Voyeur in der Ecke. Kennt er sein Gegenüber von früher? *I ask you, why.* Waffen. Verborgen in geballten Fäusten, Gesäßtaschen. Oft Gaspistolen, man weiß nie. Wippen: der Stahlruten, der Totschläger. Drei Glieder. Eines angelegt als Feder. Vorn ein Knauf. Fünfte Stunde Physik. Geschwindigkeit mal Masse: Impuls. Impulserhaltungssatz. Die Übertragung des Impulses auf die Knochen. Wenn der Knauf abgebremst wird. Die Kraft: Masse mal Beschleunigung, hier negativ. Die Größe: abhängig vom Bremsweg. Das heißt: der Härte des Knochens. Der Bewegung des Kopfs. Dessen Nachgiebigkeit. *In the still of the night, while the world is in slumber.* Der Voyeur. Einer, der zusieht und lächelt. Heimlich. Kein Faktor. Unbewegt. Teil des schaukelnden Waggons. Drei: die Kulisse. Sieben Fahrgäste, die schweigen. Achtzehn Bilder pro Sekunde. Nicht zu ortendes Dröhnen. Übelkeit der Testpersonen. Einwirkung der Ungewissheit auf den menschlichen Körper. Absenkung der Hirnfrequenzen. Bleibendes Vibrieren, Kälte. Manipulation des Blutdrucks. Bis zum Platzen von Gedärmen, Trommelfellen. *Was beleuchtet wäre, wäre auch entdeckt.* Vier: zwei junge Männer. Kahlrasierte Schädel. Grün statt schwarz, die Bomberjacken. Am Revers die Farben: schwarz-weiß-rot, die Ziffern: eins-neun-drei-und-sieben. *In the still of the night, while the world.* Fünf: das Sakko, Lehrertyp. Wird intervenieren. Ein Gesicht aus Pfeifentabak, Zivilisation und teurem Rotwein. Sechs: ich. Wenn sie ihn treten, beginnt meine Chance. Von der Sowjetunion lernen.

Das Schließen der Türen. Druckluft, das Scharren der Schuhe. Stiefel mit Stahl, die Jacken: britischer Bomberpiloten. Spüren die Nervosität. Wind im Gesicht der Kulisse. Sieben: sie, schön wie der Blick der Kobra, am Ende des S-Bahnwaggons.

Lächeln, als sie sich im Rücken der Kahlrasierten erhebt. Mir zunickt. Ein Schritt. Lautlos. Ein weiterer Schritt. Lauern. Auf den geeigneten Moment.

Der Schwarze: springt auf, steppt rasch zur Drucklufttür – zu spät.

Was nun kommt, kennt man: er soll grüßen. Sich zudem hinknien, weil er derart groß ist. Man schaut, als glattrasierter deutscher Schädel, nicht gerne auf, man möchte seinem Nachbarn ins Auge schauen, ins Weiß, weil dort die Furcht wächst. Gazellen sind zerbrechlich, bloß Geparden – sind ausdauernd und kräftig und auch schnell.

Sie werden ihn erst fragen, weshalb er, als die S-Bahn anfuhr, zur Tür, obwohl die längst geschlossen worden sei, augenscheinlich habe flüchten wollen. Sie werden warten, werden fragen, ob er der Meinung sei, dass Neger, obwohl sie doch, das sei nun nicht zu ignorieren, ganz anders röchen, ihren rechten Arm vor ihnen heben dürften, Neger, ob sie, die Menschen aus dem Busch, es wirklich wert sein können, hier, in dem Land, in das sie sich wahrscheinlich nur geschlichen hätten, zu grüßen wie die Menschen, die hier zu Hause seien, es immerhin getan hätten. Sie werden sich die Stahlkappen der blankpolierten Schuhe eingehend und genau betrachten und werden, weil der Neger ihnen die Antwort schuldig bleibt, darauf verweisen, dass er, vorhin, als er gerannt sei, habe flüchten wollen, auf einen ihrer blankpolierten Schuhe gestellt habe: das sei gewiss nicht mit der vollen Absicht geschehen, dennoch müssten sie ihn nun bitten, den Schuh mit einem Ärmel des teuren Wintermantels, woher er den nur habe, besser noch mit der Zunge zu reinigen.

Vielleicht wird er sich weigern – die Tiere aus der Wüste, selbst Gazellen, sind hin und wieder unerwartet stolz.

Vielleicht werden sie, kantige Gesichter, schön anzusehen im Gegenlicht, nunmehr ihre Messer mit einem leisen, in der Stille, die sich im Wagen ausbreitet, jedoch fast schmerzhaft deutlichen Klick aus dem Schaft vorspringen lassen. Vielleicht hat einer jener beiden, die ihre Nägel mit ihren Klingen reinigen, auch eines dieser neuen und offenbar sehr wirksamen Schmetterlingsmesser bei sich. Vielleicht werden sie, weil das Weiß der Augäpfel des Negers sich jetzt verfärbt, sehr dunkel wird, und niemand weiß, bei einem schwarzen Neger, ob es die Furcht ist oder seine Wildheit, vielleicht werden sie, um den schlichten Vorgang ebenso schmucklos abzuschließen, eine der Drucklufttüren öffnen, aufdrücken, um dem schwarzen Mann den Ausstieg zu erleichtern vor Einfahrt in die rettende Station.

Bis jemand, der ein Trottel ist, den Ablauf unterbricht.

Der Lehrertyp, das Sakko: er hat die Pfeife in Erwartung baldigen Halts schon in der Hand. Er sagt nun, und man sieht, dass seine Hände zittern, der Pfeifenkopf vibriert leicht, die Hose wird am Bund schon feucht, sagt, als sie sich, die Glattrasierten, an der verschlossenen Drucklufttür zu schaffen machen, daran zerren, sagt: »Ihr hattet doch jetzt euren Spaß.« Denn das sind seine Worte, am Ende dieses Satzes senkt er die Stimme: »Also, hört doch auf.«

Man glaubt nicht, was man sieht, und doch geschieht es.

Die Glattrasierten schauen in ein von Wein und langen Jahren gezeichnetes und dennoch lächelndes Gesicht.

Der Neger nutzt die Unterbrechung, Instinkt, er wittert eine Chance.

Und auch ein Teil der Fahrgäste wird, weil der Vorgang abzubrechen droht, auf seinen Sitzen unruhig, es gibt im Wagen einige Geräusche. Die Stille, die die Szene begleitet und umgeben hat, das angespannte Schweigen, die strenge Konzentration auf einen Ort, den Schauplatz, all das droht zu entgleiten, scheint zu zerfasern, löst sich auf: das Publikum begreift nicht, dass ein Schauspiel auch ihm bloß einen festen Platz zuweist.

Die Frage des Größeren, des Plumperen des kahlgeschorenen Duos, des Typs, der sich dem Sakko samt dessen Pfeife nähert, die konsternierte Frage, ein gutturales Gurgeln: »Wer bist du?«

Dann treten sie den Neger sehr rasch und bruchlos nieder, horchen, mit angestrengten Augen, auf einen feinen Ton, nur ein Vibrieren, das sich in der jetzt wieder dunklen Stille hält.

Sie setzen eins der Messer dem Sakko unters Kinn, ein feines Zischeln.

Noch immer hängt das nunmehr leere Grinsen vor dessen Lippen. Ohne rechten Glauben hört er die dünnen Worte: »Dann spring du!«

Eins: die unruhig schweigenden Fahrgäste im schaukelnden Waggon. *May I ask you, why.* Zwei: der Schwarze, der sich, die Knie zur Brust gezogen, am Boden zusammenkrümmt. *In the still of the night, while the world.* Drei: das Sakko, die Pfeife rutscht ihm aus der Hand, klackert gegen die Tunnelwand des schwarz vorbeihuschenden Schachts, klammert sich an den Flügeln der nur zu einer Hälfte geöffneten Drucklufttür fest. *Ihr hattet doch jetzt euren Spaß.* Der nächste Tritt eines Stahlkappenschuhs gegen den Körper des Mannes.

Wir könnten, aber.

Vier: die kahlrasierten Schädel. Eins-neun-drei-und-sieben.

Wie sie das widerstrebende Sakko langsam Richtung Tunnelwand schieben, ihm das Messer, Butterfly, gegen den Kehlkopf drücken. Sodass die Haut, rötlicher Strich, ein wenig auseinanderklafft, ungeschütztes Fleisch der kühlen Zugluft aussetzt.

Meint ihr nicht, wir könnten unterschreiben.

Fünf: Fahrgäste, die nicht wissen, ob sie sitzen bleiben, schweigen oder schreien sollen. *Auf dass uns ein bis zwei Prozent. Gehören.*

Sechs: ich.

Arme umklammern die Kehle des riesigen Kahlrasierten. Nicken, als sie sich im Rücken seines Gefährten nähert. Mit einem Eisenstück zuschlägt.

Schraubenmutter. Faust. *Tausende uns hörig. Und.* Schlag auf glatten Schädel. Blut. Das. *Nur ein Toter.* Weiße Haut. *Ist ein guter.* Afrika am Boden. *Ist.* Sakko. Schläge. Wimmern. *Ist: ein guter.* Von der Sowjetunion. Gebrüll. In der S-Bahn. *Nazi.* Platzende Haut. Sackt ohne Laut in die Knie. Kehle. Schwach, ohne Atem: »Wir – kriegen euch alle!« Kehle. Rot auf den Wangen. Lila Lippen, die faseln. Kehricht, am folgenden Bahnhof: raus auf den Perron.

Schließen der Drucklufttüren. Kreischen von Männern, Frauen. Bleichgesicht Sakko auf Knien: »Bitte, ich danke euch sehr.«

In the still of the night. While.

Sieben: der Voyeur.

Macht sich im Innern des Schädels – Schlagzeile, Titelblatt, Zeitung – seine geheimen Notizen. Am übernächsten Bahnhof verlassen wir den Waggon.

»Ich seh dich.«

Sie lächelt, drückt mir ein Flugblatt in die aufgeschürfte Hand: *Treffen in einem Gemeindesaal, vorderer Teil Kreuzbergs.*

15 – Kreuzberg, Nostitzstraße

Jahre später wird sich herausstellen, dass ein verwirrter Mann mittleren Alters das Feuer in Kreuzberg, unweit des Südsterns, gelegt hat.

Jetzt gilt, was gewiss von jedem der hier im eilends vom evangelischen Pfarrer zur Verfügung gestellten Gemeindesaal Versammelten noch vor Stunden für undenkbar gehalten worden wäre: die Schweine, die wagen sich mittlerweile bis hierher zu uns. Nach Kreuzberg. Grillen, mir nix, dir nix, eine kurdische Frau. Deren zwei Kinder, Säuglinge. Während ihr Mann, Schlosser bei Siemens, auf Arbeit oben im Norden, paar Stationen vor Zitadelle, auf Nachtschicht gewesen sein soll.

Was tun?

Sie lächelt mich an, und ich erwidere ihr Lächeln, und alle im Saal beschließen: S-Bahn-Patrouillen verstärken. Fahrwachen: wieder aufnehmen. Neuralgische Punkte: kontrollieren. Präsenz auf der Straße: erhöhen. Angriffe gegen ihre Logistik. Jagen. Schlagen. Fuck.

Am Ende des drei Stunden dauernden Plenums, sie lächelt, ich erwidere ihr Lächeln, wir sitzen inzwischen nebeneinander, wird die Gründung einer bezirklichen AntiRa-Gruppe beschlossen, um niemanden durch bloßes Posen, militantes AntiFa-Gebaren womöglich abzuschrecken. Einer Gruppe, deren zu Beginn beträchtliche Teilnehmerzahl binnen weniger Termine überschaubar geworden sein, die sich während der ersten Treffen vornehmlich mit der Frage der Korrespondenz von Chakren in Bezug auf die geeignete Farbgebung unserer Flugblätter und Plakate befasst haben wird.

Gelb? Orange? Rot? Wie die Aura des Feuersalamanders?

Sie flüstert, während wir wortlos staunen, wispert mir zögernd ins Ohr, sie wisse noch andere Wege und ob ich dazu bereit sei – »wie in der S-Bahn«, sagt sie.

»Ja«, sage ich leise.

Betrachte meine schlecht verheilte Hand.

»Dann lass uns gehen«, sagt sie.

Wir suchen nach unseren Jacken, nicken kurz in die Runde und stehen auf, um das Plenum vorzeitig zu verlassen.

Wie wir losgelaufen sind, quer durch den Bezirk, hinunter zur Spree, den Wind in den Augen.

Wie sie gefragt hat: »Wohin?«

Wie ich gesagt habe: »Weiß nicht.«

Wie sie gesagt hat: »Ich schon.«

Wie wir weitergelaufen sind, rennen, einander bei der Hand fassen, immer dicht am Ufer.

Wie sie fragt: »Wo wohnst du?«

Wie ich ihr antworte: »Nirgendwo so richtig. Mal hier, mal da, bei Freunden. Kein Bock mehr auf meine Eltern. Bin weg nach dem Abitur. Und du?«

»Lottumstraße. Besetztes Haus. Wird manchmal was frei.«

»Klingt gut«, sage ich. »Gib mir Bescheid.«

»Wir haben sogar so'n Bulli. Fast so 'ne Art Transporter. Krieg ich, wenn ich möchte. Für jeden denkbaren Umzug, echt.«

»So viel Zeug«, ich grinse, »hab ich nicht. Alles bei meinen Eltern in Lankwitz.«

»Lankwitz?« Sie legt ihren Kopf kurz auf meine Schulter. »Gibt's das wirklich?«, fragt sie. »Lankwitz?«

»Nee.«

Ich streichle ihr über die Haare. »Nee, so richtig wirklich gibt's Lankwitz wohl eher nicht.«

Dann sind wir da. Die Sonne zeichnet längere Schatten auf das schmutzige Wasser. Weiß dümpelt Schaum in Flocken an die Uferstreifen aus Sand.

»Hier.«

Sie schiebt eine Tür aus Eisen gegen einen Widerstand, einen Keil aus Balken, drückt das verbeulte Türblatt auf. Lässt mich vor ihr eintreten. Hält in der Hand eine Taschenlampe. »Allzeit bereit.« Ihr Lächeln kann ich im Dunkel nur ahnen. »Manchmal pennen hier Leute. Riechst du den Geruch nach nassem Hund?«

»Nö.«

Vorsichtig folge ich ihr durch den Gang. Halte mich am Saum ihrer zerschlissenen Lederjacke. Habe den Duft ihrer Haare bei jeder Treppenstufe, die wir uns durchs Stiegenhaus, kein Geländer, feuchte Wände, hochtasten bis zum Dach, in der Nase.

»Hast recht.« Ihr Flüstern. »Die Hunde sind heute nicht hier.«

Zwar ist die Luke verschlossen. Trotz aller Mühe nicht zu öffnen. Zwar ist der andere Weg, weil eine Decke kürzlich erst eingestürzt ist, versperrt, nicht zu passieren, aber es gibt im letzten Stockwerk einen seitlich offenen Raum, eine Wand fehlt, eine weitere bröckelt zur Spree hin. Die Steine: lose nur noch aufeinandergeschichtet, bloß das Eck beim Kamin, nachträglich gegossen, Stahlbeton, unzerstörbar, wirkt mit den Fensterhöhlen, die sich zum Fluss hin öffnen, wie die Zinnen bewehrte Mauer einer maroden Burg.

»Das war mal eine Eisfabrik.« Sie schaltet die Taschenlampe aus, lässt sie in ihrer Jacke verschwinden. »So was gab's hier noch lange.«

Sie lehnt sich gegen den Sims. Gesäß im Staub, die Jeans auf ihrem schmalen Becken wie eine zweite Haut.

»Was machst du eigentlich?« Sie zieht mich näher zu sich heran. »Sieht blöd aus«, sagt sie, »echt.«

Sie fährt mir mit der Hand durch meine Rastalocken. Letzte Reflexe des Sonnenlichts treiben auf dunklem Wasser, das am Fuß der Eisfabrik gegen zerfressene Bohlen plätschert, von Moos überzogen. Dazu die Geräusche, monotoner Gesang.

»Bisschen studiert. Eine Weile auf Reisen. Wieder studiert. Komparatistik.«

»Was ist das?«

»Vergleichende Literaturwissenschaft. Aber eigentlich nur ein Wort. Und du?«

»Krankenschwester. Kinderkrankenschwester. Hab aber keine Lust mehr.«

Dann berühren sich unsere Lippen. Behutsam, gierig. Sie löst sich von mir. Holt aus dem Innern der Lederjacke einen Flachmann, Whisky, nimmt einen Schluck, reicht ihn mir.

Die Schärfe des Schnapses am Gaumen, im Rachen. Die Sonne, die hinter den Häusern verschwindet. Das andere Ufer, ein fernes Gespinst. Keine Fenster erleuchtet.

»Was würdest du gerne machen?«

»Theaterstücke schreiben.«

»Dann solltest du das auch tun.«

Sie dreht ihr Gesicht der Spree zu. Öffnet den Gürtel der Jeans. Stützt sich mit den Handflächen auf den Sims aus Beton. Stellt, als ich ihr die Hose sacht von den Hüften bis zu den Knöcheln herunterziehe, kein Slip, keine Unterhose, die Füße, zwei Stiefel breit, auseinander. Beugt sich leicht vor, ich dringe, die eigene Jeans an den Knien, während sie seufzt, in sie ein.

Kein Kahn auf dem Wasser, kein Boot. Die schwarze Stille der Nacht gehört uns allein.

16 – Teltow-Fläming

Als wir vor dem Heim eintreffen, haben die Bewohner der Flüchtlingsbaracken Angst. Ihre Furcht gilt unserem Aufzug. Outfit. Der schwarzen Kleidung, den Masken. Springerstiefeln, Handschuhen. Einige von uns tragen Helme. Hatte immer das Gefühl, mich würde ein Helm hindern.

Sie trägt niemals einen Helm, trägt die Haare offen. Schlaufe des Schlagstocks am Handgelenk. So einer aus Gummi, Eisenkern.

Ich, wie meist, den Schlagring unterm linken Handschuh. Dazu den Baseballschläger. Stahlblechumwicklung, splittert sonst. Menschliche Knochen, Schädelknochen, bieten einen oft erstaunlichen Widerstand.

Die dunkelhäutigen Bewohner, Mozambique, Angola, werden ruhiger. Kapieren, dass wir gekommen sind, um ihnen zu helfen. Aufmarschieren vor ihrem Heim, um ihnen, als Deutsche, beizustehen. Nicht, um sie, wie sonst, zu rösten.

Fünfundzwanzig von uns. Verteilt in der Dunkelheit. Hatten eine Ahnung, dass die wiederkommen, wie in den Nächten zuvor. Nazis, das muss man sagen, sind oft zum Ficken zu doof.

Voll in die Falle, Blutbad.

Und sie, wie sie im Gegenlicht, die sind mit so einem Laster, Barkas, vorgefahren und haben die Latichten rechts wie links brennen lassen, auf das dickste Nazischwein, so eine richtig fette Sau, los ist: Füße in den Springern voran, das Vieh umgetreten und ihm den Eisenkern übel in die Fresse – weia, der hat die Beißer im Dutzend auf den Heideboden, die von Föhren ausgelutschte, graustaubige Erde gespuckt. Sieht hübsch aus, so im Gegenlicht, wie die weiß blinkend fliegen, gefolgt von einem Schwall Blut.

Umgefallen, die fette Scheiße, nicht mal mehr gejammert.

Sie mit der Sohle auf seiner Wampe, umgedreht zu uns, gegrient: jung, die Haare offen, bis in die letzte Faser zäh und durchtrainiert.

Wir haben sie ziehen lassen. Mit ihren Verletzten, ohne ihren Barkas.

Good Night White Pride.

Einer von denen aus Angola steht plötzlich mit Machete neben der Nazi-Qualle: um die Kuh zum Schlachter zu tragen.

Wir sagen ihm: »Lass stecken, die kommen, kannst du ein' drauf lassen, im Leben nicht wieder zu euch.«

Dann schenken wir ihm die Zähne, die vor ihm im Heidekraut liegen.

Er nickt.

Und seine Zähne, die haben weiß geleuchtet in der verfluchten Dunkelheit des Landes Brandenburg.

Die Nazis ab. Wir noch gewartet. Bis im ersten Dämmer so eine popelige Streife angetuckert kommt. Die Bullen da im Osten – Mann, waren das Pfeifensäcke. Dann sind wir mit dem Barkas Richtung Berlin gefahren.

Sie hat auf meinem Schoß gesessen. Ich hab gedacht: Das gibt es nicht. Immer noch sie, die Toughe. Jung, die Haare offen. Zäh und durchtrainiert.

»Zieh zu mir«, hat sie gemurmelt. »Zu uns, in die Lottumstraße. Neben mir wird ein Zimmer in zwei Wochen frei.«

Keinen Tag gezögert.

Es ist Frühjahr geworden, Sommer. Wir liegen beieinander. Am See, am Meer, auf Wiesen. Und das Licht ist weich.

Wie das Fleisch fremder Früchte aus einer uns einst unbekannten Welt.

17 – Köpenick, Dorotheenstraße

Jene im ersten Augenblick ungeschlacht wirkende Gestalt huscht aus dem toten Winkel, Dunkel einer Tordurchfahrt, geschmeidig auf dich zu.

Silhouette. Schlagstock. Stahlrute, wer weiß.

Versuch, einem Angriff auszuweichen. Hilflos hastige Bewegung. Rutschen auf dem Pfützenrest. Frisch besohlte Schuhe. Schliddern Richtung Rinnsteinkante. Straucheln.

Für Momente dann das Bild: du – seitlich neben dir der Kerl – ausholender Arm mit stumpfem Werkzeug.

Fuß bleibt am Bordstein hängen. Blick zum Dachfirst eines Giebels, dem Abzug eines kragenden Kamins. Kippen in die Rabatte. Zierbeet zwischen Gehweg, Fahrbahn. Sommers Blumen. Die den schmalen Gehsteig schmücken. Schild, das Hunden untersagt, sich zwischen dem Staketenzaun im Bewuchs zu erleichtern.

Ungläubiges Staunen. Abitur mit Auszeichnung. Gleich wirst du, beliebiges Vieh, mit einem Knüppel erschlagen.

Sie …

… wie sie, das Klirren des Glases seltsam gedämpft, den Flaschenboden an der Kante der Toreinfahrt abschlägt: um die gezackte Scherbe der dunkelgrünen Flasche dem Angreifer, der euch aufgelauert hat, seitlich in die Halsbeuge zu stoßen. Sodass er, Kind beim Stopptanz, in der Bewegung innehält, den Schlagstock vor sich fallen lässt, mit beiden

Händen nach dem Blut, unwillkürlicher Reflex, tastet, das aus der Wunde pulst, ihm in den Kragen, schwarz-rote Kontraststreifen, seines sonst blütenweiß-akkuraten Fred-Perry-T-Shirts läuft.

»Du wirst sterben.«

Sie spricht gedämpft. Dennoch klingt jede Silbe in der stillen Straße überlaut.

»Verbluten, wenn du nicht tust, was ich dir sage.«

Nimmt den vierschrötigen Angreifer sacht bei der Hand. Presst dessen Fingerkuppen auf die geöffnete Ader. Stoppt den Blutfluss, indem sie den Kerl das aufgerissene Gefäß am eigenen Stiernacken abdrücken lässt. Heißt ihn, im Rinnstein hocken zu bleiben und sich nicht zu bewegen. Die Finger keinesfalls von der Wunde zu heben.

Bedeutet dir, der du wie ein Kind, das sich mit Mühe wieder fasst, in der Rabatte kniest, zur nächsten Telefonzelle in Sichtweite zu laufen: um Rettung, Sanitäter, die Feuerwehr zu alarmieren, während sie wispert: »Schade, nicht die Schlagader. Der Typ wird's überleben. Obwohl er's nicht verdient.«

18 – Mitte, Lottumstraße

»Was ist denn jetzt mit deinem Vater?«

Während ich mir die Unterhose, dann die Jeans überstreife und sie auf nackten Sohlen den Flur durchquert, das Bad betritt, die Klobrille herunterklappt – »immer pisst du im Stehen, das is' echt für'n Arsch« –, höre ich sie müde und zögernd sagen: »Er ist pleite. Aus und Schluss.«

»Ich meine, die Untersuchung …«

»Alles so weit okay. Wie sagt man? Unter den gegebenen Umständen …«

Ich höre sie pinkeln, höre die Spülung, denke an ihren Vater, quarzend wie eine Kokerei, der, ein gebeugter Mann, in der Garage der Kfz-Werkstatt steht. Die Hebebühne, alles verkauft, um wenigstens ein paar Schulden bei den engsten Freunden zu tilgen, bevor der Gerichtsvollzieher, ein Kerl wie ein Schrank, das Gesicht eines Frettchens, Schnurrbart nach Kaiser-Wilhelm-Manier, nichts passt an dem Typ zueinander, seinen Kuckuck auf das Tor klebt.

»Du, Paps, das hat sich jetzt … endgültig ausgeschraubt.«

Da lehnt sie in der Ecke, flüstert: »Daddy.«

Meist nennt sie ihn Daddy, manchmal Paps. Paps, der die Arme zum Wellblechdach reckt. Keine Werkzeuge mehr an den Wänden. Der Boden fleckig vom Öl. Hie und da Reste von Werg. In der Grube Schrauben, Muttern. Und der Kalender mit dickbusigen Damen hängt noch verschmiert im Kabuff neben der Galerie uralter Fußballpokale.

Paps reckt die Arme zum Dach der Garage. Ich stehe am Tor, sie mir gegenüber, knackt den Kronkorken der Flasche, hebelt ihn mit dem rechten, oberen Eckzahn auf. Nimmt einen Schluck, während sie wartet, ob Paps, der mitten in der nun leeren Garage die Arme zum Himmel aus Blech emporreckt, brüllen wird wie ein Tier. Fluchen auf die Schweine, die Welt, den Westen, schimpfen auf die verfluchten Psychiater, die seine Frau in der Mangel haben, die ihn nur noch selten erkennt. Aber er atmet bloß aus, dann sackt er zusammen. Setzt sich auf den Beton.

Und keine Stunde später fährt ihn der Rettungswagen in die Klinik am Urban, wo ihm der Arzt, ein Junge aus Wismar, blond wie der Weizen kurz vor der Ernte, den Defibrillator auf den Brustkorb drückt.

Drei sinnlose und gehetzte Jahre, in der Grube unter der Bühne und in dem Kabuff mit den alten Pokalen, den überquellenden Aschenbechern, den barbusigen Frauen mit den verlängerten Nägeln und der lackierten Haut. Drei Jahre, die überflüssig waren. Keiner hätte die Klitsche retten können, und schon gar nicht er.

Sie spült, sie steht auf, sie kommt zurück, ein schmaler Schatten im Korridor. Kein Slip, kein T-Shirt betritt sie das Zimmer, lässt sich auf das Bett fallen, zieht mich zu sich auf die Matratze, zerrt mir die Jeans von den Hüften. Streicht mit ihren Fingerspitzen vorsichtig über den Kratzer, den der Schlagstock des Nazis auf meiner Stirn verursacht hat, längst verschorft, die Narbe nur bei bestimmtem Lichteinfall überhaupt zu erkennen.

»Mann, hattest du ein Glück.«

Dann ziehen wir uns langsam an, stehen widerwillig auf, gehen hinunter in die Kneipe, die »Pechschwarzes Café« heißt, um über die Gefahr einer Räumung in nächster Zukunft zu sprechen, Plenum, Haus-Rat, halten uns bei den Händen und sagen nichts.

Lauschen dem Reden derjenigen, die verhandeln wollen, derjenigen, die sich weigern – »Räumung, na und?« –, bis die Erschöpfung die im Schankraum Versammelten sich verlaufen lässt.

Oben im Zimmer sieht sie mich an. Mustert mich lange. »Wir hauen ab, ziehen aus. Du hast doch auch keinen Bock mehr.«

Ich zucke die Schultern, weiche ihrem Blick aus.

»Und wenn ich mich um Paps und meine Mutter kümmern will … Und dann das Ding mit dem Abi …«

Sie tritt auf mich zu, umarmt mich, fährt mir erneut mit den Fingern behutsam über die Stirn.

Sie küsst mich lange, sagt leise: »Ich weiß, dass das heavy war.«

19 – Treptow, Alte Industrie

Einraumwohnung, Schöneweide: freier Blick über die Spree. Am Ufer entlang die Brachen, sterbende Industrie.

Aber: unser.

Denn dort oben, hoch genug, Blick vorbei an braunem Backstein, Fluss wie tot, die Himmel: rosa – grün, mit gelben Schlieren – violett, die Sonne: hebt sich überm RAW, reckt ihr Rot dem Osten, der ihr den Rücken kehrt, zu.

Als wir, endlich!, dem Vermieter die Papiere – kleiner Umschlag, drin drei Scheine – den Vertrag: sie, er, dann ich, gültig unterschrieben hatten, lagen wir still auf dem Boden unseres Zimmers im obersten Stock.

Dielen und Linoleumreste. Blick zur Decke – Wasserflecke. Augen Richtung Himmel – hier werden wir bleiben.

Ich: erneut mein Studium aufnehmen, beenden.

Sie: Kolleg für's, endlich!, zu bestehende Abitur. Vergessen, lang vergessen: die abgebrochene Ausbildung zur Kinderkrankenschwester.

Später sage ich, während sie sich neben mir auf der geteilten Matratze – keine Tränen, kein Geräusch – aufsetzt, den Rücken zur Wand und den Blick zum Fenster, vor dem die Nacht noch dunkel, der Himmel aus Bitumen ist: »Böse geträumt? Von Mathe?«

»Gar nicht geschlafen.«

Jedes Wort ein Stoß, klein, gemein, gegen die verbrauchte

Luft im Zimmer: dem Schiff dicht unter den Himmeln – altes Verwaltungsgebäude nahe den Ufern der Spree.

Ich meine sie vor mir zu sehen, inmitten der anderen Schüler, die, fünf, sechs, manchmal acht Jahre jünger als sie, miteinander beschäftigt sind, achtzehn, neunzehn, zwanzig, sich zu Paaren finden, ihr keine Beachtung schenken.

Zu alt, zu Punk, zu anders, zu schroff und ungelenk.

Was habe ich, in Stellvertretung – sie sei krank, Grippe, fiebrige Angina –, der Direktorin schmeicheln müssen, bis in ein weiteres Treffen eingewilligt wurde. Das die Direktorin dem pädagogischen Koordinator, Termingründe, abtritt. Der, gehetzt, was für ein Dusel, den Antrag, der ihm vorliegt, ungesehn unterschreibt.

»Dusel, so nenn ich das.«

Wir lachen, als wir auf dem Schulhof stehen und uns umarmen: »Ich glaub das einfach nicht.«

»Gar nicht geschlafen?«

»Keine Minute.«

»Aufgeregt?«

»Ich geh da nicht hin.«

»Was? Deine letzte Mathe-Klausur. Und du willst da nicht hingehn?«

»Der Typ ist ein Arsch.«

»Haben wir fünfzig Mal besprochen. Selbst, wenn du eine Fünf schreiben solltest, wäre noch alles okay.«

»Mir egal. Ich geh nicht.«

Am Rand des dunklen Himmels bewegen sich die Blinklichter einer Transportmaschine, die Schönefeld anfliegt.

»Du gehst.«

»Bist du mein Vater? Oder meine Mutter?«

»Vielleicht beides?«

»Hör auf mit deiner scheiß Ironie. Die ist was für Ärsche.«

»Wenn du nicht gehst, ist es vorbei. Du fliegst, du fliegst von der Schule.«

»Es ist vorbei. Du weißt es. Ich bin zu alt für den Scheiß.«

»Volle fünfundzwanzig?«

»Du weißt, dass ich dich schlage. Ich schlage dir die Zähne in deinen blöden Kopf.«

»Du kannst dir den Ausfall in Mathe leisten. Nur keine null Punkte. Du kannst …«

»Gegessen. Ist vorbei.«

Während sie mir ihr Gesicht, das im Licht des phosphoreszierenden Weckers wirkt wie ein kühler, glatter Stein, zuwendet, ich ihre Augen im Dunkeln nicht erkennen muss, um zu wissen, wie stolz – eine Athene –, wie stur, verzweifelt – Kind im Schnee – sie zu mir herüberschaut, als warte sie, dass ich sie nehme, im Arm halte, zu mir ziehe, sie wiege: das wird schon, wird, das wird, indes sie mir ihren Körper, meine Gabe an dich, gleich einem Pfand entgegenhält, suche ich nach einem Trost: für mich, für sie. Möchte mich aufrichten, flüstern: Bitte! Möchte auf sie zugleiten, rollen, sie bedecken, an mich nehmen, »lass doch, lass das blöde Mathe, da findet sich sicher ein Weg«.

Ich bleibe liegen. Ihr Körper, Marmor, spiegelglatt, im kühlen, grünen Licht des Weckers, geschliffen, jede Struktur, die Körnung, von meinen Sätzen, meinem Reden: das wird schon, wird, das wird, jeder Riss, alle Unebenheit von meinen Worten fortgenommen, von meinem steten Reden wie poliert.

Ich schlage dir die Zähne in deinen blöden Kopf.

»Ich kann nicht mehr.« Sie lächelt. »Und ich will nicht mehr.«

Löst sich von der Wand.

»Oder ich müsste dem Arschloch mit seinem ganzen Mathe voll in die Fresse hauen.«

Wenn die Sonne über der Spree noch nicht aufgegangen ist, als Vorbote des Morgens aber den Himmel färbt, kann ich, wenn wir uns lieben und sie sich, Augen geschlossen, auf mir, Schattenriss gegen das kaum hellere Fensterglas, aufrichtet, emporreckt, den Kopf und das Haar zurückwirft, auf ihrem Hals, dem Ansatz ihrer Brüste die Ahnung eines Krans ausmachen, der mit fortschreitender Zeit aus dem schwarzen Grau wächst, das überm Fluss aufbricht – Schemen stählerner Streben auf ihrer viel zu dünnen, viel zu porösen Haut.

»Mach, mach weiter. Ich will ein Kind von dir.«

CHELSEA

20 – Long Distance Runner

Seit knapp einer Woche hockt Jörg Krippen in einer Wohnung, durch deren britische Fenster es zieht. Eine Wohnung, die Simon gemeinsam mit einer Frau bewohnt, einer Österreicherin, die nach Neuseeland auswandern will, deren Zimmer ihm, dem Writer in Residence, der sich scheut, ins Dean-Rees-House, Charterhouse Square, zurückzukehren, für vorerst anderthalb Monate leer zur Verfügung steht. Fußläufig vier Minuten bis zu dem Haus am Bahndamm an der Bow Common Lane.

Vor einer Woche hat er Simon in einem Laden überrascht, einem schummerigen Geschäft am Docklands Light Railway, zwischen ihm unbekannten Früchten, beängstigend stachlig die Schale, und stoisch blickenden Männern mit erschreckend schlechtem Gebiss. Eines Geschäfts, das er ziellos betreten hat, keine Einkäufe zu erledigen – *dein Sohn, Jörg Krippen. In acht Tagen wird er elf Jahre alt.*

Simon, freundlich lächelndes Milchgesicht, ist in dem dusteren Geschäft unwillkürlich einen Schritt zurückgewichen.

»Wie sehn Sie denn aus, Herr Krippen?«

Er, betäubt, Ungeziefer, ausgerissne Flügel, hat hilflos die Achseln gehoben.

Und Simon, plötzlich imstande, ihm in die Augen zu schauen, hat gemeint, er solle doch besser mitkommen. Ein Glas Wasser, vielleicht Tee? Oder einen Espresso? Er habe da jüngst eine neue Maschine …

»Beim Bangladeschi … Sorry, Herr Krippen, das war Rassismus pur.«

Simon, die gute Seele, die ihn duzen soll.

»Ja, gerne, Herr Krippen. Bleiben Sie, Herr Krippen. Das Zimmer von der Loni, das steht doch sowieso leer.«

Seit knapp einer Woche sitzt er in dem Raum. Hockt er am Fenster zur Straße, beobachtet das Geschehen: Alltag von Schulkindern, Eltern. Blickt hinaus, ohne seinen Gedanken eine Richtung zu geben. Ohne zu arbeiten, zu lesen. Ohne genauer auf irgendwas zu achten: das Viertel. Jugendliche, die rauchen. Selten Mädchen. Kopftücher, Mopeds, Kampfhunde. Schuluniformen. Ein Kandidat, der für's kommunale Parlament aufgestellt worden zu sein scheint. Plakat an jeder Laterne. Ein Mann, mein lieber Simon, ein Mann aus Bangladesch.

Seit knapp einer Woche versucht er, sich an die Nacht zu erinnern, die letzte Nacht in London.

Ungefähr zwölf Jahre, simple Rechenaufgabe, dürfte es unterdessen her sein. Immerhin das ist gewiss.

21 – Sloane Square

Die schöne Russin, die nie eine Russin gewesen ist, die nicht nur ihm gegenüber bei jeder Gelegenheit vorgibt, russische Eltern zu haben, sie, die ihn in London besuchen, aber rasch wieder abreisen wird: Business, Betrieb, Karriere und so weiter und so fort, hat ihm, als Projekt und Premiere in Almaty abgesagt sind – »Deutsches Theater, da kann kaum einer deutsch, was soll der Unsinn?« –, etwas versprochen. Und hat ihm tatsächlich zur Teilnahme an der renommierten London Summer School verholfen, von der es hieß, schon allein das sei der Einstieg ins berühmte britische Theater.

»Das ist, Jörg, ein Schritt. Ein Schritt in deiner Karriere. Internationales Niveau. Mach dich nicht immer so klein. Sondern begreif das endlich.« Die Nächte, die sie blieb, die erste halbe Woche – ein Rausch. Bis Sonnenaufgang.

Dann: tagelang Atemübungen. Präsentation eines just gefeierten Shooting Stars. Der, ein paar Jahre später, aus dem Leben scheiden wird. Hitze unterm Dach in der sommers nicht genutzten Blackbox. Der Geruch der Körper, der Socken, wenn die Schuhe wegen einer Übung ausgezogen werden.

Am Abend der Besuch sämtlicher Theater der Bezirke Londons. Rasend schnell disputierende *actors*. Die die oft dürftigen Stoffe, ihm unverständlich, präsentieren. Improvisationen. Bei denen er in Unterhose sekundenlang auf dem Kopf stehen soll, während ein toter Fernseher schwarz-weiß neben ihm flimmert und eine Frau aus Israel, die auf den Namen Lubitsch hört, Sägemehl im Raum verstreut, das sich wie Staub in der Nase und an allen Schleimhäuten absetzt.

Bei der Party zur Halbzeit, Bergfest, zieht sie ihn in eine Ecke. Stahlstufen als Wendeltreppe des engen Stiegenhauses. Während die anderen unten am Platz Tom Cruise und Dustin Hoffman und einen Zeitungsverkäufer für Obdachlosenpostillen umstehen, streicht sie ihm einige Schweißtropfen von Stirn und Schläfe und steckt ihm ihre Zunge zwischen die Vorderzähne.

Hand an seiner Hosenlade, derweil er darüber nachdenkt, ob sich die Szene, hier auf den Stufen, in der Nische neben der Kammer für die Requisite, auch mit der Regisseurin aus Peru abspielen könnte – ja. Der Autorin aus Australien – ja. Der Intendantin aus Uganda – nein. Fundamental christlich betet sie jeden Abend in dem winzigen Gelass, das von der Gemeinschaftsküche, achter Stock, im während des Sommers ungenutzten Studentenwohnheim am unteren Ende der Kings Road abgeht und dessen Zweck sich niemandem erschließt. Oder, und das ist die eigentlich interessante Frage, mit der Dramatikerin aus Hebron, Palästina. Die er nett findet, die ihn nett findet – die Antwort lautet: nein.

Während Lea Lubitsch in seiner Mundhöhle nach Zahnlücken fahndet: da fehlt was, das stimmt, im Wegdrehen noch der Stoß des Nazis mit dem Schlagstock auf den rechten Unterkiefer, aber die Genossin war zur Stelle, klingt ihm die Antwort des Theatermachers aus Chittagong, Bangladesch, im Ohr, Hauptberuf Architekt, auf seine, Krippens, Frage, wie er's in London finde?

»Too many machines.«

»Machines, why that?«

»Please, man, look around you.«

Der Streit, der zu einer Unstimmigkeit mit den Organisatoren, der Leitung der Summer School führt, zu einem Zerwürfnis, das seinen Aufenthalt bis kurz vor Schluss bestimmen wird. Ein Disput, der beginnt und sich ausweitet, als er ankündigt, er müsse weiter an seinem Stück arbeiten. Keine Atemübungen mehr, keine weiteren Vorträge über ein dem Suizid geweihtes Genie eines neuen Theaters, in dem Babys gegessen und Augen ausgesaugt werden, lecker.

Kein Geschwalle mehr über »more emotion«. Kopfstand in einer seit Tagen benutzten, dunkel gemusterten Unterhose, die aus frühester Kindheit übrig geblieben sein muss.

Stattdessen: *hänsel und gretel zünden den von zeitung bedeckten auf seiner parkbank an. inmitten des partybetriebs flammen. davor das kind mit den saxophon. denn der schmerz ist, so wird gesagt, mit nur sehr wenigem zu vergleichen, und auch der grad der entstellung der betroffenen körperteile ist außergewöhnlich.*

Chor: wir stiegen als die drucklufttüren sich schlossen / noch rasch in den schon schaukelnden waggon / wir wußten als der farbige zurückwich / der kommt wir sind zu viele nicht davon. // draußen die schönheit stiller tage licht und frühjahr / die häuser helle wände aus beton / irgendwer zog es gab ein angelehntes fenster / ein ton nur matt an dem akkordeon. // und erst als niemand sah die grauen augen / der neger auf das kopfsteinpflaster schlug / ruckten die köpfe in dem trambahnwagen / ein wenig auf dann ruckelte der zug.

Probeinszenierung einiger Szenen. Seines Stücks. In London. Auf der großen Bühne. Verblüffter Beifall der Anwesenden. Einziger Pressevertreter: ein junger Mann aus Bangladesch, eventuell aus Indien. Gesicht seltsam vernarbt. Einige Partien fast schwarz im schlechten Licht des mäßig gefüllten Zuschauerraums. Erstaunliche Körperbehaarung. Das Interview fällt aus, soll nachgeholt werden. Abends Empfang beim Intendanten. Des Royal Court Theatre. Gutaussehend, schwul. Ehrfurcht ihm, dem Autor, gegenüber. Atmosphäre? Like high table. Anschließend die Äußerung des jungen Regieassistenten. Blond bis zur Blässe, blauäugig. Very, very british. Schweinerippchen, Sauerkrauts, running like Adolf Hitler.

Das Lachen eines Teils der illustren Runde. Während er, *the author*, an den sich die Äußerung richtet, den Scherz – zumindest bitter, wenn nicht bitterböse – aufgrund seiner wenig opaken Englischkenntnisse schlicht nicht nachvollziehen kann.

Hahaha. Das Lachen. Klopfen der Schenkel. Der seltsam narbige Pressevertreter. Ohne sein Aufnahmegerät. Bei den szenischen Lesungen der Stücke aus den USA, Afrika, Südamerika. Immer nah bei Arundhati. Verpiss dich mit deinen Narben. Und deinem Teppich auf der Brust. Danach beginnen die letzten Tage, die Tage des Physical Theatre.

Die Tage von Romeo und Julia. Tage ohne Kopfstand. Und: keine Nachtigall. Kein Balkon. Keine Lerche. Die Tage, als Arundhati und er, unbeachtet von allen anderen, die im Nebenraum einem Vortrag des Regieassistenten lauschen, den der Pressevertreter mitstenographiert, aufeinander zugehen, schweigend und ohne Hast.

22 – Bow

Nun aber hockt er in Lonis Zimmer, Thermostat bis zum Anschlag. Immerhin Heizung hier in London. Starrt durchs beschlagene Fenster auf die Straßen des East End im oft regnerisch kühlen, endlos erscheinenden März.

Keine Mail von Mae, keine Nachricht.

Bow, unweit der Queen Mary University of London. Jungs, die bei Minusgraden im T-Shirt vor die Tür treten. Durchs Viertel schlendern: Karies, Kampfhund, keine Gnade. Bis über den Kehlkopf tätowiert. Martialische Mimik. Mädels, deren Leggins im Schneetreiben, dem Londoner Graupel, Feuchtigkeit ziehen. Der Tanga ein lang gezogenes V, das zwischen den Backen verschwindet.

Keine Mail an Mae, keine Nachricht.

Alle Kontakte eingestellt. Lehrtätigkeit beendet. Obwohl ihn erneut eine Kollegin zum Essen eingeladen hat – jeder Begegnung abhold. Nette Kollegin, netter Partner. Große Ohren, sehr britisch. Nein, bitte, ich fühle mich nicht. College nicht mehr betreten. Regelrecht gekappt die Schnur, die ihn mit der Welt verbindet. Keine Telefonate nach Berlin-Hellersdorf.

Sein Sohn, der sich mit seiner Klasse auf einer Skifahrt befindet, schreibt selten eine SMS. *Ich komme. Ich komme nach London.*

Besorgt gewirkt? Ängstlich? In Sorge, dass sein Vater nicht mehr aus London nach Berlin, nach Hellersdorf zurückkehren wird?

Traurig, verzweifelt? Wie damals? Morgens zur Schule aufgebrochen, nie in der Klasse aufgetaucht.

Während des Vormittags durch die Stadt getrieben. Ohne zu wissen, wo gewesen. Ohne rekapitulieren zu können, was getan, gemacht, gelassen? Was unternommen – oder nicht? Kein Erinnern an Orte, die er aufgesucht haben könnte. Bibliotheken? Elektronikfachabteilung? Mediamarkt? Ich bin doch nicht blöd. Tech-Nick? Saturn? Mit Männern mitgegangen? Mit Pennern vorm Penny die Stunden bis Schulschluss verstreichen lassen? Nur durch Straßen gelaufen? Von Schöneberg nach Dahlem? Zehlendorf, Einfamilienhäuser? Woher gewusst, wann der Unterricht endet? Wenn: kein Erinnern?

Alle Tage pünktlich los. Kein Brot angerührt. Kein Buch. Kein Heft. Den Schulrucksack durch die Gegend getragen. Eine heimliche Freundin? Mit elf, ich bitte dich.

Einfach durch die Zeit getrieben, die ihm keine mehr war?

Als sein Vater, Dr. Krippen, seit einem Jahr promoviert, von einem Tag auf den anderen die gemeinsame Wohnung verlässt, um wenige Straßen entfernt ein Einzimmerappartement, Nachkriegsneubau, im Erdgeschoss zu beziehen.

»Wir könnten zusammen kochen.«

»Mir schmeckt dein Essen nicht.«

Drei Monate. Keine Russin, nie wieder. Einsamkeit der Abende. Verlorenheit der blauen Stunde. Ein Sohn, der in den Nächten das Wasser nicht halten kann. Mit knapp zwölf, ich bitte dich.

Der Neubeginn als Trainer. Zurück in die gemeinsame Wohnung. Sein Sohn, der später als andere wächst. Sein Sohn, der später als andere ans Saufen denkt, an Mädchen. An pinkfarbene Turnschuhe. Von Nike, was weiß ich.

Während der folgenden Jahre: keine Gastdozentur, keine Abwesenheit. Weder befristeter Vertrag noch Schwangerschaftsvertretung. Rezensionen, Aufsätze, ein Radiokommentar. Übersetzung des Beipackzettels für eine neue Zahnpasta. Zubrote. Hie und da ein kleiner Einbruch. Versicherungsbetrug, erneut Hartz IV.

Sie nur sporadisch im Lager eines Supermarkts. Tagelang steht sie nicht aus dem Bett auf. »Ich träum manchmal von uns in Schöneweide. Und davor, Lottumstraße. Mit all den anderen.« Sie lehnt sich an ihn, er wehrt sie nicht ab. »Und wie wir den scheiß Nazis die Hölle heiß gemacht haben.«

So jung und zäh und durchtrainiert, so hell und unbesiegbar. Und wie wir miteinander damals geschlafen haben, als würde jede neue Nacht mit keinem Morgen enden.

Das Training. Sein Sohn, der sich durchsetzt. Unter Big Jonni, dem neuen Co-Trainer.

Die Nachhilfestunden am Nachmittag: Rechtschreibung – »das lerne ich nie«. Physik – »das ist wie Mathe«. Mathematik – »ist richtig geil, wenn man's bloß begriffen hat«. Chemie – »weißt du noch, Papa …?« – »Natürlich weiß ich das noch.«

Ordnungszahl 1, Wasserstoff. Bis zu den Trans-Uranen.

Die Bücher, die Notate: nachts aus dem Dean-Rees-House heimlich hierhergeschafft. Bedeckt von der kaum sichtbaren, nur gegens Licht des Vormittags erkennbaren Schicht Staub, in die sich mit den Fingern ein Muster malen lässt.

Fünf weiße Steine, die auf dem Fensterbrett liegen.

Die schon im Dean-Rees-House auf dem Sims gelegen haben. Die die Geister der Toten, verwesender Pestleichname, nächtens von ihm fernhalten sollten. *Ich werde. Ich komme.* Sich, ein Dieb, davonstehlen. Das Tuten aus dem Gerät.

Keine weitere Nachricht. Manchmal eine SMS: Sonne, Schnee, Alkohol. Keine Kraft für den Rückruf.

Simon, der für ihn einkauft. Für ihn kocht.

Ihn anhält, zu essen – warum? Zu duschen, die Kleidung zu wechseln – wozu? Und woher Simon denn, bitte, so gut deutsch spreche?

»Ich promoviere, Herr Krippen, über Uwe Johnson.«

Herr Krippen, ich könnte, wenn Sie nur wollten … Du sollst mich duzen, Simon … Für Sie eine Nachricht nach Berlin? Oder einen Flug buchen? Herr Krippen …?

Fünf weiße Steine. Dämmerung. Dunkelheit. Nacht. Und der folgende Morgen.

Die Ruhe, die ihn beim ersten Tee unvermutet überkommt.

»Ich trinke keinen Kaffee, Herr Krippen. Nur manchmal einen Espresso, Herr Krippen, aus dieser neuen Maschine. Aber ich kaufe Ihnen gerne …«

Mit einem Mal sei ihm, so wird er später darüber reden, alles einerlei gewesen: er werde, bis Loni wiederkomme, und ganz egal, ob sie wiederkomme, auf seinem Ausguck ausharren.

Die Ruhe, die sich beim ersten Tee unverhofft einstellt. Vorgestern, heute wieder.

Und dann sieht er den Jungen, der sein Sohn sein soll.

23 – Kings Road

Schweigend und ohne Hast.

Nach der Premiere, der Teilinszenierung des in den folgenden Jahren nie fertig gestellten Stücks, nach den szenischen Lesungen, Tagen des Physical Theatre, Romeo, Julia, Shakespeare all over, am Ende der Summer School und während die anderen feiern, in der Blackbox zunächst und später im kahlen Partykeller des zehnstöckigen Wohnheims für Studenten, umlungert vom fleißigen Pressevertreter, der sich das Haar mit Gel geglättet hat, sitzen er und Arundhati in einem Raum des Gebäudes, der sich unterm Dach befindet und tagsüber von Putzkräften genutzt werde – so Arundhati. Pausenraum plus Klo samt Dusche. Wenig reden. Rauchen. Mittels einer Wasserpfeife. Shisha wird das später heißen. Etwas, an dessen Geschmack er sich nicht mehr erinnern will. Erinnern kann. Wie ausgestanzt in seinem Schädel. Ausgebrannt. Verätzung, damals. Die Warzen an Finger, Zehe. Mit Lötkolben ähnlichem Draht elektrisch entfernt. Ausgebrannt. Stechender Geruch. Schwarz versengte Haut. Der schwarze Kopf der Wucherung. Rauchen. Etwas, das gut für ihn sei – so Arundhati. Für ihn, sie, alle beide. Alles so rosa Waschbär hier. Seifenkanister. Der immer emsigen Putzbrigade. Je gesehen? Keine Ahnung. Die Gerüche. Arundhati. Unvermittelt unbekleidet. Hilft ihm aus seinem T-Shirt, der Hose. Alles so neonfarbenes … Putzfeudelambiente. Holla. Drängt ihn, sich zu entkleiden. Körper. Tabu? Religion? Hier findet uns keiner.

Ich mach dir ein bisschen Platz, ich möchte ... Später? Unmittelbar darauf? *Zeit, die ihm keine / fünf weiße Steine.* Findet er sich in der Duschkabine. Wasser, das an ihm herunterläuft. Besser, ob der Gerüche. Erbricht sich, wieder, noch einmal. Dieser alles erschütternde Duft. Rosa Seife in großen Kanistern. Neonfarbene Putzfeudelstiele. In ungemein mächtigen Plastikkanistern. Die an der Wand gestapelt stehen. Alles wird sauber in unserem Wohnheim. Das die Studenten während des Sommers. Ihm und uns und Arundhati. Großherzig überlassen haben. Rührend, andere Menschen, manchmal. Langsam, Lebewesen ähnlich. Quillt aus einer elliptischen Öffnung. Des einzig offenen Kanisters. *Fünf weiße Steine / gegen Gebeine.* Ein riesiger rosa Waschbär, Seife. Schwappt ohne Hast, kein Entkommen. Auf Arundhati, uns, Arundhati. Die so ergreifend, schöner als schön: neben ihm auf der Couch liegt. Gemächlich, Dämon, unausweichlich. Schwappt rosa Seife stetig, wolkiges Maul, auf sie zu.

Dann steckt er sich den Duschschlauch einfach in den Hals.

Als er zu Arundhati, die schläft, in die Kammer zurückkehrt, liegt sie mit bloßem Schoß auf einer hell gesteppten Decke in einem Winkel. Auf ihrem Körper – die Lichter von London, Chelsea, scheinen durch ein Dachfenster, ein Oberlicht herein – meint er, habe ein Schatten gelegen: dunkel, haarig, husche aus jenem Verschlag hastig hinaus auf den Flur. Nie sollst du mich befragen. Streifen eines käsigen, dreiviertel vollen Mondes geben der Palette mit den groben Kanistern die Gestalt eines Möbels an einer Wand dieser Kammer unversehens zurück.

Er spült sich mit dem Duschschlauch das von ihm Erbrochene vom Kinn und aus seinem Rachen und legt sich wieder zu ihr. Aufs Lager seiner letzten Nacht während der London

Summer School, zwanzig Minuten vom Sloane Square die Kings Road hinunter. Wartet, bis sie sich an ihn schmiegt. Berührt, in jenem überhitzten Putzbrigadenkabuff, mit einer Hand die Gänsehaut der Brüste, harte Warzen. Streicht mit den Fingern behutsam über den erstaunlich dunklen Hof.

24 – The Green

Der Junge, dessen Namen er vergessen hat zu erfragen, läuft auch am nächsten Nachmittag auf der anderen Straßenseite an seinem Fenster vorbei. Er scheint keine Eile zu haben, trägt bei sich einen Beutel, der aussieht, als sei darin Sportzeug verwahrt. Außerdem eine Ledermappe, in der sich Noten befinden könnten, ein Block für Notizen. Platz ist in der Mappe aus glänzend schwarzem Kunstleder nicht besonders viel.

Der Junge schlendert, als hänge er seinen Gedanken an ein soeben vergangenes Ereignis nach, die Straße hinunter zu einem Sportgelände, das dem Mann seit seiner ersten Erkundung des Viertels bekannt ist. Green, auf dem bisweilen Baseball gespielt wird. Einmal hat der Mann, ein Leben scheint seither an ihm vorübergezogen zu sein, einige Jungen beobachten können, die Rugby trainiert haben, nicht American Football.

Rugby, ein Spiel, bei dem der Ball zwar in Richtung des Angriffs getreten, aber nicht geworfen werden darf. Ein Spiel, das Kunst erfordert, Geschick. Ebenso Grobheit, raues, physisches Bestehen, oft tragen die Spieler feste Bänder um den Kopf, die ihre Ohren davor schützen, durch einen Griff des Gegners eingerissen zu werden.

Rugby, der Mann erinnert sich an einen Sommer seiner Jugend, als ihn ein Freund zum Training mitgenommen hat. Während der warmen Monate sind sie über das Feld gelaufen: den gegnerischen Spieler durch ein Tackling oberhalb der Knie und unterhalb der Hüften, einen beherzten Griff um die Schenkel, in vollem Lauf von den Beinen zu holen. »Tiefhalten«, so die Anweisung des Coaches aus Hawaii. Und was für ein Rausch, wenn der zu Fall gebrachte Spieler mit einem gemeinsam auf den Rasen schlug. Halme, die sich in den Ohren, Nase, Mund und Augen festgesetzt haben, noch nachts, noch nach dem Duschen fand sich zwischen den Zähnen unvermittelt Gras.

Rugby, ein Spiel, das ein Junge, dessen Körper seltsam gedrungen wirkt, ungut proportioniert, dessen Arme und Beine eher kurz als lang sind, niemals trainieren wird.

Unwillkürlich zwei, drei eilige Schritte: der Mann hat nicht bemerkt, wie er aus seinem Sessel aufgestanden ist, sich vom zugigen Fenster fortbewegt. Sich die Schuhe überstreift, keine Jacke, kein Gruß an Simon Milchgesicht, der in der Küche, bei Tee und Plätzchen, seine Promotion vorantreibt, Uwe Johnson in New York. Wie in Trance raus auf die Straße, um dem Jungen zu folgen.

Der just, als der Mann vor die Tür tritt, auf das Sportgelände einbiegt, sich, nun eilig, zu den Umkleidekabinen begibt, aus dem ihm weitere Jungen entgegenkommen, unter dem Arm jedes zweiten ein Rugby von der Form eines Eis.

Der Mann hastet aufs Gelände, sucht sich einen Platz bei einem windschiefen Kiosk, wo ihn mit Sicherheit niemand entdecken wird.

Ungläubig schüttelt er den Kopf. Und erwartet den Jungen, im Schlepp einen Wagen, der dazu dient, die Kreidestriche, Markierungen des Spielfelds, neu zu ziehen. Vielleicht verdient er sich auf diese Art sein Taschengeld, indem er angehalten ist, Geräte aufs Spielfeld zu schaffen.

In acht Tagen.

Der Junge trägt ein Trikot wie alle anderen Spieler.

Grün die Brust, weiß der Arm, Stutzen, Hose ebenfalls grün, seine Schuhe sind hellblau, eine Eigenwilligkeit. Der Trainer mahnt zur Eile, und der Junge nickt.

Die Ledermappe muss in der Kabine geblieben sein, während der Mann sich neugierig fragt, was dieser Junge zum Training mitgebracht haben mag. Steine oder Figuren, um eine taktische Formation, einen gewieften Spielzug auf dem Kabinenboden vorzuführen? Vorzubereiten? So, wie der Mann es als Trainer in Berlin getan hat, ohne dass seine Spieler auf dem Feld vollzogen hätten, was er ihnen in der Kabine meinte, klargemacht zu haben.

Dennoch, je länger Big Jonni, der Co-Trainer, und er die Jungs trainierten, desto häufiger gingen sie als, nicht selten überlegene, Sieger vom Fußballplatz.

Vor den Augen des Mannes, der kaum glauben will, dass es ihm gelungen ist, ohne besondere Mühe, ohne eigentlichen Entschluss Lonis Zimmer zu verlassen und sich auf einem Sportplatz wiederzufinden, auf dem in den nächsten Minuten ein Trainingsspiel beginnen wird: Rugby im Londoner East End. Es wird ein sportliches Ereignis vor seinen Augen stattfinden, an dem ein Junge teilnimmt, den er gezeugt haben soll.

Seifengeruch. Rosa.

Raj, meist Raji, nennt ihn der Trainer. Und setzt ihn zunächst auf die Bank.

Der Mann hinter dem Kiosk merkt mit wachsender Verwunderung, wie es in ihm arbeitet, weil er die Maßnahme des Trainers, ein rothaariges Urtier, unter dessen Muskelmasse sich das Brett der Bank biegt, als ungerecht empfindet – während er Rugby zugleich für einen Sport hält, bei dem eine Konstitution wie die des rothaarigen Riesen unleugbar Vorteile verschafft. Um sich abzulenken und in der Hoffnung, sich zu beruhigen, bestellt der Mann einen Kaffee, der lauwarm ist und kaum weniger kostet, als es am Hauptbahnhof Zürich der Fall gewesen wäre.

Raj-Raji kommt zum Einsatz, wenn ein Mitspieler angeschlagen vom Spielfeld humpelt und eine Auszeit nehmen muss. Sobald der zweite Ersatzspieler mal seinen rechten, mal den linken Knöchel in einen Kübel mit Eiswasser taucht, wird Raji von seinem Trainer, der Frankensteins Unhold beim Armdrücken mühelos aushebeln könnte, aufs Feld geschickt – ins, so fürchtet der Mann hinterm Kiosk, sichere Verderben.

Einmal auf dem Rasen wird Raji von seinen Mannschaftskameraden weder angespielt noch beachtet und von seinem Trainer beharrlich übersehen. Kaum dass er seinen Platz auf der Ersatzbank verlassen hat – kein giftiger Kommentar, kein aufmunternder Ruf, keine taktische Anweisung, keinerlei Ansprache.

Besser so, denkt der Mann. Und nippt an seinem Kaffee.

Raji, der ignoriert, dass niemand ihm Beachtung schenkt, keiner ihn zu bemerken scheint, der tut, als sei selbstverständlich, was ihm widerfährt, wirft sich, jede Verletzung verachtend, doppelt so schweren Gegnern entgegen, die ihn überrennen, als wär er eine Puppe aus Gummi oder Stroh.

Nahezu nie hält er jemanden auf. Selten zwingt er sein Gegenüber zu einem Abspiel, einer Ausweichbewegung. Stört dennoch den Fluss der gegnerischen Angriffszüge. Sorgt für Verwirrung in den Reihen der anderen Mannschaft. Und scheint mit seinem Part nicht unglücklich zu sein.

Im Gegenteil, obwohl er bald aus der Nase blutet, sich einen Cut über der linken Augenbraue zuzieht, Ober- wie Unterlippe reißen nach Minuten auf, ist Raji offenbar zufrieden mit seinen Einsätzen. Die dauern, bis der eine oder andere humpelnde Spieler sich erneut aufs Feld wagt. Was, je länger das Spiel währt, desto zögerlicher geschieht, weshalb auch die Ersatzspieler zu ihrem Einsatz kommen. Zunächst der größere, kräftigere: nicht schnell, nicht wendig, dafür plump. Dann Raj.

Raji, der umgerannt wird, als sei er kein Hindernis, mit dem man rechnen müsse, erhebt sich nach jedem noch so harten Tackling, hetzt mit kurzen Schritten dem folgenden Zusammenprall entgegen und wirkt froh, zufrieden, mit sich und seinem Spiel.

Der Mann schüttelt den Kopf und gurgelt mit seinem kalt gewordenen Kaffee.

Ihm, dem Zuschauer, der nicht begreifen kann, wie ein Junge einem für ihn so ungeeigneten Sport mit solchem Eifer nachgeht, krampft sich das Herz zusammen, bei jedem Aufprall der so eifrigen Gestalt. Bis er bemerkt, wie sehr sich Raji mit der Welt im Einklang zu befinden scheint: rennen, fallen, aufstehen, sich schütteln, weiterlaufen. Solange, wie der Ruf des Trainers ihn nicht zurückbeordert, auf die Bank am Rand des Gevierts mit den ungewohnten Toren.

Dann, nach ungefähr zwanzig Minuten, stoppt das Spiel, weil Rajis Mannschaft einen Kick auf das gegnerische Stangentor zugesprochen bekommt. Eine Übung, an der sich schon zwei Spieler der gegnerischen Mannschaft in den rotblauen Trikots vergeblich versucht haben. Schwer für Spieler, die elf, vielleicht zwölf Jahre alt sein mögen – nie flog der Ball in genügender Höhe zwischen den Stangen hindurch.

Erneut nippt der Mann am Kiosk an seinem Kaffee, der nach Zichorie und altem Aceton schmeckt.

»Raj!«, ruft der Trainer.

Seine mit harten, roten Haaren besetzte Hand, die Rajis Schädel mühelos umfassen kann, die Rajis Kopf mit einem Ruck vom gedrungenen Hals heben könnte, gibt seinem Spieler, den er nicht hätte rufen müssen, weil er neben ihm auf der Bank sitzt und sich beim Stopp des Spiels sofort die Schuhe fester bindet, einen Schlag auf den Rücken. Der freundschaftlich, ein Klaps sein soll und den Mann am Kiosk unwillkürlich schlucken lässt, als habe die Pranke ihn, nicht Raji, zwischen die Schulterblätter getroffen und nach vorn katapultiert.

»Go, go, go«, sagt der Trainer.

Seine Stimme klingt, als wolle er seinen Auswechselspieler in der nächsten Minute verspeisen.

Die Mannschaft stimmt, derweil Raji den Rasen bis zu dem Punkt quert, wo ihm der Ball zurechtgelegt wird, mit einem einzigen Laut, der anschwillt, an Gewalt zunimmt, stimmt wie ein Mann ein in den treibenden Ruf des Trainers. Bis Raji sich bereitstellt, Anlauf nimmt und schießt.

Während der Ball, der kein Ball ist, keine Kugel, sondern ein elliptisches Ei, ein Ellipsoid, wie von magischer Hand gezogen seinen Weg in angemessener Höhe über das Querholz nimmt, durch die Stangen, wird es in der Arena für Momente still. Augenblicke, in denen Raji, und mit ihm die Mannschaftskameraden wie auch die Spieler der gegnerischen Mannschaft, der Flugbahn mit ihren Blicken folgen, einer Bahn, die sich vorm dämmerigen Himmel Londons ausmacht wie eine Kurve geometrischer Schönheit, gezeichnet von einem unsichtbaren Riesen in die märzmilde Luft.

Dann klatschen die im Stadion Versammelten, mit Ausnahme des Mannes, der hinterm Kiosk begriffen hat, welche Rolle dem Jungen zukommt.

Und als der Schiedsrichter moniert, Raji habe zu früh geschossen, sein Pfiff habe das Spielgerät noch nicht freigegeben, protestieren oder murren weder der rothaarige Trainer, der den rechten Daumen hebt und seinem kleinsten Spieler lächelnd zunickt, noch die Mannschaftskameraden oder einer der wenigen auf dem Platz versprengten, zumeist zahnlosen Zuschauer mit eingerissenen Ohren.

Raji legt sich den Rugby ein zweites Mal zurecht. Wartet auf den Pfiff. Nimmt Anlauf und befördert das Ei auf einer annähernd identischen Bahn, die wirkt, als sei sie von einer nicht befragbaren Autorität, einer rechnenden Gottheit seit Anbeginn aller Zeit festgeschrieben, in das Tor, das wie ein großes, mageres H vor einer Reihe Pappeln an der Sonne kratzt.

Diesmal wirkt das Klatschen routiniert, als Raji, der die Achseln zuckt, zurück zu seinem Trainer und der Ersatzbank läuft.

Der Mann folgt dem Jungen mit einem Blick, der, hätte jemand den Zuschauer beobachtet und dessen aufgerissene Augen bemerkt, jenem Betrachter mit Sicherheit dümmlich erschienen wäre. So indes trinkt der Mann am Kiosk unbeachtet den letzten Rest, die Plörre des kalt gewordenen Kaffees, an dessen Grund sich der Zucker als Klumpen abgesetzt hat.

Angewidert verzieht er die Lippen und wirft den Becher in einen verbeulten Abfalleimer, bevor er den Trainingsplatz zögernd und nachdenklich verlässt.

25 – Dead End

Die scheue Frau, zu der Arundhati während der vergangenen zwölf Jahre geworden ist und in deren Gesicht Jörg Krippen trotz allen Bemühens keine Ähnlichkeit mit jener jungen Frau entdecken kann, mit der er eine endlos gedehnte Nacht in einem Putzfeudelkabuff an der Kings Road verbracht hat, lässt auf sich warten.

Während er sich an der Einmündung einer als Sackgasse ausgeschilderten, schmalen Straße in den Schatten einer Toreinfahrt drückt, um von Arundhati nicht gleich entdeckt zu werden, deren Erscheinung in der Wohnküche des sonderbaren Hauses an der Bow Common Lane ihn erst seit Rajis Rugbyspiel verfolgt, tauchen hinter seiner Stirn die Bilder des wolkig wabernden Waschbären auf, Geist aus rosa Seife und einem Äther, den es in den Galaxien seither nicht mehr gibt.

Bin das, denkt Krippen, überhaupt ich gewesen?

Er ist, während er den zweiten Tag zur nämlichen Zeit an der Spanby Road wartet, froh, sich gewaschen und rasiert und die Kleidung gewechselt zu haben. Froh auch, zum ersten Mal während der Zeit in Lonis Zimmer, das Gericht, das ihm Simon gekocht hat, nicht nur gegessen, sondern auch geschmeckt zu haben.

»Szegediner Gulasch. Meine Spezialität, Herr Krippen. Kenn ich von der Loni. Schwer, hier im East End die Zutaten aufzutreiben.«

»Es schmeckt, wirklich. Und bitte, duz mich endlich. Schmeckt einfach wunderbar …«

Scharren der Gabeln am Porzellan, eifriges Auftunken der Soße mit einem Stück Schwarzbrot.

»Eine Frage hätt' ich da noch, Herr Krippen – warum sprechen Sie nicht mal, na ja, direkt mit dieser Mae?«

Zucken der Schultern. Letzte Kartoffel. Mit Kraut, einem letzten Stück Fleisch. Heben der Achseln. Senken des Blicks. »Danke für das Essen.«

Dann biegt Arundhati um die Ecke.

Obgleich sie den Kopf nicht gehoben hat, muss sie ihn, da er gerade auf den Gehweg getreten ist, wahrgenommen, muss erkannt haben, dass es sich um den seltsamen Besucher handelt, der in der Erdgeschosswohnung des vernachlässigt wirkenden Hauses vor ungefähr einer Woche plötzlich aufgetaucht ist.

Keiner, den sie bemerkt haben wollte, wandert ihr Blick an ihm vorbei. Niemand, den sie mit ihren Augen fixiert, den sie gesehen haben möchte, starr bleibt das Gesicht, keine Regung. Keine Mimik, als sie die Straßenseite wechselt, nicht einmal ignoriert, dass er sich ihr nähern, sie ansprechen möchte, eine wenn auch verhaltene Bewegung auf sie zu macht. Statt ihn mit Bedacht zu übersehen, nimmt ihn Arundhati, wieder den schäbigen Beutel unter den rechten Arm geklemmt, ihn, den möglichen Vater ihres Sohnes, nicht einmal aus dem Augenwinkel wahr.

Vielleicht ist er für sie eine Luftgestalt, flimmernde Spiegelung, optische Täuschung, die, einer anderen Wirklichkeit angehörend, kein Wort an sie richten könnte. Bleibt für sie bloß ferner Nachtmahr, vager Widerhall, während sie das Haus auf dem Nachbargrundstück der ihm von Mae angegebnen, vermeintlichen Adresse ansteuert, dann darin verschwindet. Ihn fliehen, denkt Krippen ärgerlich, derweil er sich umdreht, davontrottet, nicht zügig die kleine Straße hinunterläuft, ihn fliehen wäre keine zureichende Bezeichnung.

Rajis Tagesabläufe folgen einer Festlegung, die ihm wie durch ein unbekanntes Gesetz bestimmt erscheinen.

Jeden Dienstag Nachmittag und jeden Donnerstag vor dem Rugbytraining besucht Raji einen Clubraum im Souterrain eines Gebäudes, das eine kleine Druckerei, eine Reparaturwerkstatt für PCs und Laptops, in deren Schaufenster eine alte Schreibmaschine verstaubt, sowie einen auf Haarverlängerungen spezialisierten Frisör beherbergt. Auf dem Hof befindet sich ein Gebrauchtwagenhandel.

Angeleitet von einem älteren Herrn indischer Abstammung, der einen grün schillernden Turban der Sikhs trägt, dazu den Armreif sowie die Kachera, die auf Mäßigung hinweist, ein Sikh, der jeden Besucher, auch den vormaligen Dozenten der nahegelegenen Queen Mary University, mit einem freundlichen Lächeln begrüßt und ihm, mit fragendem Gesichtsausdruck, einen der freien Plätze an einem der niedrigen Tische anbietet. Korrigiert von jenem Lehrer, dessen traditioneller Dolch auf einem Pult am Kopfende des Raums liegt, üben acht Jungen unterschiedlichen Alters Eröffnungen, Endspiele und ausgewählte Stellungen an Schachbrettern, die in die Tischplatten eingelassen sind.

Diejenigen, die nicht wie Raji eigene Sets in einer Kunstledermappe oder einem Beutel mitgebracht haben, spielen mit teilweise derart abgegriffenen Figuren, dass es schwerfällt, die Läufer von den Bauern oder der Dame zu unterscheiden. Manche Figuren tragen Schnippgummiringe verschiedener Farben, um ihnen ihre Stellung im Spiel zuzuweisen. Die Luft im Souterrain riecht leicht nach Pfefferminz, da der Herr mit dem Turban, anscheinend täglich, frische Pflanzen in Wassergläser stellt.

Raji, der es zugelassen hat, dass sich der unerwartete Besucher zu ihm ans Brett setzt, stellt die Figuren auf. Er lässt seinem Gegner, dessen Gruß er kaum erwidert, die Eröffnung und schlägt ihn in achtzehn Zügen. Dann packt er das Figurenset zusammen und geht in den Nebenraum bei der Treppe am Eingang, in dem sich eine Teeküche und die Toilette befinden.

»He's really fabulous, just the best of us.«

Der Turban des Herrn, der die Schachschule betreibt, wirkt wie ein grüner Fortsatz seiner Schläfenknochen. Zu gern hätte Krippen, der stumm nickt, weil er nichts zu erwidern weiß, das lange, gewiss gepflegte Haar des Sikhs unter der grün schimmernden Kopfbedeckung eingehend betrachtet, kurz berührt.

Raji kommt von der Toilette zurück, nimmt seine Ledertasche vom Tisch und will nach seinem Sportzeug greifen, das er an die geweißte Wand gelehnt hat, um an einen anderen Tisch zu wechseln.

Verblüfft stellt Krippen fest, dass Raji zögert.

Obwohl die Zeit bis zum Beginn des Rugbytrainings – noch sind die Blessuren des letzten Spiels kaum verheilt – für eine weitere Schachpartie genügen würde, lässt sich Raji zu einem Eis überreden, das beide auf einer groben, schwarz gestrichnen Holzbank am Rand des Mile End Parks in der verblüffend warmen Märzsonne wortlos verspeisen.

In acht Tagen.

Herzlichen Glückwunsch, möchte Krippen sagen, aber die Gratulation will ihm nicht gelingen.

Anschließend an die stillen, einvernehmlichen Minuten lässt sich der Junge die Verpackung und den Plastikstiel des Magnum aushändigen, trägt den Abfall zu einem Mülleimer, murmelt: »Ich muss gleich beim Training sein«, scharrt mit den Schuhsohlen über den Kies, der stellenweise von Miere, auch anderem Unkraut verdrängt worden ist, sagt schließlich zu seinem Begleiter, der ein graues Eichhörnchen beim Knacken einer Nuss beobachtet: »Tante Mae macht alles für uns. Manchmal auch Onkel Kali.«

Nach einem Zögern, es wirkt, als habe der Junge sich für die wenigen Worte erst überwinden müssen, fügt er blicklos hinzu: »Meine Mom, die ist …«

Dann endet der Satz, während das Gesicht des Jungen eine Hilflosigkeit zeichnet, die die Stummheit beider noch vertieft.

Nach einer Weile, das Schweigen wird mühsam, sagt Raji: »Ich gehe jetzt.«

Nickt und verlässt den vorfrühlingshaft wirkenden Park, wo der Mann zurückbleibt wie ein vergessenes Kind.

26 – Chinatown

»Rede mit mir, Jörg Krippen. Und schleich nicht um meine Schwester herum, als hättest du Angst vor mir.«

Sie haben den touristischen Teil Chinatowns hinter sich gelassen, wohin Mae – sie müsse was besorgen – ihn bestellt und wo sie ihn entgegen seiner Erwartung pünktlich am vereinbarten Ausgang der Station Leicester Square in Empfang genommen hat. Sie haben in einem Café Platz genommen, das *organic food and cake* anbietet, er sitzt am Fenster.

Er, der sich verwirrt vorkommt wie nie in seinem Leben. Der manchmal meint, in einen Traum oder in ein anderes Universum geraten zu sein, in dem sein Leben auf eine Weise verlaufen ist, an die sich zu erinnern ihm nicht gelingt.

Wer hätte er sein können? Was wär aus ihm geworden?

Er, der, wenn er in Richtung Himmel schaut, die Bahn des Rugbys vor den im Märzlicht weiß glänzenden Wolken sieht.

Der, wenn er den Blick zur Erde senkt, im aufbrechenden Boden Geschöpfe zu erkennen meint, die den verborgenen Laboren des alten wie des künftigen London entstiegen sein müssen. Macht mit mir, was ihr wollt, Unholde, Menschenfresser. Was euch erfreut, mir ist es gleich, er rührt in seinem Tee. Kontrolliert sein Handy. Nach wie vor ausgeschaltet.

»Hallo. Früh, dass du anrufst. Sehr früh. Schön. Hab noch geschlafen.«

»Typisch für dich, Jörg.«

»Warum …?«

»Hier ist ein Brief für dich. Ich hab ihn aufgemacht. Aus London.«

»Ja. Und?«

»Dein Stipendium wird gestrichen.«

»Wie?«

»Weil du irgendeine Vorlesung abgebrochen hast.«

»Seminar.«

»Wahrscheinlich verpennt, oder?«

»Ich …«

»Scheiße, Jörg, du bist so ein Loser. Woher nehmen wir jetzt das Geld?«

»Ich …«

Geh regelmäßiger arbeiten, das hätte er sagen wollen. Er unterlässt es.

»Ich, ich! Vögeln kannst du. Aber mit der Kohle … Pump dir was von deiner Ische. Die hat's doch, garantiert.«

»Ich kümmer mich drum.«

»Ich kümmer mich drum. Das hoff ich mal. Leon bringt dir den Brief, wenn er da ist. Und, haste wieder was über Arschfick und Dildos geschrieben, du Genie? Oder ist für deine – *Arbeit* in London keine Zeit?«

Er hat aufs Guthaben verwiesen, das Gespräch unterbrochen. Kein weiterer Anruf, keine Beschimpfung, so ein verfluchter Scheißdreck.

Hat sich umgedreht, den Kopf im Kissen vergraben, ich wart erst mal auf den Brief. Hat gefurzt, die Decke gehoben. Bemerkt, dass er nachts gesabbert hat. Alles, was bleibt, Olfaktorie, sind die vertrauten Gerüche. Er hat das Handy auf lautlos, dann gänzlich ausgestellt. *Unknown*. Nummer nicht vergeben.

Er, der den Tee vor sich kalt werden lässt, der weder ein noch aus weiß, hat sich, Simon, seinem Gastgeber gehorchend, entschlossen, Mae zu treffen, sie zur Rede zu stellen.

Nun gelingt es ihm nicht einmal, ihr in die Augen zu blicken.

»Du bist sein Vater.«

»Und jetzt?«

»Du wirst dich um Raj kümmern.«

»Wie soll das funktionieren?«

Dann, während er mürben Keks, veganes Buttersurrogat, aufgeweicht in einem Tee, der nach Zimt und Ingwer schmeckt und kaum noch lauwarm vor ihm steht, in sich hineinzukrümeln versucht, erklärt ihm Mae ihr Vorhaben. Er denkt an den Brief, an seinen Sohn, den Boten mit den geflügelten Schuhen, der ihn besuchen will. Mae scharrt mit dem Stuhl über die Fliesen, klopft mit ihrem Löffel, klang, versehentlich gegen die Tasse.

»Also …«

Ein Vorhaben, das sie seit Monaten in Gedanken bewege, seitdem sie durch einen Zufall im Verwaltungsbüro der Queen Mary University erfahren habe, dass er nach London kommen werde. Ein Plan, der seinen Ausgangspunkt in ihrer Bewunderung für einen begabten Dramatiker habe – von dem er nicht sogleich begreift, dass er damit gemeint sein könnte. Ein Dramatiker, den es so nie gegeben hat. Der er vielleicht nie gewesen und schon lange nicht mehr ist.

Er vermeidet es, den Kopf zu schütteln oder laut zu lachen.

Da sitzt sie ihm gegenüber. Trinkt keinen Tee, trinkt Kaffee, doppelten Espresso ohne Milch. Ein Streifen später Sonne kippt Licht auf ihren Unterarm, auf ihre Hand, die Finger.

Die eine feine Gabel zum goldgerahmten Teller führen,

Kristallglas oder Ähnliches, um ein nächstes Bröckchen aus einem Petit Four zu brechen, das so gar nicht *organic* wirkt, mehr wie massives Marzipan, die Gabel, Teig, dazu Glasur, dem Mund zuführt, der Zunge, volle Lippen, tiefdunkelrot geschminkt.

Den Zähnen, die den Bissen von den Zinken ziehen.

Übermäßig weiß leuchtende Zähne in einem dunklen Gesicht. Dessen Augen die Süßigkeit unbeachtet lassen. Ihn fixieren, mit einem Ausdruck, den er noch nie an Mae bemerkt hat. Einer unverhofften Wärme. Als sei er ein Magier der Worte, was ihm anscheinend selber nie offenbar geworden ist, ein Filou der Verse, in den, nach seiner Überzeugung, schlampigen Theaterstücken, meist unbeendeten Fragmenten, die er, seinerzeit im Vollbesitz seiner Kräfte, oft binnen weniger Nächte aufs Papier geschleudert hat.

Am Morgen kein Blick für das Geschriebene, um der Enttäuschung zu entgehen. Den mäßigen Erfolg als legitime Reaktion, gerechte Maßnahme empfindend, als angemessenes Urteil.

Du kannst es nicht, Jörg Krippen, bist bloß ein Aufschneider.

Und sie, von Fehlgeburt zu Fehlgeburt, *ich will, ich will ein Kind von dir,* hat es dir gleich gesagt.

Mach endlich eine Ausbildung. Die Worte deines Vaters, deiner Mutter.

27 – Come with me

Die Wohnung, in die Mae ihn führt, liegt an einer größeren Straße, der Devons Road, unweit von Simons Wohnung, unweit des Hauses an der Bow Common Lane.

Ein und ein halbes Zimmer. Fenster, die schließen. Wasser, das fließt, nicht tröpfelt. Eine Heizung, die sich regulieren lässt und nicht nur *on* oder *off* kennt, *hot* oder *cold.*

Eine Wohnung, deren Miete unerschwinglich hoch wäre, die jedoch demjenigen gehört, mit dem Mae ihn bekannt machen möchte, und die sie seit acht Monaten bewohnen kann. Darf, soll. »Wenn ich nicht bei meiner Schwester und bei Raji bin.« Wenn sie arbeiten müsse, durchatmen wolle, wisse, dass ihre Schwester versorgt sei, zurechtkomme, Raji sich um sie kümmere – »oder mein Cousin Kali«.

Kali, der nicht auftaucht.

Der, eine Stunde nach dem vereinbarten Zeitpunkt, längst ist es draußen dunkel geworden, noch nicht erschienen ist.

Der kein Telefon zu haben scheint. Internet, Whatsapp, keine Ahnung.

Kali.

Hat Raji erwähnt, den Namen.

Kein Beleg, dass es diesen Cousin unbedingt geben muss.

Sei pünktlich. Ich möchte.

Er bekommt Tee, darf sich setzen. Der Heizkörper gibt dem größeren der beiden Zimmer ausreichend Wärme. Das

Geräusch des Verkehrs auf der Devons Road klingt durch die Verbundglasfenster deutlich gedämpft, fast angenehm.

»Kali. Ist das so was wie in der Spanby Road?«

»Ich … ich hatte plötzlich Angst.«

Sie häuft den Zucker blicklos neben der Tasse auf den Tisch.

»Vor mir? Nach dem Nachmittag, dem Abend? Brixton Market?«

»Vor meiner eigenen Courage. Sagen die Berliner so, oder?«

Kein Klingeln. Kein Kali. Kein Cousin aus Mumbai, Kolkata oder Delhi. Was, bitte, weiß sie von Berlin?

Gut, dieser Tee. Aromatisch.

»Deshalb die Telefonnummer, die es gar nicht gibt?«

Neben der Zuckerdose ein Schälchen mit bersteinfarbenem Kandis, ein Glas mit bengalischem Honig. Ein Räucherstäbchen. Das sie in eine Halterung stellt und mit fahriger Bewegung, drei vergebliche Versuche, angezündet hat.

Setzen. Aufstehen. Setzen.

»Du verstehst das nicht. Weder verstehst du mich noch irgend etwas.«

Honig, der im palisanderfarbenen Tee verrührt wird. Gesicht zerbrechlich, schmaler Blick, als flehe sie ihn an.

»Es kann ihm nur was dazwischengekommen sein.«

»Und dann hat er sein Handy verloren?«

Keine Entgegnung. Aufstehen. Beiseiteschieben des Vorhangs. Linsen durch einen Spalt hinunter auf die Straße.

Gehen? Bleiben?

Im Zwielicht ihr Körper, von dem eine Spannung im Raum ausgeht. Sich zu verbreiten scheint, zu vibrieren. Erzeugt aus dem Rauch des Räucherstäbchens. Kein BH, eine Bluse. Die

Härchen auf ihrem Unterarm stellen sich auf, als sie dichter an ihn herantritt.

»Du glaubst mir nicht, oder?«

»Woher soll ich wissen, dass er mein Sohn ist?«

Sekundenlang scheint sie zu zögern. Nicht um die Folgen abzuwägen. Nicht, um in sich hineinzuhorchen. Um genügend Kraft zu sammeln.

Und schlägt ihm ohne Ansatz mit aller Wucht ins Gesicht.

Für die Länge eines Lidschlags steht er, Monolith, im Zimmer. Dann schlägt er zurück.

DEVONS ROAD

28 – Frohnau

Ihre Eltern seien gestorben. Nicht lange, bevor er das erste Mal hier in London gewesen sei. »Bei diesem Theaterworkshop, an dem auch meine Schwester teilgenommen hat.«

Maes Mutter stirbt von einem Moment auf den anderen. Hirnschlag, während sie an ihrem Stand, Brixton Market, Tüten aus altem Zeitungspapier faltet, eine bedeckt wie ein Hut die Hälfte ihres Gesichts. Sie habe sich noch auf den Boden gekauert, sei aber, kaum dass sie auf den Fliesen lag, sofort tot gewesen.

Ihr Vater kommt über den Tod seiner Frau nicht hinweg. Die Frau, die er kennt, seit er vierzehn, fünfzehn, sechzehn Jahre alt war. Ewigkeiten, bevor sie Haora verlassen haben, nach London ausgewandert sind.

Innerhalb weniger Wochen verfällt er. Legt sich nach der Bestattung ins Bett, um nicht mehr aufzustehen. Verweigert die Medikamenteneinnahme. Arzneien, die er wegen seiner Herzkrankheit regelmäßig schlucken muss. Schimpft auf die verfluchten Pillen, solange er genügend Kraft hat. Verweigert das Essen, trinkt kaum, dörrt aus. Faltige Haut an den Händen, im Gesicht, am gesamten Körper. Wirkt wie ein Leichnam, bevor er stirbt.

Ihr Vater habe beschlossen zu sterben. Für ihn sei die Welt keine mehr gewesen, der er habe angehören wollen.

»Er hat sich in seiner Absicht nicht beirren lassen.«

Am Abend bekommt er eine Morphiumspritze. Tagsüber

lutscht er, wenn er mit seiner Tochter sprechen möchte, Eiswürfel, um seinen Mund anzufeuchten. Eis aus der Tiefkühltruhe, die seit Jahren in einem Gelass im rückwärtigen Bereich des Marktstands ihre Arbeit verrichtet. Es gibt Eiswürfel mit Apfelgeschmack, solche, die aus Mangosaft bestehen, und einfach Würfel aus Wasser. Ihr Vater hat Mühe zu schlucken, besitzt indes ein erstaunlich intaktes Gebiss.

Während sie bei ihm sitzt, zerkaut er die Würfel. Die Splitter schmelzen in seinem Mund und wässern den Gaumen. Das regelmäßige Befeuchten verhindert die Bildung von Soor, einem Hefepilz, der die Mundhöhle entzündet.

Anfangs hätten die Würfel einen Stiel gehabt, ähnlich den Lutschern, die Kinder mögen. Aber es sei zu viel Arbeit gewesen, Würfel mit Stielen herzustellen und in die Wohnung zu bringen. Wo er gelegen habe, im abgedunkelten Zimmer, auf dem Ehebett.

Erst nimmt er die Würfel aus einem Glas, schiebt sie sich selbst in den Mund. Als seine Kraft schwindet, legt Mae ihm das Eis auf die Zunge.

Manchmal, wenn sie schläft, löst eine Nachbarin sie ab. Aber während ihr Vater gestorben sei, habe sie eigentlich so gut wie gar nicht geschlafen. Sei an seinem Bett hin und wieder eingenickt, habe ihren Platz jedoch selten verlassen.

Sie wäscht ihren Vater. Wundert sich über das extrem geschrumpfte Glied. Sie cremt ihn ein, weiß, wie sehr er das Eincremen mag. Sie wechselt die Windeln. Er ist zu schwach, um aus dem Bett aufzustehen und in den Eimer zu urinieren. In den sie die benutzten Windeln wirft, alles wirft, was nicht mehr benötigt oder gebraucht wird.

Arundhati taucht selten in der Wohnung auf. Bald erkennt der Vater die ältere Schwester nicht wieder.

Die abendlichen Morphiumspritzen verabreicht der Pfleger einer karitativen Einrichtung, der es eilig haben müsste. Um mit seiner Zeit und der Tour, die ihm obliegt, zurande zu kommen. Der jedoch alle Muße der Welt zu haben scheint.

Ihn empfindet der Vater als Fremden. Besuche sind ihm zuwider. Nur seine jüngere Tochter weiß er gern um sich. Trotzdem behandelt der Pfleger, der weder alt noch jung wirkt, der ihr vorkommt, als habe jemand das Alter des schüchternen Mannes für alle Zeit festgelegt, ihren Vater behutsam wie einen engen Freund.

Das Morphium hilft dem Vater. Die Eiswürfel erlauben es ihm, manchmal noch einen Satz zu sagen. Während sie neben ihm sitzt, gerät sie in einen Zustand der Trance. Als sei auch ihr ein Opiat verabreicht worden. Als sei sie einem betäubenden Gas ausgesetzt. Mit Sicherheit dem fehlenden Schlaf geschuldet. Ein Gefühl, nicht wirklich, während sie am Bett hockt und ihr Vater Tag für Tag magerer wird und verglimmt.

Er sei nie dick gewesen, im Gegenteil. Eher hager, schlank. Aber knochig, nie mager. Jetzt scheint er zu verschwinden.

Er liegt auf dem Rücken. Dämmert vor sich hin oder schläft mit geöffnetem Mund. Sie hört ihn atmen und stellt sich vor, sie läge wie die Mutter neben ihm im Bett. Hörte ihn während der Nächte keuchen. Schliefe neben dem sterbenden Mann.

Der Vater, seit einiger Zeit unsicher auf den Beinen, zu wackelig, um aufzustehen und zur Toilette zu gehen, liefe Gefahr, auf der Toilettenschüssel einzuschlafen und vornüber zu fallen. Auch deshalb der Eimer. Deshalb die Windel, die nicht immer dicht halte. Deshalb die oft wechselnden, frischen Bettbezüge. Mal auf der einen Seite des Ehebetts, mal auf der anderen.

Auch das sei dem Vater unangenehm gewesen. Zuerst habe er sich geweigert, auf die Seite des Ehebetts gelegt zu werden, die von Anbeginn die seiner Frau gewesen sei. Dann habe er sich gefügt.

Aber das Morphium hilft. Erstaunlich, dass ein Arzt derlei verschrieben habe.

Sie, fünfzehn Jahre alt, stellt es sich in seiner Wirkung vor wie die Vorhänge, die dafür sorgen, dass die Sonne das Zimmer des Vaters nur selten erreicht.

Das Licht im Raum ist gedämpft, seit er sich in sein Bett gelegt hat und nicht mehr aufstehen möchte. Die rötlich-braunen Gardinen im Erker, der das Schlafzimmer um kaum einen Quadratmeter erweitert, sind geschlossen, seit er sich entschieden hat, sein Lager nicht mehr zu verlassen, keine Nahrung mehr zu sich zu nehmen, bis auf die Eiswürfel in dreifacher Geschmacksrichtung, die ihm Mae aus der Markthalle mitbringt.

Dennoch kommt ihr der Vater froh, fast fröhlich vor. Er habe zu Hause sterben wollen. Er sei zu Hause gestorben.

Seitdem ihr Vater von Tag zu Tag dünner wird, nimmt seine Haut eine gelbliche Färbung an, ähnelt faltigem Pergament. Das dunkle Pigment verschwindet, als löse es sich auf.

Die Wangen kaum noch vorhanden, der Kopf geschrumpft, nur die Nase ist groß. Die Unterschenkel sind eingefallen, die Oberschenkel bloß eine Ahnung einstiger Kraft. Eines Umfangs, der es ihrem Vater noch fünf Jahre zuvor ermöglicht hat, jeden Sonntagvormittag seine Runden auf dem nahen Sportplatz zu laufen. Sein Training, wie er es nannte, pflichtschuldig zu absolvieren. Stets in derselben Sportkleidung. Ein alter Inder, der früh am Morgen beharrlich Stadionrunde um Stadionrunde läuft, ohne dass jemand ihm zuschaut. Keine der brüchigen Holzbänke der von Gras und Kräutern bewachsenen Tribüne ist besetzt.

Sogar im Winter sei ihr Vater fast jeden Sonntag gelaufen. Bis sein Herz es ihm nicht mehr erlaubt habe.

In den letzten Tagen, als ein Gespräch nicht mehr möglich gewesen sei, habe Mae ihm vorgelesen. Das Buch habe auf seinem Nachttisch gelegen, sie habe es vorher nicht gekannt. Bengalische Sagen und Märchen aus seiner Heimat, deren Inhalt, Hexen, Fabelwesen, wundersame Wunscherfüllung, in ihrem Gedächtnis keine Spur hinterlassen habe. Zu sehr sei sie auf ihn konzentriert gewesen. Aufs Verlöschen des Lichts in den Augen, das Lächeln, das sein schwindendes Gesicht manchmal belebt habe.

»Eine schöne Geschichte.«

Sie meine, das habe er geflüstert. Obwohl es ihr während der letzten Tage unmöglich geworden sei, ihn zu verstehen, sich mit ihm zu verständigen.

Es sei denn, in einer reduzierten Zeichensprache. Er spricht, wenn er redet, Bengali, die Sprache seiner Jugend. Er kehrt an den Ort seiner Herkunft, seiner Kindheit zurück.

Während Arundhati, die Ältere, sich kaum um ihn kümmert, seinen Tod, den Tod der Eltern offenbar als Befreiung empfindet: keine Sitten und Gebräuche, keine Einschränkungen mehr, keine Tabus, das Theater als freier Lebensraum, sie als Assistentin, bald Regisseurin, indischer Hintergrund, schön wie der Tag und die Nacht. Befreiung von Zwängen, Verboten, elterlichen Einwänden. Verschiedene Männer, Drogen, Feste. Während Arundhati versucht, das Leben mit aller Macht zu genießen, begleitet Mae, die Jüngere, ihren Vater bis in den Tod.

Sie weiß nicht, ob sie ihrer Schwester deren Verhalten verübelt habe. Könne sie nicht sagen. Für sie sei es nie eine Frage gewesen, dass sie bis zuletzt bei ihm habe bleiben wollen.

Nachdem das Begräbnis überstanden ist, alle Formalien erledigt sind, der Stand in der Markthalle verkauft und den Schwestern ein bisschen Geld geblieben ist, lichtet sich der Nebel, der Mae seit Wochen umgibt, sich zwischen sie und die übrige Welt schiebt, auch in der Folgezeit kaum. Sie geht nicht zur Schule, vergräbt sich in ihrem Zimmer.

Dann geschieht etwas Unerwartetes.

Ein Großonkel, der in Berlin lebt und vom Tod ihrer Eltern gehört hat, bietet ihr an, zu Freunden von ihm zu kommen. Die sich, kinderlos, erboten hätten, Mae zunächst für ein Jahr zu sich zu nehmen. Sie könne, dort im Norden der Stadt, auf eine Schule gehen, ein Gymnasium. Oder auf die Realschule, eine hervorragende Realschule, gleich nebenan. Je nach dem, wie gut ihr der Einstieg in Deutschland gelinge.

»Frohnau, so der Name des Stadtteils. Ich hab das als Omen genommen.«

Sie entschließt sich, London, die toten Eltern, die Schwester, Brixton, Trauer, Verzweiflung, Hader, von heute auf morgen hinter sich zu lassen. Von einem Tag auf den anderen sei sie nach Berlin gezogen. Mit dem unumstößlichen Vorsatz, England zu vergessen. Vom Abend ihrer Ankunft an eine Deutsche zu sein. Gute Schülerin. Deutsch früh an der Schule gehabt. Sprung ins eiskalte Bassin. Sie habe mal gelesen, dass einige Menschen, die den Tsunami in Thailand überlebt hätten, von dem Tag an als andere weitergelebt haben sollen, komplett neue Existenz.

»Ich hab sogar meinen Namen geändert. Aus Mohini, der Schönsten, der Bezaubernden, wurde einfach Mae.«

Die ersten Wochen habe sie sich wie im Tunnel ausschließlich mit dem Unterrichtsstoff beschäftigt. Habe wohl schneller als jede andere perfekt deutsch gelernt. Ihr Gehirn sei wie ein Schwamm gewesen, der alles in sich aufsaugt.

»Wie eine Mutation. Am lebenden Wesen, wenn's das gäbe. Vielleicht ausgelöst durch den Schrecken. Abrupte Fortentwicklung des voll ausgebildeten Exemplars. Neue Spezies der Gattung. Ich – als Objekt und Beobachterin in einem. Meinte, mir zusehen zu können, wie meine Synapsen das einmal Gehörte speichern. Den Stoff, die Inhalte an sich binden. Ein Rausch, der mich ergriffen, der mir erlaubt hat, alles zu verdrängen. Zu vergessen, was geschehen ist. Es hat nie ein London gegeben. Keine Eltern, kein Sterben, keine ältere Schwester. Weder Brixton noch Market. Weder das alte Leben noch den Tod. Ich, eine Molluske, die sich, ausgestattet mit einer eigenartigen Intelligenz und ohne Biographie, selbst zu erfinden beginnt. Mohini. Obwohl Mohini von mir suspendiert worden ist. Möglich, dass ich trotz allem auf Vishnu gewartet habe.«

Ihre Gast-, bald Pflegeeltern sind begeistert. Ihre Lehrer ebenfalls. Mitschüler akzeptieren sie. Erst einige, dann die meisten, endlich alle.

»Ich habe mich nicht fremd gefühlt, nicht einen Augenblick.«

Der Großonkel, der in der indischen Botschaft als Übersetzer arbeitet, unterstützt sie, wird ihr Pate. London ist eine Stadt, die es nie gegeben hat. Ein Name ohne Bedeutung. England ein Land, das im Meer versinkt.

Nach ungefähr acht Monaten meldet sich ihre Schwester.

Mit der sie nach dem Tod ihrer Eltern, bis zu ihrem Aufbruch kaum etwas zu tun gehabt habe. Die sich vor ihrer

Abreise, dem Umzug nach Frohnau, bei einem eiligen Treffen hastig von ihr verabschiedet habe. Als fühle sie, die Ältere, sich ihr gegenüber schuldig.

Sie sei schwanger, teilt ihr Arundhati am Telefon mit.

Sie werde das Kind, einen Sohn, bekommen. Der Vater sei ein junger, deutscher Dramatiker und lebe in Berlin.

Als Mae nachfragt, insistiert, sich erkundigt, möglichst schnell das Notwendige wissen will, erhält sie trotz allen Drängens keine weitere Auskunft. Bis auf die mehrfach wiederholte Bestätigung, es gehe ihr, Arundhati, in London gut.

Mae gratuliert zum freudigen Ereignis.

Die Schwester nennt den Namen des möglichen Vaters: Jörg Krippen.

Mae hört das Zittern in der am Telefon fern und unwirklich klingenden Stimme. Sie nimmt den flehenden Tonfall wahr, begreift den Anruf als Bitte, nach jenem Jörg, dem Kindsvater, zu suchen. Dessen Adresse Arundhati nicht habe. Von dem es jedoch Einträge im Internet gebe. Der Theaterstücke geschrieben habe. Die hie und da aufgeführt worden seien. Von dem sie kaum etwas wisse.

Der sich nicht mehr gemeldet und keine Telefonnummer habe. Oder er habe den Anschluss gewechselt, oder sie kenne die Nummer nicht. Dessen Anschrift in Treptow nicht oder nicht mehr stimme. Schöneweide. Schweineöde. Der anscheinend umgezogen sei.

Und woher wisse sie, dass er Berlin nicht verlassen habe?

Keine Antwort.

Sie, Mae, habe sich mit dem Problem der Schwester nicht beschäftigen wollen. Sie, Mae, habe ihr neues Leben in Frohnau genossen. Sie habe der Schwester nichts nachgetragen. Nur sei sie ihr zu einer Fremden geworden. Fremder als ihre neuen Freunde. Ihre neuen Eltern. Ihre neuen Lehrer. Fremder selbst als der Hund der Familie, ein Golden Retriever.

Außerdem habe ein Junge sich in sie verliebt. Und sie sich in ihn.

Kein weiterer Anruf aus der Vergangenheit.

Die neuen Telefonbücher, die jemand an einem der nächsten Tage von der Post mitgebracht habe.

Gemeinsam mit Marius, dem Jungen, mit dem sie ein Referat über die Rolle Großbritanniens in der EU habe ausarbeiten müssen, habe sie an einem Tisch in der Schulbibliothek gesessen und Löcher in die Luft gestarrt. Derweil Marius die Powerpointpräsentation ohne ihre Hilfe fertiggestellt habe.

K wie Krippen. Kolonnenstraße 19. Berlin-Schöneberg.

Vorname: Jörg.

Kein weiterer, kein Frauenname vor der Telefonnummer.

Krippen, Jörg.

29 – Rote Insel

Sie, Mae, noch keine sechzehn, steht auf dem Hinterhof der Kolonnenstraße 19, in Berlin-Schöneberg. Schülerin aus Frohnau, die den Unterricht schwänzt.

Vorn an der Straße, neben einer nicht sonderlich breiten Durchfahrt zum Hof, befindet sich ein Trödel. In dessen Schaufenster ein handgeschriebener Zettel, der mit krakeligem Filzstift darauf hinweist, man möge sich bei Interesse bitte im Lokal nebenan melden. Eine staubige Pizzeria, die nicht wirkt, als verirre sich oft ein Gast an einen der schiefen Holztische hinter großen, ungeputzten Scheiben. Mindestens eines der Beine zu kurz, gelagert auf einem Sattel zerfledderter Bierfilzpappen oder einem Kronkorken, zusammengepresst auf das Maß einer Münze.

Vormittag. Der Weg von Fohnau mit der S-Bahn war unkompliziert. Jetzt benötigt Mae einigen Mut, um den Hof zu betreten. Durch die Toreinfahrt zu schleichen, als könne ein korpulenter Hauswart sie gleich am Schlafittchen packen und zurück auf die Straße bugsieren. Nimmt ihre Courage zusammen, nachdem sie hat feststellen müssen, dass: Krippen, Jörg, und: Krippen, Sabrina, so das Etikett am aufgebogenen Hausbriefkasten, nicht im Vorderhaus wohnen, sondern im Seitenflügel.

Während des sekundenlangen Zögerns beißt sie die Zähne aufeinander, atmet mehrmals ein und aus – nun bin ich mal hier, also los.

Auf der gegenüberliegenden Seite der recht breiten Kolonnenstraße schlagen die Glocken einer Kirche. Halb elf. Mae schreckt zusammen.

Um 13 Uhr 35, wenn die Schule beendet wäre und sie den zehnminütigen Heimweg, wie gewöhnlich trödelnd, hinter sich gebracht hätte, an der Ecke mit einer Freundin oder mit Marius gequatscht: Schwimmen-Handball-Geige. Die Eltern an der Uni: Bio? Biochemie? – keine Ahnung. Große, braune Augen, dunkel wie die eines bengalischen Bollywood-Stars. Dazu das Lächeln, bei dem sich auf der linken Wange dieses Grübchen bildet. »Süß«, sagen einige ihrer engsten Freundinnen. Schön, denkt Mae insgeheim, schön und intelligent. Um 13 Uhr 35 oder um 13 Uhr 45 möchte Mae zurück im Haus ihrer Eltern sein.

Meist kommen die viel später, und meist zu spät, von der Arbeit heim. Dennoch will Mae, wie gewohnt, mit dem Hund um den Block spazieren.

Erneut braucht es Kraft, kostet es sie Überwindung, den Seitenflügel durch die angelehnte Tür – eingetretne Füllung, Spanplatten vernagelt – zu betreten. Zwei Stockwerke. Sechs Namensschilder. Pappe-Papier-Kugelschreiber. Parterre, Dachboden. Namen türkischer Familien, einer pakistanischen. Am oberen Rand des stummen Portiers: Krippen, Jörg – Krippen, Sabrina.

Sie steigt hinauf in den zweiten Stock. Knapper Blick auf den zweiten Hof. In dessen Remise die hutzelige Metallwerkstatt ihre wohl eher kümmerliche Existenz zu fristen scheint. Im Haus immerhin Gardinen. Hinter den einfachen Scheiben. Dreckig wie die Sünde. Die Farbe des Linoleums auf durchgetretenen Stufen nicht erkennbar.

Keine Treppe, eine Stiege. Wider Erwarten kein Knarren.

Mae huscht an den Türen im ersten Stock vorbei. Eine Außentoilette. Deren Lattentür offen steht. Deren Geruch bezeugt, dass sie benutzt wird. Ein Verschlag auf halber Treppe. In dem sich Styroporblöcke befinden. Vielleicht zur Dämmung unliebsamer Geräusche. Ein verstaubter Eimer mit eingetrockneter Wandfarbe. Tastet sich hoch in die zweite Etage. Links: Beyaztepe, rechts: Krippen, Jörg. Kein weiterer Name. Verstorben? Verzogen? Verstritten? Verschollen? Nie hier gewohnt – Sabrina?

Die Außentoilette zum Stauraum umfunktioniert. Beschriftete Kisten, in denen alte Aktenordner aufbewahrt werden. Durch Risse in der brüchigen Pappe ist die Beschriftung zu erkennen. *Im Schlagschatten des Mondes. Stück. Heimlich, still und leise. Eine Schülererzählung.* Sie bringt eine weitere halbe Treppe hinter sich. Der Tür zum Dachboden gegenüber befindet sich ein zweiter Abort. Auf dem Treppenaustritt. Separiert von der Wohnetage. Über dem Zimmer, der Küche? Beyaztepe? Krippen? Mae hört Schritte im Hof.

Das Aufstoßen der Haustür. Stimmen. Tritte auf den Treppenstufen. Hastig huscht sie ins Klo.

Hakt einen Haken in eine Öse. Verzichtet auf Licht. Linst durch einen Spalt der Lattentür. Duckt sich. Versucht, sich so klein wie möglich zu machen. Kniet auf den Dielen. Bemerkt, dass sich ein Bodenbrett aus den Fugen hebeln lässt. Blickt in die Wohnung darunter. Die Küche, einen Korridor. Beobachtet einen Mann, eine Frau, wie sie den Flur betreten. Die Schuhe abstreifen. In die Küche kommen. Erst er, dann sie. Flüsternd, zischend aufeinander einreden.

»Sei doch ein Mal leise! Du weißt doch, dass er schläft. Schlafen soll.«

»Sei doch ein Mal ehrlich! Nicht immer so scheiße berechnend, Jörg.«

»Mann, Sabrina …!«

»Ich bin kein Mann.«

Ein Junge, schmale Gestalt, gleitet in den lieblos und ohne Sorgfalt ausgestatteten Wohnküchenraum. Schlafanzug. Drei Jahre alt. Vielleicht vier. Vielleicht fünf. Wangen gerötet. Als habe er Fieber.

»Mama. Papa.«

Mae, in ihrem Kabäuschen, wendet den Blick vom Geschehen. Schließt die Augen. Zirkelt die halbe Diele vorsichtig an ihren Platz. Beseitigt die Lücke. Löst die Verriegelung. Haken, Öse. Schwebt die Stufen hinunter. Flieht über den Hof.

Obwohl es angebracht gewesen wäre, der älteren Schwester von der Entdeckung zu berichten, bleibt Mae in ihren Auskünften vage. Verschweigt Arundhati, was sie inzwischen weiß.

Gibt vor, sie habe Jörg Krippen in Berlin nicht gefunden. Beginnt zugleich mit der Erforschung seines Lebens. Entwickelt eine, ihr selbst oft nicht geheure, Obsession.

Derart, dass ihr Freund, der Schwimmer, Handballer, Bratschenvirtuose, den sie zwei Mal geküsst hat – flüchtig nach einer Party bei seinen Eltern, das andere Mal ausgiebig nach dem Schwimmen am See: Sommer, er hat seine Hand, die rechte, an der er ihr Freundschaftsarmband trägt, unter ihr Bikinioberteil geschoben, während sie sich gewünscht hat, die Berührung möge dauern, er möge sie ausgiebiger streicheln, ihr Höschen und Oberteil vom Körper streifen, trotz der Leute ringsum –, derart, dass ihr Freund einen Nebenbuhler vermutet und sich von ihr trennt.

Obwohl sie tagelang weint, ohne den Versuch zu unternehmen, Marius zurückzugewinnen, lässt sie nicht ab. Forscht weiter das Leben des möglichen Vaters ihres nie gesehenen Neffen in Berlin-Schöneberg aus.

Zwar gelingt es ihr nicht, ihn anzusprechen, ihn mit dem Sachverhalt zu konfrontieren, dass er wahrscheinlich einen zweiten Sohn in London habe, in England, dennoch weiß sie bald einiges über seine Beziehung zu Sabrina. Belauscht ihre Streits. Die Versöhnungen. Wenn Leon, der Junge, schläft. Wird Zeuge der Beschwerden anderer Hausbewohner. Wenn Sabrina in ihrer Lust minutenlang schreit. Muslimische Spießer.

Hört, wie sie Jörg Krippen beschimpft. Bekommt ein ungefähres Bild von ihrer und seiner Vergangenheit. Folgt ihm nach Dahlem, an die Uni. Erfährt, dass er, weitgehend in Nachtarbeit, seinen Abschluss in vergleichender und allgemeiner Literaturwissenschaft bald nachgeholt haben wird. Dass er als brillanter Student gilt. Beobachtet Sabrina. Beim tageweisen Packen der Regale in einem nahen Supermarkt. Weiß, welche Kindertagestätte Leon, der Sohn, besucht.

Findet heraus, dass Jörg Krippen bis vor nicht allzu langer Zeit als verheißungsvoller Nachwuchsdramatiker galt.

Ist versucht, die Pappkartons im Stauraum auf halber Treppe aufzureißen. Die Texte aus den Ordnern zu klauben. Entdeckt ein Theaterstück im Archiv des Instituts für Theaterwissenschaften. Ist fasziniert. Findet in einem Programmheft weitere Texte. Fragmente, Prosa. Liest ohne Unterbrechung. Versucht, sich Inszenierungen vorzustellen, auszumalen. Von denen sich kaum eine Spur finden lässt. Hie und da eine Notiz, eine schmale Besprechung: eines in Dresden und München vor Jahren uraufgeführt.

Chor: vielleicht wird er sich weigern / die tiere aus der wüste, selbst gazellen / sind hin und wieder unerwartet stolz // vielleicht werden sie, kantige gesichter / schön anzusehen im gegenlicht / nunmehr ihre messer / mit einem leisen, in der stille / die sich im wagen ausbreitet / jedoch fast schmerzhaft deutlichen / klick aus dem schaft vorspringen lassen // vielleicht werden sie, weil das weiß / der augäpfel des negers / sich jetzt verfärbt, sehr dunkel wird / und niemand weiß, bei einem schwarzen neger / ob es die furcht ist oder seine wildheit / vielleicht werden sie, um den schlichten vorgang / ebenso schmucklos abzuschließen / eine der drucklufttüren öffnen / aufdrücken, um dem schwarzen mann / den ausstieg zu erleichtern / vor einfahrt in die rettende station.

»Konnte ganze Passagen deiner Texte auswendig, Jörg. Kann ich noch heute.«

Sie sitzt mit ihm in der Bibliothek. Ohne dass er auf sie aufmerksam wird. Besucht mit ihm eine Vorlesung. Vernachlässigt die Schule. Hört sich die Vorhaltungen ihres Paten, der Nenneltern an. Der Lehrer. Des Rektors. Lässt an sich abperlen, was ihr blöd und unangemessen erscheint. Unzutreffend. Albern. Beginnt zu schreiben.

Träumt von einer Karriere als Autorin. Belauscht, geduckt im Außenklo, auf der Holzbrille hockend, die Liebesnächte.

Er, Sabrina. Sabrina, er. Über Stunden. Der gesegnete Schlaf des Jungen. Kaum noch Telefonate mit Arundhati.

Die am Telefon zunehmend sonderbar wirkt. Deren Probleme sie satt hat. Die ihr nichts mehr bedeutet. Die ihr fremd geworden ist. Scheiß London. Die ihr gestohlen bleiben soll. Scheiß England, eine Insel, die Richtung Grönland treibt.

Färbt sich die Haare rosa und grün. Trägt einen Button: *Nazis – fuck off.* Läuft auf Demonstrationen vor der Polizei weg. Wirft Farbeier gegen Hausfassaden. Buttersäure in Parteibüros.

Droht, sitzen zu bleiben. Trinkt Alkohol. Besäuft sich mit billigem Schnaps. Kifft. Hängt mit einer Clique am Stadtrand ab. Besinnt sich, als der Schwimmer und Handballer, stets ihr auf den Fersen, verhaftet wird. Gerichtsverfahren. Buße. Sozialdienst. Nur knapp dem Verweis von der Schule entronnen. Besucht dennoch bloß sporadisch den öden Unterricht.

Läuft ernsthaft Gefahr, die Klasse, die zehnte, wiederholen zu müssen. Schreibt Nächte hindurch ausufernde Dramen. Deutsch, nicht englisch. Antike Chöre. Gebundene Sprache. Verse. Reime. Daktylen. Deklamierende Helden. Des Frohnauer Alltags. Schafft den Abschluss der zehnten Klasse. Mit Müh und Not. Mit Ach und Krach. Schreibt anschließend einen überragenden Mittleren Schulabschluss, MSA. Sämtliche Prüfungsfächer eins. Obwohl sie kaum schläft. Weil sie kaum schläft. Ihr könnt mich mal, ihr Spießer.

Verachtet die Lehrer. Verachtet ihre Mitschüler. Wird, nach einem Gespräch mit ihren Eltern, dem Paten, dem Schulpsychologen, von der ihr zugedachten Realschule wieder ab-, am Gymnasium angemeldet. Eine sehr, sehr ordentliche Realschule. An der sie die zehnte Klasse hätte wiederholen sollen. Wozu? Wieso? Wird nach den Sommerferien folglich die gymnasiale Oberstufe ihrer gewohnten Schule besuchen. Lächelt an letzten Unterrichtstagen vor den großen Ferien dem Schwimmer, Handballer, vormalige Bratschensonderbegabung, kokett und gekonnt schüchtern zu.

Denkt an das belauschte Geschehen, das sie auf der Holzbrille der Außentoilette als Hörspiel in Serie erlebt. Und immer ist das Klo besetzt. Und immer, wenn einer pinkeln muss, wird in die Duschkabine uriniert, die unten in der Küche steht. Der Laut des harten Strahls in der Nasszellenplastikwanne, eigenartiger Triumph. Ich bin Beyaztepe, der ewige Geist auf dem Klo.

Am ersten Ferientag, der Schwimmer, Handballer, das Genie in Mathematik, Physik, Chemie liegt am letzten Schultag wieder neben ihr auf dem Badetuch, fliegt sie nach London zu Arundhati und jenem Cousin namens Kali, den ihre verwirrt wirkende Schwester während vereinzelter Telefonate mehrfach erwähnt hat.

London. Heathrow. Während Mae überlegt, ob sie ihre Schwester anrufen oder sofort vom Flughafen aus in die Stadt fahren soll, tritt ein junger Mann auf sie zu, der, nach einem Blick auf ein Foto, die Aufnahme in der Innentasche seines Blousons verschwinden lässt und ihr lächelnd die rechte Hand entgegenstreckt.

»Hi! Kali. Nice to meet you, Mohini.«

»Sorry, my name is Mae.«

Obwohl sie die Begrüßung des Mannes erst ignoriert, dessen offene Hemdbrust eine ungewöhnlich dichte Körperbehaarung erkennen lässt, verschwindet das Lächeln ihres bislang nie gesehenen Cousins nicht aus dessen Gesicht. Das rings um die Augen, an den Schläfen bis zu den Wangen hinunter von einer dunklen Pigmentierung gezeichnet ist, die sich unschön von den helleren Hautpartien abhebt. Die Verfärbung lässt unwillkürlich an eine Krankheit denken.

Den Cousin scheint das Mal ebenso wenig zu stören wie die schwarzglänzenden, seltsam dicken Haare, unter denen Handrücken und Finger bis zu den vorderen Gelenken fast verschwinden.

»Your sister isn't well. I'm glad you're back in London.«

Nach diesem Satz, der wie geübt wirkt, wie etwas, das zu sagen Kali sich vorgenommen hat, ein Sachverhalt zudem, der keinen Verzug erlaubt, führt er sie zu seinem Wagen in der Tiefgarage, einem Jaguar E Type. Extravagantes Auto, dessen Fahrerkabine weit zurückgesetzt ist und von dem der Handballer hin und wieder geschwärmt hat.

Kali wirft Maes Rucksack in den winzigen Kofferraum und beginnt, noch während er den Wagen startet und ausparkt, von sich zu erzählen. Fortan in einem beinahe akzentfreien Deutsch mit manchmal rheinischem Einschlag, zwei-, dreimal eine eitle Phrase in makellosem Französisch. »Ich bin eine ganze Weile in Düsseldorf gewesen. Später auch in Nizza und Paris.«

Derweil Mae die Augen schließt – weder will sie London noch ihren Cousin früher und näher als nötig an sich heranlassen – und dem Reden ebenso stumm wie teilnahmslos lauscht, erfährt sie, dass Kali, ihr Cousin, seit knapp zwei Jahren als Redakteur bei einer renommierten Zeitung angestellt, bald zu einer Agentur wechseln werde, die, neben Expertisen und dem Angebot nachhaltiger Coachings, umfassendere Themenkomplexe, »*content*, haha«, an Zeitschriften, Magazine, oft auch Zeitungen verkaufe. »Bis in die USA, bis nach Indien.« Er lacht. Und überholt hupend einen Bentley.

Mae reißt die Augen auf und spürt, wie ihr der Schweiß aus den Poren dringt. »Ist einfach besser bezahlt, du verstehst?« Kali fädelt sich mit Vollbremsung hinter einem Lkw ein, um die Ausfahrt nicht zu verpassen. Schildert, derweil Mae die Augen erneut schließt, wie es Arundhati und ihrem Sohn Raj während der Zeit in London ergangen sei. Mae hört Begriffe wie: postnatale Depression, Echos, psychische Probleme – »schon vorher, dieses LSD. Zu viele hohle Typen, zu viele schlechte Trips. Da bleibt an den Synapsen dann was hängen.«

Mae spürt, dass der Cousin sich aus Gründen, die sie nicht nachvollziehen kann, vor ihr, der jüngeren Schwester, der kleinen Cousine, zu rechtfertigen versucht und um Verständnis wirbt. Begreift, dass er sich all die Zeit um Arundhati gekümmert hat. Auch um Raj, Maes Neffen. Der sehr an seiner Mutter hänge, die, indeed, ein bisschen schräg sei. »Hey, wer, bitte, ist das nicht?«

Versteht, dass es Arundhati zwar besser, aber keineswegs gut gehe. »Ist stabil, na ja.« Hört, dass die Schwester sich auf ihre traditionellen und religiösen Wurzeln besonnen habe. Schulterzucken ihres Cousins. Kalis rechte Augenbraue ruckt wie ein Jojo nach oben. Fühlt sich genötigt, nachdrücklich zu nicken, um dem Cousin zu bedeuten, dass sie durchaus verstanden habe, wie wichtig eine vertraute Umgebung für ihre Schwester sei. Das Zimmer, die Matratze, auf der sie schlafe. Der geregelte Tagesablauf. Festgelegte Wochentage. Ihr Putzjob in geringem Umfang. Der ihr die Illusion erlaube, für Raj, bald auch die jüngere Schwester – »deine Ausbildung, Mohini, hier in London!« – zu sorgen.

Ich heiße Mae. Kapier das.

Während Kali den Wagen elegant auf den Hof des Hauses an der Bow Common Lane fährt, ihn neben einer Kabeltrommel parkt, Jaguar E Type vor einer Wand aus dunkel gebeiztem Holz und Sechskantmuttern aus feuerverzinktem Stahl, denkt Mae: Das kann nicht wahr sein. Und: Ich muss hier weg.

Als sie den Vorhang zum hinteren Raum der Wohnung vorsichtig beiseiteschiebt, brennen vor dem Schrein der Religion ihrer Eltern drei dünne Räucherstäbchen. Mit einer Wucht, die sie taumeln lässt, einen Moment ist sie versucht, wortlos auf dem Absatz umzudrehen und das Zimmer ohne Gruß zu verlassen, kehren die Eindrücke ihrer Kindheit für Augenblicke zurück. Begleitet von Gerüchen, an die sie seit Jahren meint, nicht mehr gedacht zu haben. Ein Film, stellenweise geschwärzt, der einzelne Einstellungen extralang gefrieren lässt, um übergangslos in das nächste Standbild zu springen, noch eines und noch eines, nur der schwere Duft der Räucherstäbchen hält die Ausrisse zusammen, die vor ihrem inneren Auge vorüberhuschen, als lasse ein schadenfroher Derwisch das sonst gemächliche Daumenkino in übertriebenem Zeitraffer durch seine Finger rauschen. England, London, Brixton tauchen wie ein privates Atlantis aus dem Schaum des nördlichen Meeres empor.

Als wolle sie der Übermacht der plötzlichen Eindrücke entgehen, wedelt Mae mit den Händen vor ihrem Gesicht herum, ohne dem strengen Aroma der Duftkerzen ausweichen zu können. Unwillig schüttelt sie den Kopf, hakt den Vorhang zum hinteren Raum an einer Halterung fest, schließt die Augen, schnalzt mit der Zunge, registriert, als sie die Lider, erst eines, dann das andere, behutsam hebt, nichts als die triste Gegenwart, in deren Zentrum ihre Schwester, die sie auf der Straße, in einer Menschenmenge nicht sofort erkannt hätte, wie eine Figur aus einem Bollywoodmusical hockt.

Obwohl die Ringe, die den Stoff an der Führungsschiene halten, vernehmbar aneinanderklirren, reagiert die ältere Schwester nicht auf den gewiss nicht unerwarteten Besuch aus Berlin, aus Deutschland.

Keine Regung. Kein Wort. Keine Geste. Keinerlei Begrüßung.

Arundhati, gekleidet in ein traditionelles – bengalisches? –

Gewand, viel Rot, viel Tuch, viel Ornament, mittig auf der Stirn der Punkt, Bindi, das dritte Auge von Shiva, kauert auf einem Holzschemel und schaut zu Boden.

Da kein zweites Sitzmöbel in dem Raum vorhanden ist und ein Ruck durch Arundhatis schmal gewordenen Körper geht, kaum dass Mae Anstalten macht, sich auf die Matratze zu setzen, das Bettzeug verborgen unter der bunt bestickten Tagesdecke, ein Ruck, den Mae als abwehrende Geste der älteren Schwester versteht, die den Kopf noch immer nicht hebt, lehnt sich Mae an die Wand neben der Bettstatt. Die Fenster sind abgedunkelt. Der Raum wird beleuchtet von wenigen Kerzen. Der Anstrich der Wände, an denen hie und da ein farbiges Tuch hängt, erinnert an die beige Schale eines Eis.

Arundhati sagt nichts, blickt nicht auf.

Nach einigen Minuten der Ruf Kalis aus der Küche, er werde Raj jetzt abholen. Keine Erwähnung, wohin genau er gehe. Die Schwestern schweigen.

Nach ungefähr einer halben, vielleicht einer viertel Stunde, rutscht Mae, den Rücken an die Wand gepresst, hinunter in die Hocke, verharrt in der Haltung.

Sie hat das Gefühl, nicht sprechen, den Raum nicht verlassen, sich nie mehr bewegen zu können. Die Zeit in dem Zimmer ist gefroren.

Nach einer Weile, von der sie nicht sagen könne, wie lang sie gedauert habe, murmelt Mae: »Sprich mit mir.« Obwohl ohne Hoffnung, ihre Schwester zu erreichen, fügt sie hinzu: »Sieh mich wenigstens an.«

Arundhati rührt sich nicht.

Sie hockt auf dem Schemel aus mürbem, blau gestrichenem Holz und scheint ihre Füße zu betrachten, schmale Füße, die reglos in vielfarbigen Pantoffeln stecken. Schuhwerk, von dem Mae meint, es habe ihrer Mutter einst gehört.

Minuten, vielleicht Stunden hofft sie, Kali käme zurück. Brächte Raj mit, dessen Lebhaftigkeit, die Virilität eines Jungen, den Block vielleicht sprengen würde.

Niemand kommt.

Bevor Mae die Erfindung der Zeit, der Sekunden und Zehntelsekunden vergisst, sich nicht mehr daran erinnern kann, dass eine Welt jenseits des Raums mit dem Schrein existiert, den Räucherstäbchen, den Kerzen, die nicht herunterbrennen, richtet sie sich an der Wand auf, reckt sich empor, ignoriert die Last, die sie zwingen will, weiterhin zu verharren, löst sich aus ihrem Eck und verlässt das Zimmer mit ihrer schweigsamen Schwester.

Durchquert die Wohnküche, kein Kali, kein Junge, kein Leben, keine Bewegung, nichts, hastet lautlos durch die verlorene Räumlichkeit, flüchtet aus dem Haus an der Bow Common Lane. Sie folgt dem Pfad, quert die Fahrbahn, spürt Sonne auf der Haut ihrer Unterarme, Wärme in ihrem Gesicht, und fährt hinaus nach Heathrow.

Sie nimmt die nötige Umbuchung vor, gibt ihren ungeöffneten Rucksack am Check-in auf und fliegt zwei Stunden später. Zeit, die sie bewegungslos in der Wartelounge verbringt, den leeren Blick auf das Flugfeld gerichtet.

Ohne das Gefühl der Erleichterung, aber mit der Empfindung von Endgültigkeit und Abschluss flieht sie zurück nach Berlin, froh, noch am selben Tag wieder in Tegel zu landen.

In ihrem Elternhaus in Frohnau – keiner bei ihrer Ankunft daheim: Theater, Kino, Pizzeria, irgendein Besuch, nicht mal der Hund, der Golden Retriever, bellt zu ihrer Begrüßung – schließt sie sich in ihrem Zimmer ein, um ausgiebig zu weinen. Anschließend verbrennt sie ihre Schreibversuche, bricht die Verfolgung des Dramatikers ab.

»Einmal stand ich vor dir. Mensa, volles Tablett. Hab meine Apfelschorle verschüttet. Du hast gelächelt. Bedauernd vielleicht. Tröstend, keine Ahnung. Ich hab kein Wort herausgebracht. Hab mich an einen entfernten Tisch in einer anderen Ecke gesetzt. Du hast dich nicht nach mir umgesehen.«

Noch in den Ferien habe sie sich die Pille verschreiben lassen.

Als der Schwimmer und Handballer aus dem Urlaub mit seiner Familie am Ende des Sommers in Frohnau eintrifft, lädt sie ihn zu sich ein und schläft mit ihm am zweiten Tag nach seiner Rückkehr.

»Ich hab mit ihm ausprobiert, was es auszuprobieren gibt. Ist mir gefolgt wie ein Hund.«

Obwohl ihr Pate, der stets mit Kali in Kontakt gewesen sei, auf sie eingeredet, obwohl er, den sie ähnlich geliebt habe wie ihre neuen Eltern, sie regelrecht bedrängt habe, ist es ihr unmöglich, dem Bitten, dem dringenden Insistieren nachzugeben und mit Kali oder ihrer Schwester wenigstens hin und wieder zu telefonieren.

Bis zu ihrem Abitur vermeidet sie jeden Kontakt sowohl mit Arundhati und deren Sohn als auch mit ihrem Cousin. Wäre es ihr möglich gewesen, hätte sie sich an keinen der drei noch einmal erinnert.

Dann endet die Zeit an der Schule. Die Zeit mit dem Jungen, der schwimmen kann und Handball spielt, der durchtrainiert und schön und klug ist und seine Bratsche seit Monaten in einen Schrank verbannt hat, wo sie ihm noch Jahre danach gut aufgehoben scheint. Bis er sie seiner Tochter zu deren viertem oder fünftem Geburtstag schenken wird.

Nach einer mehrmonatigen Reise durch Indien, die bengalischen Provinzen, zieht Mae, die gern und ohne einen Anflug von Sehnsucht an Frohnau, an den Schwimmer, an dessen Handballspiele, die anschließenden Nächte in Marius' Bett zurückdenkt, nach London, um Medizin zu studieren. Dem Anschein nach unterstützt von ihrer älteren Schwester, tatsächlich finanziert von ihrem Cousin Kali, der ihr nie einen Vorwurf gemacht habe, nie auf den Besuch im Sommer nach Abschluss der zehnten Klasse zu sprechen gekommen sei. Manchmal habe sie den Eindruck gehabt, er könne gewusst haben, dass sie zurückkehren werde, in den Stadtteil Bow, ans östliche Ende von London.

»Ein halbes Jahr hat Raj kein Wort mit mir gewechselt. Seither bin ich, von einem Tag auf den nächsten, die Person, der er vertraut, seine Tante.«

»Was hast du ihm von mir erzählt?«

»Dass sein Vater gekommen sei. Um ihn kennenzulernen.«

All das berichtet ihm Mae, während er zwei Tage und zwei Nächte mit ihr in der Devons Road verbringt.

Derweil sie die Wohnung, das Bett kaum verlassen.

Gemeinsam kochen, einander lieben, selten aufstehen, noch seltener hinausgehen. Drei Schritt vor die Tür, um einzukaufen. Wein, Sekt, einander lieben. Wieder und noch einmal. Bleib bei mir, ich bleibe. Der übrigen Welt nur spärlich Nachrichten zukommen lassen.

»Hi Raj, your aunt is well. Has to work hard. Kisses.«

»Hallo Simon, mir geht's bestens. Mach dir keine Sorgen. Erfolg bei der Promotion. Viel Glück mit Uwe Johnson.«

Nachdem sie sich gegenseitig beschimpft, gekratzt, Mae ihn gebissen, getreten, beleidigt und verflucht hat – du bist so unmöglich, Jörg – du hast doch wissen müssen, dass – scher dich zum Teufel – nie wieder gehen – warum kannst du so gut schreiben – warum hast du's aufgegeben – wieso konntest du meiner Schwester – Jörg, wie konntest du nur.

Ich konnte doch nicht wissen.

Du hättest wissen müssen.

Wie hätte ich wissen können.

Lieb mich. Bleib bei mir. Vögel mich.

Ich bleibe, Mohini, ich bleibe.

Immer. Immer und immer.

Er schweigt.

Nachdem sie erneut, außer sich, weinend, aufgelöst, auf ihn eingeschlagen hat, du bist so ein Arsch, ein Arschloch, diesmal wehrt er die Schläge ab, hält ihre Hände fest, schlägt nicht zurück, schüttelt den Kopf, beginnt, er weiß nicht weshalb, ebenfalls zu weinen, heult, Schlosshunde, Schlosshyänen, löst sich, ein ungeheures Gefühl, auf in salzige Flüssigkeit, Bäche, die an seinen Wangen, dem Kinn herunterrinnen, tröstend, warm, nachdem sie voreinander auf dem Boden gehockt, verschmierte Gesichter, einander umarmt, geschluchzt, geschluckt, gelacht haben, fallen sie übereinander her, auf dem Teppich, in Bett-Bad-Küche, grob, ohne Rücksicht, beugt sie sich auf ihm so weit zurück, dass, als er aus ihr herausgleitet, Blut an der Öffnung der Harnröhre austritt: Du hast mich verletzt, Mohini.

Du mich sowieso. Und ich heiße Mae. Kapier das.

Sie sind miteinander behutsam. Sie sind miteinander geduldig. Sie sind miteinander traurig. Sie sind miteinander froh und erschöpft.

Die Fingerkuppen erahnen die Landschaft. Des anderen Körpers, des fremden, des nahen. Gebirge, Senken, die Haut.

30 – Midlothian Road

Kali, der am nächsten Tag eine Dienstreise antreten wird: drei Tage Dresden.

Der sich noch immer nicht vorgestellt hat, andauernd sei etwas dazwischengekommen. Kali, ein Gespenst, ein Geist, so kommt es Jörg Krippen vor, Kali habe sich erboten, mit Arundhati in ein nahes Kino zu gehen, ein Kino, das sie seit Langem kenne, um ein indisches Musical anzusehen, das sie ebenfalls kenne und möge. Kali habe zugesagt, sie nach Hause zu bringen, mit ihr Abend zu essen, bevor sie, zur stets gleichen Zeit, ins Bett gehen werde. Jörg Krippen hat kaum einen Blick auf den so oft genannten, wiederholt erwähnten, mit jeder Erwähnung an Bedeutung gewinnenden Cousin erhaschen können.

Als Arundhati in dessen Jaguar E Type abgeholt wird, ist er, Jörg Krippen – des Stipendiums beraubt, des Seminars verlustig, dennoch seit einigen Tagen seltsam unbeschwert –, eben im Bad. Steht, die Hose in den Kniekehlen, vor Waschbecken und Spiegel, wo er mit Erleichterung feststellt, dass die Fissur seiner Harnröhre verheilt zu sein scheint: keine Beschwerden beim Urinieren, kein Blut beim Wasser lassen. Mehrfach betupft Jörg Krippen mit einem Stück Toilettenpapier – dreilagig, weich, ungewöhnlich für London, eigenartig die Farbe: dunkles Ultramarin – die, durch beidseitig behutsamen Druck des Daumens und des Zeigefingers auf die bloße Eichel, leicht erweiterte Öffnung seiner Harnröhre:

keine Färbung Rot auf Blau. Ergäbe sicherlich Lila, verwaschenes Violett.

Sie: er, Mae, Raji, erreichen ein Restaurant inmitten der Parkanlagen hinter dem Bahnhof Mile End. Ein persisches Lokal, das Raji für sein Geburtstagsessen ausgesucht hat. Raji, der bisher nichts zur schleppenden Unterhaltung beiträgt, sondern blass, das Gesicht wie ausgewaschen und trotzdem mit einer Ruhe, die an den Moment des Kicks beim Rugby erinnert, vor sich in die leere Luft starrt und sein neues Handy, ein Smartphone, fest umklammert.

Jörg Krippen, ohnehin unruhig, da ihn das bevorstehende Essen zunehmend nervöser werden lässt: zu dritt, was für ein Einfall, ertappt sich, wie er eine Melodie vor sich hin zu pfeifen beginnt. *The Loneliness of the Long Distance Runner*. Melodischer Punk von den Angelic Upstarts, einer Gruppe aus den frühen 80ern, auf die er gestoßen ist, weil sie, eigentümlicherweise, Rudolf Hess im alliierten Gefängnis in Berlin besungen hat: *The super powers won't give an inch / They got their showpiece in a cage*. Trotzdem Antifaschisten, seltsam, hätten wir damals nicht durchgehen lassen.

Aber der Song nach der Erzählung von Silitoe – sagenhaft. Großartiges Surplus des Romans: der Junge, der sich weigert, für den leidlich netten, umgänglichen Direktor seines Borstals, seines Kerkers, zu siegen.

Ganz anders jener Außenminister, einst Militanter und Schulabbrecher, später spilleriger Läufer langer Strecken. Am Ende alles gebend, um mit wieder dickem Hintern endlich hautnah an die Heizung zu kommen. Dein einzig luzider Artikel, Jörg Krippen: diesen Minister des Langstreckenlaufs mit der Hauptfigur jenes Romans zu vergleichen.

Sie betreten das Restaurant Ariana, geringes, extrem gelbes Licht, dunkles Holz, teils grüne oder rote Polster, Rauputz, an den Wänden Instrumente. Werden von einem Kellner zu einem Tisch im Eck geleitet, annähernd ein Separee, neben einem geöffneten Fenster mit Blick auf den Park. Die Dunkelheit drängt aus Bäumen, Büschen, treibt über angefrorenen Rasen auf die kaum beleuchtete Sonnenterrasse zu. Die abgedeckten Stühle und Tische: unter Planen träumend wie unter Palmen, im tiefen Winterschlaf.

Nachdem sie sich auf der, Empfindung Krippens, zu niedrigen Bank, den mit Kunstleder beschichteten Sitzkissen niedergelassen haben – Raji hingegen ist stehen geblieben, um sich, kaum haben sie ihren reservierten Platz erreicht, dringend die Hände zu waschen –, stößt Mae, grad ist der Junge verschwunden, den neben ihr kauernden Krippen mit der Spitze ihrer den Sommer beschwörenden, Silberpailletten besetzten Sandalette an. Wispert: »Sei nicht so steif, Jörg, ja? Es ist sein Geburtstag. Seine Feier, gib dir Mühe.«

Wohin, denkt Krippen, hat es dich verschlagen, sag mir das.

Und dennoch ist ihm, als sei dort, auf der kaum kniehohen Bank, alles Gewicht von ihm genommen. Aller Hader, alle Fragen. Lieb ich Sabrina, soll ich sie verlassen? Sind wir einander bloß noch Last? Und wie wir damals … als würde jede neue Nacht mit keinem Morgen enden. All das Fragen verliert sich, verschwindet im Niesel einer meist nebligen Stadt, während ich in einem Restaurant sitze, gleich werden wir essen, mehrere Gänge, persisch, afghanisch, pakistanisch, begleitet von einer Frau, die mich, so jung ihr Körper, unfassbar jung, die mich unmöglich meinen kann. Und, ja, von einem Schach und Rugby spielenden Jungen – der mein Sohn sein soll?

Als er seine verbliebenen Sachen aus dem Zimmer im Dean-Rees-House geholt hat, weil er die Unterkunft räumen muss, anschließend den Rest aus dem Büro an der Queen Mary University, weil auch das ihm nicht mehr zusteht, kein Kollege, der ihn verabschiedet, nur Simon an seiner Seite, ist er, während er wenig später den Karton mit den Papieren, Büchern auf Simons Küchentisch ausgeleert, die Unterlagen geordnet hat, auf einen ungeöffneten Brief gestoßen. In den letzten Tagen am College eingetroffen, als er der Lehre, ihm der Betrieb längst abhanden gekommen war, allenfalls noch ein rascher Kaffee am Kanal, im Schatten von Lock Keeper's Cottage: träumend von einer Zukunft, nur in Umrissen kenntlich, die es ihm erlaubt, die Jahre in Hellersdorf, in Schöneberg, auf der Roten Insel, dort in Berlin zu vergessen.

Ein Brief von ihr, Sabrina, die Handschrift, wie gewohnt, schwer zu entziffern.

Ich will dir nicht viel schreiben. Ich kann das nicht gut, das weißt du. Du hast alles verraten: mich, Leon, unsere Geschichte. Bist verschwunden wie raus zum Joggen, weg. Alles komplett ausgerissen, alle Wurzeln. Weggeworfen. Mich hast du weggeworfen, Trine aus dem Supermarkt, auf die du kein Bock mehr hast. Fickst ein reiches Flittchen, so 'ne Tussi aus London. Irgendeine blöde Ische. Bist ein scheiß Verräter, absolutes Arschlochtum, gegen mich, die Mutter deines Sohnes.

Raji kommt aus dem Gang, der zur Toilette führt. Lächelt, in sich versunken, während Mae von der Bank rutscht, »für Königstigerinnen« murmelt, Raji über den Kopf streicht, als sie an ihm vorbeigleitet, um ihrem Neffen auf dem Kunstledersitzkissen Platz zu machen, und in dem schummrigen Korridor bei den Damentoiletten verschwindet.

Krippen verstaut den sperrigen Rucksack, in dem er das Geburtstagsgeschenk für Raji verwahrt weiß, zwischen den Beinen, rascher Blick zur Decke, nein, da hockt niemand, kein Dschinn oder Dämon, während Raji zuerst zögert, bevor er sich neben ihn setzt.

Sie schweigen. Kein Scharren der Schuhe. Kein Kellner, der die Karte bringt. Kein Fragen: What do you want to drink? Mae auf dem Klo, verschwunden.

Er spürt die Wärme des Körpers des Jungen neben sich. Was kann ich ihn fragen? Was kann ich ihm sagen? Herzlichen Glückwunsch? Elf Jahre! Die langsam ins Land gegangen sind, während ich mit einem Buch befasst war, das über künstliches Leben Kluges meint sagen zu können?

»Ich möchte dir etwas zeigen.«

Der Junge berührt ihn behutsam am Ellenbogen. Holt aus seiner Hosentasche – kein Handy, sondern sein Smartphone, das Geburtstagsgeschenk.

Von Kali? Jener rätselhaften Gestalt, die nie aus dem Hintergrund vortaucht? Deren Existenz, Krippen kratzt sich an der Schläfe, etwas Fluides anhaftet. Nicht fassbar, greifbar, stets behauptet. Ein Mann mit einem Frauennamen, im Internet findest du alles. Der ihm, dem in London Gestrandeten, einen Job verschaffen werde, eine Anstellung ermöglichen könne, fest, mit gutem Gehalt.

»Nach einigen Woche Probe«, so Mae, »wird die Sache fix. Kali kennt dich als Dramatiker. Er weiß, was du kannst. Dass du schreiben kannst, das weiß Kali. Seit Jahren.«

Konntest. Wenn überhaupt.

Er wendet sich dem Jungen zu, der neben ihm sitzt und das Smartphone, iPhone, keinen blassen Dunst, auf die Tischdecke legt: steif der Stoff, weiß und schwer, das Besteck aus massivem Silber. Der mit einer Sorgfalt, als vollführe er einen sakralen Ritus, den zentralen Button des nicht sonderlichen großen Geräts weniger drückt als streichelt. Sodass mit dem Leuchten des Bildschirms ein von einer überbordend begeisterten Kommentatorenstimme begleitetes Rugbyspiel beginnt. Ein Match: *The greatest game of Rugby ever played – Sydney, 2000*. Zusammenschnitt der Wallabies, der australischen Nationalmannschaft, traditionell in den gelben Trikots, gegen die All Blacks Neuseelands, deren Kampftanz, der Haka, die Revue der *best moments* eröffnet. Stampfend fletschen die schweren Gestalten die Zähne. Führen die Hand, eine Klinge, zur Kehle. Schlagen sich auf die voluminöse Brust.

Unwillkürlich presst Krippen seine Unterschenkel gegen den Rucksack unter dem Tisch. Als der Junge ihn vorsichtig anstößt, ihn anhält, dem Ereignis auf dem Bonsai-Bildschirm zu folgen, zeichnet ein versonnener Ausdruck seine Züge: überlegene Führung der All Blacks – Aufholjagd der Wallabies – finaler Sieg Neuseelands. Dabei der Glanz in den Augen, die Gewissheit: so gut kann ich werden. Das Leuchten eines Gesichts, das Jörg Krippen momentelang an einen Homunkulus denken lässt, etwas, das, künstlich geschaffen, ihm untergeschoben worden ist. Dann streicht Maes warme Hand über seine Schultern. Berührt ihn, ein Versprechen, eine Warnung zugleich, im Genick.

»Ich hab schon mal bestellt.«

Sie grinst.

Und auf dem künstlich wirkenden Rasen des digitalen Geschehens erzielt ein als »human juggernaut« bezeichneter Maori den entscheidenden Touchdown, den letzten Versuch Neuseelands: zur Führung und zum Sieg.

Während des Essens wird wenig gesprochen. Noch immer scheinen Rajis Augen gebannt von der Dramatik des eben gesehenen Spiels. Den Blick in eine Ferne gerichtet, kaum dass er bemerkt, was er zu sich nimmt, das Wissen: ich werde einmal dabei sein. Dort, auf dem Rasen. Gegen die großen Wallabies. Oder die All Blacks, die Unerreichten. Ihnen gegenüber, nur ab und zu einen Happen auf der Gabel zum Mund balancierend, Mae, die wirkt, als sei sie mit der Welt versöhnt.

Krippen, der das eigene Gesicht in einer dunklen Wasserkaraffe als schwarze Spiegelung erkennt, fühlt sich, während er Lamm mit Curry, dazu den Gemüsejuice auf angebratenem Reis isst, auf eine Weise aufgehoben, die ihm unheimlich ist. Und die er – als wär ich angekommen, wo? – mit einer Inbrunst genießt, die ihn für die Länge eines Lidschlags vor sich selbst erschrecken lässt.

Es ist so einfach, denkt er. Es ist alles so einfach.

Ich kann mich ohne Scham und ohne ein schlechtes Gewissen daran erfreuen. Ich kann die Situation wie ein Kind genießen. Und das ist das Grauen.

»Warum heißt dieser Kali eigentlich wie eine Frau?«

Mae hebt die Schultern, zuckt kurz die Achseln, als wolle sie zeigen, dass sie die Frage für nebensächlich erachte.

»Er hat so ein Mal im Gesicht. Hatte. Als Jugendlicher ist das sehr ausgeprägt gewesen. Dunkel. Fast schwarz. Und Kali, die Göttin des Todes, der Zerstörung, wird oft mit schwarzem Gesicht dargestellt. Selbst Shiva, so erzählen es unsere Sagen, ist durch sie zur Wildheit angestachelt worden. Manchmal, auf den Darstellungen, alten Bildern, tanzt sie auf ihm.«

Mae guckt ihn an, als könne sie ihm durch die Pupille in den Schädel schauen.

»Und Kali, den wollten sie foppen. Hänseln – sagt man das so? Er ist drüber weggegangen. Stärker geworden. Hat sich den Namen zu eigen gemacht: Kali. Auch Göttin der Erneuerung. Und sie kann Wünsche erfüllen.«

Mae schenkt ihm Wein ein, stößt mit ihm an, derweil in Rajis Augen das nächste Fieldgoal, ein Kick von der Mittellinie, erzielt wird, fifty yards.

»Was wirst du die Tage machen? Bis Kali zurück ist aus Dresden? An der Arbeit schreiben? Obwohl du entlassen bist? Und ohne Stipendium?«

Mae nippt am Wein. Lächelt. Lehnt sich lasziv zurück.

Und Krippen, der sich später an den Moment erinnern und sich fragen wird, warum er nicht etwas ohne Belang geantwortet hat – spazieren und erst mal früh ins Bett gehen, dann können wir ja sehen –, leert sein Glas in einem Zug, setzt die Füße auf den Boden, spürt unterm Tisch erneut das Geburtstagsgeschenk im Rucksack, schiebt sein Besteck auf dem Teller zusammen, hebt den Kopf, blickt in Maes strahlendes, nach wie vor lächelndes, gänzlich entspanntes Gesicht.

»Mein Sohn wird mich besuchen.«

Zucken der Achseln. Winzige Pause.

»Kommt morgen Abend mit dem Flugzeug. Aus Berlin. Um mit mir ein paar Tage in London zu verbringen. Vier vielleicht, oder fünf.«

Raji hat sein Essen nicht umgeworfen, sein Getränk nicht verschüttet. Das leere Weinglas nicht umgestoßen. Hat nichts gesagt, hat nicht geschimpft oder geschrien, während er das Smartphone, das noch auf dem Tisch lag, in die Tasche seiner Jeans gleiten ließ und von der Sitzbank rutschte. Nicht, um hinauszulaufen, sondern, um, als sei nichts passiert, zum

Toilettengang zu schlendern, beinahe beiläufig, obwohl seinem Rücken, seinem Nacken, seinem gesamten Körper eine eigenartige Steifheit anzumerken war: als habe ihn eine Lähmung befallen, ausgelöst durch ein Gift, als müsse er die Toilette erreichen, um sich zu übergeben.

Warte, hat Krippen sagen wollen, es für überflüssig erachtet, weil er im selben Augenblick weiß, dass der Junge nicht warten wird.

Den Rucksack unter dem Tisch hervorziehend, erhebt er sich, übersieht Maes Hand, die auf seinem Handrücken zu liegen gekommen ist, um ihn daran zu hindern, Raj zu folgen.

Er aber folgt ihm. Hockt nun, unbeachtet von den übrigen Gästen des Restaurants, ebenso wenig wie von den Betreibern oder dem Personal, auf dem gefliesten Gang vor einer Toilettentür, von der stellenweise Farbe abgeplatzt ist, einzelne Bröckchen liegen vor dem Türblatt am Boden. Unter dem gewohnten Piktogramm aus angelaufenem Messing klebt der Rest eines Plakats von den Malediven.

Raji hat die Tür verriegelt. Noch bevor er, der Ehrengast des Geburtstagsessens, die Klinke ohne größere Kraft versucht hat, nach unten zu drücken.

Jetzt sitzen sie, getrennt durch die Tür aus Pressspan, in einem persischen Lokal, und während der Junge, der sich auf dem Klodeckel niedergelassen hat, keiner Aufforderung des Mannes im Gang nachkommt, bittet dieser, dem die Fliesen des ungut riechenden, schmalen Flurs, an dessen Ende sich ein Notausgang befindet, klamm und ungewöhnlich kalt erscheinen, Raj möge doch öffnen: er, der sich sehr über die Einladung zu dem Essen in das Restaurant aus Anlass des elften Geburtstages gefreut habe und der es bedauere, nicht schon einen der vorangegangenen Geburtstage mitgefeiert zu haben, habe ihm ein Geschenk mitgebracht, das ihm gefallen werde. Er selber habe es genossen, dass ihm die großen Momente der berühmtesten Rugbymannschaften aller Kontinente vorgeführt und kenntnisreich erläutert worden seien, er sei schon auf die nächste Vorführung eines Spiels gespannt. Und vielleicht werde Raj ihn mal zu einem wichtigen Match ins Stadion begleiten.

So redet er eine Weile, während der Junge schweigt.

Mae wird vor den großteils noch unberührten Speisen am reichhaltig gedeckten Tisch mit weißem Tischtuch warten.

Und Raj, der sich, das kann der Mann nicht erkennen, auf dem Toilettendeckel weitere Aufzeichnungen glorioser Rugbyspiele anschaut, ohne die Stimmen der Kommentatoren, ohne, auch das kann der Mann im Korridor unmöglich wissen, zu weinen – Raj hat schon als Säugling nahezu nie geweint –, er, ein duldsam wartender Junge, der sich weder rührt noch dem Drängen des Mannes auf dem Flur Folge leistet, hält die Tür geschlossen.

31 – Camden Market

Vier Nächte wird sein Sohn bei ihm in London bleiben.

Sie werden lachen, über die Mützen der Wachen am Buckingham Palace, werden kreuz und quer mit der Tube unterwegs sein, einander in die Seite puffen, die Eichhörnchen in den Parkanlagen füttern, einander auf die Schulter schlagen, »fast fünfzehn, wow, und frisch rasiert«, grundlos einander in die Arme fallen, »achte auf den Linksverkehr«, sich an den Fontänen mit Wasser bespritzen, »woher hast du eigentlich diese voll beschackerte Halb-Nazi-Rasur-Frisur?«

»Haben alle im Verein. Das ist stylish, Papa.«

Sie werden zunächst kein Wort über Sabrina verlieren.

Sie werden sich über Simon, das Milchgesicht, mokieren, Blicke wechseln, die Augen verdrehen. Sie werden sein Essen dennoch genießen, ihn mit billigem Whisky betrunken machen. Gemeinsam werden sie für ihn kochen. »Mal richtiges Gulasch, kein Szegediner.« Sie werden nebeneinanderher den Kanal entlangjoggen, schweigend, mit ruhigem Atem.

»Du kiffst?«

»Nur manchmal.«

»Eine Freundin?«

»Und du, Papa? Du?«

Sie werden während der Tage weder Mae noch Arundhati begegnen: *er* wird, in der Zeit mit seinem Sohn, weder Mae noch deren Schwester treffen. Auch Kali nicht, der ihn per SMS zu einem *meeting* lädt. An den Ständen des Camden Market werden sie lange im Kruschtelkram wühlen, dem Zeug, das dort ausliegt.

»So eine Bürste. Wie die da drin.«

Sein Sohn deutet auf eine Kiste, der Deckel verziert mit hellen Intarsien aus Hartholz.

»So eine Bürste?«

»Ja. Die blinkt, Papa, wenn ich mich kämme.«

»Ich kämme mich nie.«

»*Ich* kämme mich aber!«

»Und du benutzt Deo.«

»Jeder …«

»Ich niemals.«

»Papa!«

»Gut. Ist gekauft.«

Der Sohn lässt sich die Kiste reichen.

»Was meinst du, Papa? Die mit dem H_2O_2 drauf?«

Sie kichern. Zwinkern einander zu. Denken, Moment einhelliger Freude, an die Wochen und Monate, Mann, ist das lange her.

Der Vater kramt den abgegriffenen Geldbeutel aus seiner Hosentasche, während sich Leon, »krass, übelst cool«, bedankt.

Kurzes, kaum merkliches Zögern.

»Ist Simon … ist der eigentlich homo?«

»Keine Ahnung. Frag ihn selber.«

Losprusten des Sohnes. »Kochen kann er.«

»Wir doch auch, oder?«

»Und, Papa, wie viel kostet die Bürste?«

»Du meinst, dieses blinkende, scheußliche Etwas?«

Klaps mit der Bürste, die sich der Sohn aus der Intarsienkiste vom Ladentresen geschnappt hat. Feixen des Vaters.

»'N Zwanni. In Pfund.«

»Ich dachte, du hättest …?«

»Kein Geld? Kommt schon immer noch mal was aus den Automaten in der Wand.«

»Bank.«

»Bank oder Wand. Jedenfalls reicht's noch.«

»Für Bürsten, die blinken.«

»Genau.«

Wieder ein kurzes Zögern des Jungen.

»Stimmt es, dass ihr früher die Nazis so richtig verkloppt habt, Mama und du?«

Da lässt er sich Zeit mit der Antwort.

»Na ja, stimmt schon.«

»Ehrlich? Du und Mama?«

Schiebt den Bon in sein Portemonnaie. »Ja. Aber … wie kommst du jetzt da drauf?«

»Bei uns an der Schule wird gerade eine AntiFa gegründet. Und da wollte ich vielleicht …«

Der Junge fährt sich mit der Bürste durchs seitlich ausrasierte Haar.

»Papa, kauf dir doch auch so eine.«

»Partnerlook? Hm, na ja … meinetwegen …«

»Und auch benutzen!«

Er kramt die Geldbörse erneut aus der Hosentasche. »Das mit den Nazis, der AntiFa …«

»Sagt Mama auch: sei vorsichtig.«

»Dann sind wir *da* ja mal einer Meinung.«

»Sag mal, Papa, was machst du eigentlich hier in London genau?«

Er zahlt das zweite, blinkende Frisiergerät mit der Strukturformel des Wasserstoffperoxid und lässt es sich einwickeln wie ein Geschenk. Murmelt: »Andenken, an unseren Urlaub«, während sein Sohn die soeben ausgiebig benutzte Bürste in die Gesäßtasche schiebt.

»Mama sagt, deine Arbeit, die ist längst zu Ende.« Verschämtes Beißen am Daumennagel. »Und Geld kriegst du auch keins mehr.«

Er betrachtet seinen Sohn, der ihm viel älter vorkommt als noch beim Abflug aus Berlin.

»Hm … Wie geht's eigentlich Big Jonni?«

»Macht mit mir Sondertraining: Torschüsse, Freistöße, Ecken.«

Er nickt. Scheint nicht mehr aufhören zu wollen, den Kopf auf und ab zu bewegen: »Big Jonni, ja, der hat was drauf«, sieht seinem Sohn, ohne zu blinzeln, tief in die Augen.

»Mit *längst* hat Mama unrecht. Mein erster Job hier, der ist gerade zu Ende. Aber vielleicht gibt's einen zweiten. Besseren. Und morgen, da zeig ich dir was.«

Der Sportfeld, das *green,* liegt am späten Nachmittag überwiegend im Schatten. Die Äste der Pappeln, die den Platz begrenzen, schlagen im Wind aneinander.

Raji, im grün-weißen Trikot seiner Mannschaft, stellt, während die anderen Spieler einen Angriffszug einstudieren, eine taktische Finesse, das Spielgerät auf eine Vorrichtung, die er vor ein paar Tagen nicht benutzt hat, sodass der unrunde Ball ein paar Zentimeter über dem sorgfältig gemähten Rasen, den akkurat geschorenen Grashalmen zu schweben scheint.

Wie in Trance hat Raji jeden der vorangegangenen Kicks ohne ersichtliche Mühe souverän ins Ziel gebracht. Nun hat er die Entfernung fast verdoppelt.

Jetzt konzentriert er sich, fixiert das ungefähr dreißig

Meter entfernte Stangentor, das, schräg versetzt, vor der Pappelreihe aufragt, nimmt Anlauf und tritt das elliptische Ei auf einer leicht gekrümmten Flugbahn von schnörkelloser Schönheit über die Querlatte und zwischen den oberen Enden des mageren H hindurch.

Jörg Krippen, der mit Leon im Windschatten des Kiosks lehnt und den Schuss beobachtet, muss sich beherrschen, um nicht unwillkürlich zu klatschen.

Er spürt den Rucksack auf seinem Rücken, den Druck des in Aluminiumfolie verpackten Geburtstagsgeschenks, und ist sich, seine Gedanken kreisen seit gut einer Stunde um die Frage, wie und wann er das Geschenk übergeben soll, nach wie vor nicht sicher, ob er nicht besser wartet, bis sein Sohn zurück nach Berlin geflogen ist.

Gleichzeitig drängt es ihn, Raji zuzusehen, wie er die Folie entfernen, wie sein Gesicht sich verändern wird, wenn er erkennt, was er für ihn ausgesucht hat.

Abwarten, Jörg Krippen.

Der Trainer, diesmal anscheinend ein Gehilfe, dessen filigraner Körper nicht auf eine aktive Laufbahn als Rugbyspieler hinweist, beendet das Training mit einem Pfiff auf dem gewinkelten Ringfinger seiner linken Hand.

Rot kippt die Sonne für Augenblicke aus tief ziehenden Wolken, streift die Spitzen der noch kahlen Pappeln, kaum eine grüne Knospe, ehe sie hinter eine Autobahnbrücke rutscht, im Dunst einiger Schornsteine eines Heizkraftwerks verschwindet.

Als Raji, der sich die Schnürsenkel nach dem letzten Kick gelockert hat, über das Spielfeld auf die Bande zugelaufen kommt, hinter der sich die Baude für Bier, Kaffee, Schnaps, Fish'n Chips befindet, schlurfender Schritt, gebückter Blick, tritt Krippen unter dem Vordach des schäbigen Ausschanks hervor. Er hebt, um Raji zuzuwinken, eine Hand, reckt sie empor, die andere ruht auf der Schulter seines Sohns und übt einen leichten Druck aus, als wolle er Leon bedeuten, abzuwarten, nichts zu sagen, sondern ihm, seinem Vater, das Wort zu überlassen. Das Gewicht des Rucksacks empfindet er nun als Last.

Als bestehe mit Raji, der achtlos seinem Weg über die Rasenfläche folgt, eine gedankliche Verbindung, die dem gedrungenen Spieler signalisiert, dass der einzige Gast, der Ehrengast seiner so abrupt beendeten Geburtstagsfeier hier auf dem Trainingsplatz sei, ja, als habe Raji die Botschaft soeben empfangen, hebt er den Kopf.

Die Blicke des Mannes und des Jungen kreuzen sich, ohne dass der eine Regung zeigt. Weder zeichnet sein Gesicht ein erkennendes Lächeln noch leuchten seine Augen auf. Kein Glimmen, kein Widerhall. Stumpf starren die Pupillen am Paar unterm Vordach vorbei.

Grußlos, die Schnürsenkel schleifen in der beginnenden Dämmerung über den mit Schlacke grob bestreuten Weg, den Kopf erneut gesenkt und mit hängenden Schultern passiert Raji den stummen Krippen an der Bierbaude und dessen verwunderten Sohn. Nichts an seinem Gebaren deutet darauf hin, dass er die Zuschauer wahrgenommen hat.

»Wer war das?«, fragt Leon seinen Vater, als sie den Sportplatz verlassen und auf einen Pfad einbiegen, Abkürzung zur Wohnung von Loni, die nichts mehr von sich hören lässt, und Simon, der mit dem Essen auf sie wartet.

»Ein Junge«, sagt Jörg Krippen. »Ein Junge, dessen Großeltern von irgendwo aus Indien hierhergekommen sind.«

32 – Crispy Duck

Der letzte Tag, bevor Leon gegen 22 Uhr wieder ins Flugzeug steigen wird, um zurück nach Berlin zu fliegen, ist fast vorüber.

Sie sind noch einmal zu den Plätzen gegangen, die dem Sohn am besten gefallen haben: der Fußgängertunnel unter der Themse nach Greenwich, das Segelschiff *Cutty Sark*, Tee und Wolle, letzter Klipper, der, 1869, für den Seehandel gebaut worden ist, *HMS Belfast,* Teil des Imperialen Kriegsmuseums, größter *Leichter Kreuzer,* der je in der Royal Navy Verwendung gefunden hat. Sie haben, trotz dünnen Regens, Eis gegessen, erneut über die Bärenmützen, deren steifes Getue gelacht, sie sind im Kino gewesen, in einem teils animierten Film nach einem der Superhelden von Marvel, der Sohn hat darauf bestanden, obwohl er kaum das Englisch der Filmfiguren versteht. Popcorn XXL und dreifach Cola.

Sie haben nach einem Geschenk für Sabrina gesucht, keines gefunden, bis Leon vorgeschlagen hat, die noch verpackte Bürste des Vaters mit nach Berlin zu nehmen, der sich eine neue kaufen könne, kaufen müsse, aber unbedingt die des Sohnes hierbehalten solle, darauf hat Leon ebenfalls bestanden.

Sie sind, das Gepäck schon mit sich tragend, großer Rucksack, kleiner Rucksack, nach Soho, zum Leicester Square gefahren, um ein letztes Mal bei Crispy Duck zu essen – »aller guten Dinge«, Leon lächelt, »sind drei«.

Jörg Krippen hat seinem Sohn übers Haar gestrichen und nachdrücklich genickt.

»Aha, du kiffst also.«

»Papa! Mama übertreibt. Sie übertreibt immer.«

Sie sitzen in jenem Souterrain-Restaurant in Chinatown, das Leon während seines Aufenthalts zum Favoriten erkoren hat. Im Fenster hängen die krossen Enten ohne Kopf und Füße. Kein Vergleich zu Brixton Market. Zudem längst gegart.

Jetzt stochert der Sohn mit gesenktem Blick in seinem Essen, das er sich, ohne zu zögern, ausgesucht hat und das in Berlin, in kaum abweichender Form, seit einiger Zeit zu seinen Lieblingsessen gehört. Er verquirlt den Reis mit der Soße und den gebacknen Chicken-Stücken, kein duck, always chicken, bis die Panade so weich geworden ist, dass sie sich vom Fleisch löst und zerfällt.

Er hebt den Kopf und blickt seinen Vater über den Tisch hinweg an.

»Wann kommst du eigentlich wieder?«

Nervöses Blinzeln, während er beobachtet, wie sein Sohn im zermantschten Essen rührt.

»Ich muss …«

»Du hast doch keinen Job mehr. Das sagt Mama.«

Der Vater nippt an seinem Glas. Pflaumenwein. Süß, klebrig, kaum Alkohol. Trotzdem spürt er die Wirkung.

»Kommst du wieder?«

Ist alles nicht einfach, will er sagen, Postdoktorand, viel zu alt für eine Laufbahn an den Universitäten. Ja, will er sagen, natürlich, klar. Berlin, will er sagen, wenn ich die vertrauten Plätze dort wiedersehe, schlägt mein Herz höher. Sogar da draußen in Hellersdorf, im Schatten von Platte und Supermarkt. Dich, will er sagen, dich möchte ich um mich haben, ja. Möchte mit dir vor den Spielen am Wochenende die Ampeln bei Dunkelorange überfahren, keine Begrenzung irgendeiner Geschwindigkeit im Stadtgebiet beachten. Will, im vom Kumpel, dem alten Genossen, der sich als Werbetexter durchschlägt, am Sonntag – so still, wenn man morgens um halb acht hinaus auf die leere Straße tritt, obwohl diese ostzonalen Gestalten das frühe Aufstehen zur Religion erkoren haben –, will, wie gewohnt, im am Wochenende geliehenen Auto, »Mann, Alter, was brauch ich die Karre am Vormittag, da penn ich«, zu den Auswärtsspielen hetzen, um, wie stets, Stunden zu früh auf dem Platz zu stehen.

Das alles will er sagen, erklären, will Kali erwähnen, den er die Tage längst hätte treffen sollen. Göttin mit schwarzem Gesicht, die manchmal Wünsche erfüllen kann. Die Gottheiten der Hindus: abgefahren, ehrlich.

Sagt nichts, sondern trinkt Pflaumenschnaps. Mustert seinen Sohn.

»Papa, wann kommst du zurück?«

»Vereinbart sind …«

»Mit Mama ist es manchmal echt anstrengend zu Hause.«

Blick. Warten. Warten. Blick. Auf eine Erwiderung.

»Und außerdem hat Big Jonni andauernd nach dir gefragt.«

Der Sohn sticht mit einem seiner Stäbchen in das größte Stück gebackenen Huhns auf seinem Teller, das sich, komplett der Panade entblößt, mit brauner Soße vollgesogen hat. Das vormals weiße, nun dunkelweiße Hühnerfleisch sieht aus, als sei es aus einem nicht organischen, fast faserlosen Kunststoff.

»Und ohne dich verlieren wir fast immer.«

Der Vater schiebt seinen Teller beiseite, holt ihn erneut zu sich heran, ordnet das Essen darauf in Kolonnen, die aussehen, als könnten sie, kleine, fleißige Soldaten, im nächsten Moment über den Rand, über den Tisch, das Tischtuch aus buntem Papier, bis zum Ende der Platte aus Resopal marschieren.

Und Mathe?, will er fragen. Und Chemie?

Und trinkt nur einen weiteren Schluck vom seltsam sämigen Gesöff, das sich unter dem Einfluss des Kunstlichts oder der Musik oder des Dufts der Räucherstäbchen, die neben der Küche ihre Fäden aus Qualm und Geruch in den Schankraum stellen, in einen Trank verwandelt hat, der die Zeit zerdehnt.

»Ich …«, sagt er.

Und Leon sagt: »Ich muss gleich los.«

Und wartet, wartet erneut.

Und fügt hinzu: »Du wirst in London bleiben, oder? Wegen diesem Jungen, oder? Der so gut mit dem Rugby auf dieses Tor schießen kann?«

Der Vater möchte die Schultern heben, ein Kopfschütteln immerhin andeuten, er hockt nur starr vor seinem Teller mit den pittoresken Monumenten aus erkalteten Speisen und dem geleerten Glas.

Leon rückt seinen Stuhl von der Tischkante ab.

»Kommst du uns oft besuchen?«

Faltet den ausgebreiteten Plan der Londoner Tube zusammen.

»Wenn du den treffen musst, diesen – wie hieß der? Kali?, komm ich auch allein zum Flugplatz.«

»Ich zahl dir ein Taxi.«

»Das musst du nicht.«

»Will ich aber.«

»Okay.«

Bückt sich hinunter zum kleineren der beiden Rucksäcke, an dem noch das Handgepäck-Etikett des Hinflugs seitlich herabbaumelt und den er an seinem rechten Fuß unterm Tisch abgestellt hat. Überprüft Pass, Ticket, Ausweis, dann die Verschlüsse, steckt die Papiere in die Tasche seines Blousons, den er überstreift, stopft das Geschenk für die Mutter tief zwischen die T-Shirts im größeren Rucksack, zögert, zerrt etwas Längliches aus einem schmalen Seitenfach hervor.

Sieht seinen Vater, der ihm gegenübersitzt, an. Nimmt dessen Hand, der Blick des Vaters verschwimmt hinter einem Vorhang aus Licht, packt dessen Finger, ruckt den Arm ein kleines Stück zu sich heran, malt mit jenem Kugelschreiber, den er aus dem schweren, dem Backpackerrucksack gezogen hat, einen verwackelten Smiley auf den Handrücken des Vaters, der sich nicht bewegt, dessen Hand wie genagelt auf der Tischplatte liegt.

Der den Stift, den der Sohn auf dem Papier, das als Tischdecke dient, liegen lässt, anstarrt, ein Tier, bedrohlich, der das Taxi erst ruft, als der Sohn durch den Gastraum zur Toilette geht, darin verschwindet.

Verschluckt sich, als er das Taxi ordert, wischt sich über die Augen, trinkt gegen seinen Hustenreiz die Cola seines Sohnes aus, fixiert die unbewegte Hand, fremd vor Papier und Resopal, mit der bläulich-blassen, verrutschten Signatur, die lautlos lächelt.

Sie haben sich kurz umarmt. Der Sohn ist ins Taxi gestiegen. Der Fahrer hat den Rucksack in den Kofferraum gehievt. Das Handy hat vibriert. SMS von Kali. Der Vater hat gewunken.

Bis das Taxi vom dichten Verkehr verschluckt worden ist, hat sich der Sohn nicht umgewandt. Hat zum Abschied nicht gegrüßt. Während der Vater fürchtet, dass sein Sohn auf der Rückbank der Limousine weint.

Dann legt sich die Hand des chinesischen Kochs behutsam auf seine Schulter.

Er kennt das Gate, er weiß, dass Leon sein Gepäck ohne Umstände aufgeben, den Security Check zügig absolvieren, keine Zeit verstreichen lassen wird. Sie haben die Formalien qua Internet geregelt. Leon hat einen Platz im rückwärtigen Teil der Boeing zugewiesen bekommen. Am Fenster, er ist froh gewesen. Sie haben alles vorher erledigt, um anschließend mehr Zeit miteinander verbringen zu können. Sie haben bis zum abschließenden Essen, in Chinatown, bei Crispy Duck, weder Sabrina noch Berlin häufiger als zwei-, dreimal beiläufig erwähnt.

Jetzt sitzt der Vater mit Leons kleinerem Rucksack, dem Handgepäck, das sein Sohn auf dem Klo des Lokals liegen gelassen, das der Koch gefunden und ihm, dem Vater, übergeben hat, auf der Rückbank einer ähnlich großen, dunklen Taxi-Limousine, deren Fahrer er um größte Eile bittet.

Auf dem Weg zum Flugplatz, das Treffen mit Kali hat er in dürren Worten abgesagt, auf einen Folgetag verschoben, inspiziert er den Inhalt des ihm von früheren Fußballspielen bekannten, aber in späteren Jahren nicht mehr benutzten hellblauen Kinderrucksacks, der von den gemeinsamen Lagerfeuern an einem Mecklenburger See, oder an der Elbe, Rußspuren und Brandlöcher aufweist, Markierungen, die ihn trocken schlucken lassen.

Er findet eine Figur, einen Ritter, dessen silberne Farbe fast völlig abgeblättert ist. Der erste Ritter, den du ihm geschenkt hast? Mitgebracht von einer Gastdozentur? Ertastet den obligatorischen Fantasy-Schinken, das Aufladegerät für's Handy, findet, neben dem Sandwich mit Gurke, Tomate, Mayonnaise und einer Packung Taschentücher, tatsächlich einen Präservativ, dessen rosarote Verpackungsfolie abgeschabt und zerknittert aussieht. Zieht eine mehrfach zusammengelegte Plastiktüte aus dem lächerlich winzigen Rucksack, faltet den Beutel, dessen verblasste Farbe auf lange Benutzung hindeutet, vorsichtig auseinander, entdeckt, neben einer mathematischen Formelsammlung, Geometrie, Oberfläche, Rauminhalt, einige Kegelschnitte, ein buntes Faltblatt, die Kladde mit dem periodischen System der chemischen Elemente: notdürftig, aber sorgsam mit mehreren Lagen Tesafilm entlang diverser Risse wieder und wieder geklebt.

Misstrauisch gegenüber den Geisteswissenschaften komme es ihr oft vor, als lebten in ihnen die Gehalte der Religion, der Götzenanbetung fort. Niemand müsse, um ein guter Physiker zu werden, Newton, Einstein oder Planck im Original gelesen haben. Jeder müsse, um mitreden zu können, den aktuellen Kanon der Literatur, der Philosophie kennen. »Sobald das Zitieren das Denken ersetzt, verkommt der Gedanke zur exegetischen Beschwörung, zu einer Form des Gebets.«

Als er den billigen Nachdruck erkennt, ihm im Moment einfällt, wie er seinem Sohn zum Übergang auf die weiterführende Schule, dann doch eine Gesamtschule mit eher mäßigem Ruf, das Faltblatt, die Tafel, zusammen mit einem Gutschein für einen eigenen Laptop geschenkt hat, will er Formeln wie Elemente in der Tüte belassen. Ertastet jedoch am Grund des Beutels einen wattierten Umschlag, in dem sich etwas befindet, das er als Gegenstand fühlen, aber nicht mit Gewissheit identifizieren kann.

Bis ins Mark erschrocken zerrt er den Brief aus der Plastiktüte hervor.

Als er in das Couvert greift, findet er die Steine, spiegelgleich den fünf weißen, die ihm, seit dem ersten Strandurlaub mit Leon, auf allen folgenden Reisen Begleiter der wichtigsten Bücher, der Nachschlagwerke, des größten Romans des frühen 19. Jahrhunderts geworden sind.

»Die schenke ich dir, Papa. Und die behalte ich.«

Er spürt seinen Sohn an einem Stand mit Comics in englischer Sprache auf. In der Hand hält Leon ein Sandwich und, verblüffenderweise, die Geschenkpapier umwickelte Bürste von Camden Market.

Er gibt seinem Sohn den Rucksack, ohne ein Wort zu sagen. Mathematische Formelsammlung und periodisches System hat er zuvor in die Innentasche seines Anoraks gesteckt. Er betrachtet, als Leon den Rucksack entgegennimmt, das blaue Signet, das sein Sohn hinterlassen hat und das sich im Kunstlicht des Kiosks auf der blassen Haut des schmalen Handrückens bewegt. Die eigene Hand kommt ihm erneut wie die eines Fremden vor.

»Danke. Dachte schon, der wär' futsch.«

Der Junge zögert. Blickt seinen Vater prüfend an.

»Wollt' dich nicht anrufen, damit du dir keine Sorgen machst.«

Leon versucht zu lächeln, aber es gelingt ihm nur eine verrutschte Grimasse.

Als er das Geschenk an die Mutter mit nachdenklicher Geste im hellblauen Kinderrucksack verstaut, möchte der Vater etwas erwidern. Die Sätze, alle Worte sind in seinem Schädel versperrt.

Dann steht der Sohn an der Absperrung vor ihm, als warte er auf einen Wink des Vaters: der ihn begrüßt, an die Hand nimmt, mit ihm nach Bow, Tower Hamlets, fährt, um ihm Simons Wohnung zu zeigen, in der sie von nun an zusammen in London wohnen werden.

Der Vater sieht ihn an. Er öffnet die Lippen, kein Ton. Der Junge schlüpft in die seit Langem zu engen Tragegurte seines Kinderrucksacks.

»Manchmal ist Mama schwierig, oder?«

Ein Blick, die Augen glänzen in der nüchternen Beleuchtung des Zugangs zur Sicherheitskontrolle.

»Ist schön mit dir gewesen, Papa. Auch bei Crispy Duck.«

Als er den Vater zum Abschied umarmt, drückt der seinen Sohn so lange wie möglich an sich. Sagt: »Ich besuche euch bald.«

Leon hebt, während er sich noch einmal bedankt, sich von seinem Vater löst, den kleinen Rucksack wie zum Gruß, grinst schief, dreht sich um und passiert die Absperrbanderole zum Sicherheitscheck, dem Gate für den Flug nach Berlin.

Er legt das hellblaue Handgepäck mit den Brandlöchern auf ein Transportband zum Kontrollgerät, das die Gepäckstücke durchleuchtet, während sein Vater meint, ihn leise sagen zu hören: »Ja, Papa, ich weiß.«

33 – Kitchen

Nachts, nach dem Abflug seines Sohns, sitzt er gemeinsam mit Simon in dessen Küche am Tisch. Vor ihnen eine angebrochene Flasche Rotwein, italienischer Landwein, der den Kopf schwer und die Zunge träge werden lässt. Auf dem Herd, einer alten, mit einer Gasflasche betriebenen Kochmaschine, auf deren brüchiger Emaillefläche neben den Flammen Spaghettireste kleben, steht eine eben geleerte, bauchige Flasche des Weins, zwei weitere liegen ungeöffnet auf einem Stuhl, dessen Korbgeflecht, stellenweise löchrig, selten ausgebessert, mit Isolierband am Rahmen der Sitzfläche befestigt worden ist.

Auf dem Fensterbrett fristen, neben der verdorrten Yucca, zwei zähe Kakteen ihr genügsames Leben. Jenseits der einfachen, ebenfalls mit Isolierband geklebten Fensterscheibe brennt in den gegenüberliegenden Sozialblocks, die die nachlässig gepflegte, jedoch keinesfalls verwahrloste Grünfläche säumen, kaum Licht.

Simon, der meint, ihm sei heute, am frühen Nachmittag, endlich ein Durchbruch bei der Kontextualisierung der *New York Times* von 1968 in den *Jahrestagen* gelungen, schenkt Wein nach, indem er die Flasche während des Eingießens am Glasrand dreht und trotzdem einige Tropfen auf den nie gesäuberten Tisch kleckert, dessen Belag, rissiges Linoleum, Krippen an seine Kindheit erinnert: an den Vater, der die Festlegung der Akkorde für die Arbeiter an den monumentalen, überschweren Stanzen glaubte, zu einer objektiven Wissenschaft umdeuten zu können, an die Mutter, die als Erzieherin für vermeintlich Schwererziehbare ihre Arbeit aufgab, um sich ihm, dem älteren Sohn, mit all ihrer Aufmerksamkeit zu widmen, an den deutlich jüngeren Bruder, der seit gut einem Jahrzehnt nicht mehr mit ihm spricht.

Er sieht seinen jüngeren Bruder, an den er nur noch selten denkt, der irgendwo in Sachsen-Anhalt mit einer dünnen Frau auf einem alten Gutshof lebt und kaum einmal nach Berlin kommt, an dem kleinen, von ihm, dem Älteren, ausrangierten Tisch hocken, den als Schreibtisch zu bezeichnen unpassend wäre: gebückt über die Hausaufgaben, mit seinem Vierfarbstift aus Metall Gräben in das Linoleum senkend, ohne einen Ansatz für das mathematische Problem auf dem karierten Papier zu entdecken. Braun meliertes Linoleum. Darin die Spuren unterdrückten Widerwillens, einer nie gänzlich schlafenden Angst, eines stets lauernden Vorbehalts gegen ihn, den Älteren. Und trotzdem sehnt er sich in dem Augenblick nach seinem Bruder, seinen Eltern, in die Neubauwohnung seiner späteren Kindheit, der Jugend in Berlin-Lankwitz zurück.

Simon hebt das Glas, prostet seinem Dauergast zu, ohne mit ihm anzustoßen, nuschelt: »Ich finde Ihren Sohn richtig famos, Herr Krippen«, und achtet nicht auf den Einwand, dass es doch wirklich Zeit für das vertrautere »Du« sei.

»Aber ich denke«, Simon hat Mühe, die Worte in die durch die Satzstruktur vorgegebene Reihenfolge zu zwingen, »aber ich denke ehrlich, Herr Krippen, Sie müssen sich da entscheiden.«

Jörg Krippen, der nicht glauben mag, dass Simon Milchgesicht sich nicht nur anmaßt, ihm einen Rat zu geben, sondern sich zudem erdreistet, damit recht zu haben, dieser Jörg Krippen nimmt eine der nicht entkorkten Rotweinflaschen vom Isolierband verkleisterten Korbgeflecht, stopft sich mit der anderen Hand den letzten Rest Spaghetti carbonara al dente, Schöpfung seines Gastgebers, in den Mund und murmelt: »Muss jetzt schlafen.«

Er klemmt sich die Flasche unter den Arm, nickt dem nur mäßig verblüfften Simon zu, der wirkt, als werde er sich des Nachts noch übergeben, und verlässt die Küche.

Als er sein Zimmer, den Raum der verschollenen Neuseeland-Loni betreten und die schwergängige Tür ins Schloss geschoben hat, die seit ein paar Tagen beim Schließen über einen farbverschmierten Dielennagel scharrt, verharrt er in der Mitte des unaufgeräumten Zimmers.

Noch liegt die Matratze seines Sohns auf dem Boden. Und als er, geblendet vom fast vollen Mond, der über dem Stadtteil Bow steht und ein Laken aus Licht über die Bow Common Lane, die Spanby und die Devons Road breitet, als habe er eigens Jörg Krippen diesen Anblick bescheren wollen, als er, der Gast, den im Raum verbliebenen Duft seines Sohns, der aus dem verkrunkelten Federbett, dem verknautschten Bettzeug aufsteigt, gleich dem Geruch eines jungen Tiers wie eine Witterung aufnimmt, so, als könne er sich auf dessen Fährte setzen, der frischen Spur folgen, um Leon zu sich zurückzuholen, als er mit den Zehen des rechten Fußes das Kopfkissen seines Sohns, der eben noch hier war, berührt, presst er im selben Moment die Ballen auf die geschlossenen Lider, senkt den Kopf.

Mit einer Empfindung, die sich ihm in den Unterleib gräbt, vom Magen strahlt ein Gefühl aus, das danach verlangt, mit weiterem Rotwein aus der unangebrochenen Flasche unter seinem Arm betäubt zu werden, lässt sich Jörg Krippen auf die staubige Chaiselongue fallen, neben die Kisten mit seinen Büchern, die er nicht ausgepackt, sondern nur dort, auf dem bunten Stoffbezug abgestellt hat. Mit einer Gewalt, die ihm die Nässe in die Augen treibt, wünscht er sich, bei Sabrina zu sitzen, sie wieder beim richtigen Namen zu nennen, mit ihr die Flasche Wein zu teilen, aus der sie in sparsamen Schlucken abwechselnd trinken, und ihr, erneut, sein Leben zu erzählen, von allem Anfang an.

34 – No Docklands

Bis zu seinem Treffen mit Cousin Kali bleiben Jörg Krippen mehr als drei Stunden Zeit.

Er wird später nicht wissen, was ihn veranlasst hat, weder Mae aufzusuchen noch die Gelegenheit wahrzunehmen, um einen Spaziergang durch die vormaligen Docklands zu unternehmen, zum Siedlungsgebiet einer *upper class*, die den *working poor*, die hier in früheren Jahren oft als Tagelöhner gearbeitet haben, sowohl ihre Geschichte genommen als auch die allein durch sie geschaffene, öl- und schweißgetränkte Atmosphäre enteignet hat. Dafür gehörte euch ins Gesicht geschossen.

Das denkt Jörg Krippen manchmal. Jetzt ist er abgelenkt.

Denn sein Schritt hat ihn unwillkürlich zu jenem Gebäude geführt, in dem sich, neben der kleinen Druckerei, der Reparaturwerkstatt für PCs und dem Frisör, der auf Haarverlängerungen spezialisiert ist, im Souterrain jener Schachklub befindet, der seit Jahren von einem Sikh betrieben wird, dem Mann, dessen Auftreten Krippen nachhaltig beeindruckt hat.

Vielleicht hat er sich eine Auskunft erhofft, hat sich durch den Umstand leiten lassen, dass der Klub am Vormittag kaum besucht sein wird. Dass Raji nur an den Nachmittagen dort sein Spiel verfeinert.

Erneut nimmt er, als er die Stufen zu dem schmucklosen Raum mit den Schachtischen hinabsteigt, den Geruch frischer Minze wahr. In der Hoffnung, der Klub sei zwar geöffnet, der Sikh indes allein, drückt er die angelehnte Tür behutsam auf.

Wieder trägt der Sikh den dunkelgrünen Turban, der seine Schläfenknochen zu extrapolieren scheint, wieder die Kachera, Zeichen der Mäßigung, der Beherrschung, die in Jörg Krippen einen Anflug von Neid aufkommen lässt, wieder liegt der Dolch, als behalte ein stummer Wächter das Geschehen im Auge, am Ende des neonbeleuchteten Raums auf dem Tisch.

Ohne sich ein Erstaunen, eine Überraschung anmerken zu lassen, begrüßt der Sikh den Ankömmling mit einem Nicken. Indem er sich vom Schachtisch erhebt, an dem er mit Raji eine Endspielvariante durchgestellt hat, bietet er dem Besucher seinen Platz an. Raji, das Kinn auf die Handfläche gestützt, dreht sich nicht um, als Krippen das Gelass mit zögernden Schritten durchquert.

Während er sich, als folge er einem stummen Befehl, dem zu gehorchen er sich nicht widersetzen kann, anstelle des Sikh, der seinen Dolch vom Tisch nimmt und ihn an seinen Gürtel bindet, auf dem Holzstuhl niederlässt, entfernt Raji die gegebene Konstellation vom Brett und baut die Figuren so auf, dass Krippen die Farbe Weiß zugewiesen ist.

Weder hebt der Junge den Blick, noch spricht er seinen Mitspieler an.

Könnte ein Betrachter aus der Perspektive des schwarzen Königs hoch in Rajis Gesicht schauen, sähe er, wie dessen Kinn und Mund ein scharfer Zug zeichnet, derweil der Junge die Lippen aufeinanderpresst.

Der Sikh verlässt den Klub, merkt an, er müsse noch Verschiedenes einkaufen, bleibe jedoch allenfalls zwei Stunden fort.

Während Krippen nickt und der hochgewachsenen Gestalt im Türrahmen hinterherblickt, der Duft der frischen Minze kommt ihm mit einem Schlag intensiver vor, gibt Raji nicht zu erkennen, ob er die Mitteilung seines Lehrers überhaupt gehört habe.

Jörg Krippen eröffnet. Raji schlägt ihn in sechszehn Zügen. Krippen eröffnet. Raji schlägt ihn in achtundzwanzig Zügen. Krippen eröffnet. Und gibt nach neunzehn Zügen auf.

Kein Wort wird gewechselt. Die Figuren bewegen sich lautlos über das Brett. Jörg Krippen verliert jede weitere Partie.

Herablassend wäre ein harmloser Ausdruck für die Art und Weise, wie der Junge das Spiel gestaltet. Schach, scheint seine Miene zu sagen, ist etwas für Menschen mit einem Gehirn.

Als der Sikh mit seinen Einkaufstüten zurückkommt, schaut Jörg Krippen zum ersten Mal auf die Uhr.

Eine und eine dreiviertel Stunde hat er beinahe bewegungslos vor dem Schachbrett auf seinem Schemel gekauert und sich, der Rücken durchs krumme Sitzen verspannt, ein ums andere Mal von Raji demütigen lassen.

Jetzt wispert er: »Es ist Zeit.«

Während er sich erhebt und meint, ein fast unmerkliches Kopfschütteln des Lehrers mit den Gemüsetüten wahrgenommen zu haben, blickt Raji ihn an. In den Augen des Jungen kann der Mann eine Trauer und einen Zorn erkennen, die ihn einen Schritt vom Schachtisch zurückweichen lassen, sodass er über ein Bein des unbequemen Stuhls stolpert und sich an der kühlen Wand des Souterrains abstützen muss.

»Du bist kein guter Spieler.«

Raji sammelt seine Figuren vom Brett, um sie in der Schatulle zu verstauen, die ihm Mae oder deren Cousin zum Geburtstag geschenkt haben muss.

»Warum spielst du mit mir?«

Er poliert die weißen Figuren mit einem dunkelblauen Samttuch, bevor er sie in die handgeschnitzten Vertiefungen aus Palisanderholz legt, die mit fester Seide ausgeschlagen sind. Danach hebt er das Fach in die Kassette.

Einen Moment wartet der Junge, dessen gedrungener Körper wie geschaffen für den Schachtisch vor ihm wirkt. Dann wendet er sich ab.

Erneut hat Krippen den Eindruck, als deute der Sikh ein Kopfschütteln an, so, als wolle er den Jungen zu einer versöhnlichen Geste nötigen, die ausbleibt.

Ohne den Lehrer zu beachten, klemmt sich Raji das Köfferchen unter den Arm und verschwindet hinter der Tür zu Waschraum und Toilette.

Als müsse er sich für seinen Schüler entschuldigen, hebt der Sikh eine Hand und zuckt die Schultern. Anschließend trägt er seinen Einkauf in die Küche.

Während Krippen, konfus, grußlos, dem Ausgang des neonhellen Klubraums zustrebt und sich, um seiner Verwirrung, seiner Benommenheit Herr zu werden, leicht gegen die Stirn schlägt, und während er beschließt, ein Taxi zu rufen, um pünktlich bei Cousin Kali einzutreffen, spürt er zugleich die Erleichterung, das in der Aluminiumfolie belassene Geburtstagsgeschenk nicht mitgenommen zu haben.

Derweil er auf das Taxi wartet und fürchtet, Raji oder der Lehrer könnten jeden Moment zu ihm auf die Straße treten, ärgert er sich, dem Impuls nachgegeben und den Schachklub aufgesucht zu haben. Ihm fällt ein Ludwig Wittgenstein zugeschriebener Ausspruch ein, der lautet: *Seltsamer Zufall, dass alle die Menschen, deren Schädel man geöffnet hat, ein Gehirn hatten.* Als sich nach fünf Minuten kein Taxi nähert, setzt er sich in Bewegung, spuckt in eine Pfütze, schüttelt den Kopf und lacht.

Ludwig Josef Johann Wittgenstein.

35 – Canary Wharf

Kanaren-Kai.

Das abgeschnittene Halbrund der U-Bahnstation. Stahlstreben auf Betonsockeln. Die vollautomatische Stadtbahn – Docklands Light Railway. Wenig entfernt kreuzt die Jubilee Line. Der Himmel bedrückend blau.

Krippen, in der Jackentasche den pinken Regenschirm von Mae mit der Aufschrift *Umbrella,* bleibt am Ende einer Treppe stehen. Verharrt, um durch den Baldachin aus getöntem Plexiglas nach einer Möwe zu schauen, wünschend, der Vogel ließe eine Kotschliere auf das Kunststoffdach fallen. Während er erwägt umzukehren, spürt er die alte Wut, den lang vergangenen Hass auf die zu Glas geronnene Gegenwart des Geldes.

Kali, Dr. der Ökonomie, Dr. der Philosophie, dessen richtiger Name, Satyendranath Bhattacharya, kaum zu merken, unmöglich auszusprechen ist, bliebe in seinem Büro nah der Stratosphäre, unbehelligt von einem Herrn Krippen, der sich in den Docklands einer polierten Stadt London mehr und mehr verloren geht. Irrlichternd in Gefühl wie Gedanke zwischen einer Dreiraumwohnung im fernen Berlin-Hellersdorf und einer Medizinerin, keine dreißig Jahre alt, schön wie der Tag, schön wie die Nacht, die ihren Namen verleugnet.

Von seinem Wolkenkratzer aus könnte Herr Bhattacharya seine Geschäfte, den Verkauf von Luft, hier *content* genannt, wie gewohnt verfolgen: die Mitarbeiter anweisen, die Gewinne aufaddieren – der Herr Krippen indes dürfte sich beim Betreuer Simon, dem gutmütigen Milchgesicht mit rührend argloser Miene, in ein leeres Bett legen und sich die Decke über die Ohren ziehen.

»Sei bitte kein Idiot.«

Hatte Mae zum Abschied zu ihm gesagt, als sei sie mit ihm verheiratet und müsse ihn ermahnen.

Nachdem er Simons Wohnung in der Nacht noch verlassen hatte und zu ihr gegangen war – kein Vorwurf, keine Frage, bloß das etwas kühle »War's-gut-mit-deinem-Sohn?«.

Ihm hatte die Kraft gefehlt, etwas zu erwidern.

Früh morgens routinierter Kuss auf Krippens Oberlippe, der nach geschäumter Milch und einer Prise Zimt plus Schokolade schmeckte, ehe sie, nachtschlafene Zeit, in ihr Labor aufbrach: um einen Menschen zu klonen, der, unbeirrt von den Fährnissen des beschleunigten Kapitalismus, sein Tagwerk vollbringt, derweil er ein lustiges Liedchen pfeift, dessen Refrain, *oi-oi-oi!*, mit einiger Sicherheit lauten wird: *Working class heroes they stay united,* und dessen letzte Strophe in endloser Wiederholung beschwört: *We need to honour them, we need to honour them, we,* während er, ihr lausiger Lover, domestiziertes Bleichgesicht, unfähig sich zu bewegen, in die Daunen zurücksinkt und sich dem Schlaf ergibt.

»Zieh die Tür einfach zu. Hab keinen weiteren Schlüssel, den einen hat Raj.«

Als Krippen auf den Vorplatz tritt, tauchen die Türme aus Glas und Stahl ihre flachen Spitzen ins erschütternde Blau des überaus sonnigen Himmels. Die Arme der Kräne der Fensterputzer kratzen am Saum des Horizonts. Weder Wolken noch Regen. Kein Wunder, dass die IRA sich den Komplex zum Ziel erkoren hatte.

Ein Innehalten der Transaktionen für den Moment eines Zwinkerns. Und wenn du die Augen wieder öffnest, beginnen die Gebote, das Buy-and-Sell, erneut.

Der HSBC-Tower. Der Hauptsitz der Barclays Bank. Das Zentrum, besser: der Zenit des Ensembles einschließlich aller Nebengebäude – One Canada Square.

Das mittlere Drittel längere Zeit ohne Mieter, das ist behoben, dort sollst du ihn treffen, den Mann mit dem Namen der Göttin, die Wünsche erfüllen kann. Am Fuß der Armada aus Büroagglomeration und getunten Dockland-Lofts sowie dem Gesang einer Klimaanlage versucht Jörg Krippen sich vorzustellen, wie die Stein- und Stahlskelette ohne Scheiben ausgesehen haben, vor regnerischer Kulisse, mit leeren Fensterhöhlen: die Explosion eines Trucks – die Druckwelle – es hagelt Splitter – die bloße Statik ohne Glas: Anblick, der in der Ödnis tröstend gewesen sein muss.

In the evening of the attack, the IRA announced that it was ending its ceasefire »with great relutance«; later called the 1996 docklands bombing, the canary wharf attack.

Kaum dass Krippen das Gebäude betreten hat, fühlt er eine leise Enttäuschung, weil er beim Blick auf die polierten Messingschilder der hier ansässigen Firmen feststellen muss, dass die Agentur, in der Cousin Kali vor zwei oder drei Jahren – den exakten Zeitpunkt hat Mae sich nicht gemerkt – Teilhaber geworden ist, sich gerade mal im neunten Stockwerk des Hochhausturms befindet. Wobei das Zwischengeschoss für Maschinerie und Servicefunktionen eines der höchsten Gebäude der Stadt von der Zahl neun, einer bloßen Ziffer, abzuziehen wäre: die gekippte Acht, Symbol einer Unendlichkeit, die Kalis Agentur offenbar kaum erreichen wird. Nicht mal auf halber Höhe jenes neuen Wahrzeichens der zunehmenden Konkurrenz von Canary Wharf zum traditionellen Finanzdistrikt in der City of London residiert der Cousin.

Im Nacken den künstlichen Atem der Klimaanlage, aufbereitete Luft, die nach Salmiakpastillen duftet, verspürt Jörg Krippen den Hauch einer Verwunderung, einer erneuten Enttäuschung, dass sich die Tür von Kalis Büro mit einer Klinke öffnen lässt, nicht mithilfe eines Touchscreens, eines biometrischen Lesegeräts für Iris oder Gesicht. Das freundliche Lächeln der chinesischen, koreanischen, japanischen Empfangsdame begleitet ihn über die alkaligraue Auslegware, die von einem Lichtstreifen in Höhe der nicht existenten Scheuerleiste indirekt beleuchtet wird. Wir kriegen euch alle. Sich gegen die Empfindung wehrend, das Metall der Klinke mit einem Papiertaschentuch zu berühren, um keinen Abdruck zu hinterlassen, kann sich Jörg Krippen mit Mühe beherrschen, den Ärmel seiner Jacke über den Handballen zu schieben, so die Bürotür zu öffnen, keine verwertbare Spur.

Working class heroes. They stany united.

»Guten Tag«, sagt Kali, seine rechte Augenbraue hüpft wie ein Jojo auf und ab, »ich freue mich, dass wir uns endlich kennen lernen.«

Ich nicht, denkt Jörg Krippen. Und versetzt sich innerlich eine Ohrfeige: Reiß dich zusammen, Idiot.

Weiß, dass ein solcher Gedanke kaum mehr als ein alter Reflex ist, Jura oder Kreidezeit seiner, Dr. Krippens, persönlicher Biographie.

Eine Empfindung, die unwillkürlich ein Missfallen zum Ausdruck bringt, einen Widerwillen, der sich an der Einrichtung des geräumigen Büros festmacht, am unerwartet weiten Blick über die künstlich angelegte, nachträglich gestaltete, mit farbigen Strahlern versehene Gewässerlandschaft zwischen den Hochhauskomplexen, die das Sonnenlicht widerspiegeln, das sowohl vom umstehenden Glas als auch von den mehrstufig angeordneten Wasserflächen zurückgeworfen wird. Eine Abwehr, die sich festmacht an den anthrazitfarbenen Rahmen der getönten Fenster, den Schreibtischen aus schwarzem Glas, die auf einem Fuß aus Vulkanstein schweben, an den ergonomischen Stühlen, den silbrigmatten Bildschirmeinfassungen, den passenden Keyboards, dem Kühlschrank, der nicht verbirgt, dass er programmierbar ist, um offenbar jeden denkbaren Cocktail mixen zu können, sobald ein Scanner an den Gesichtszügen des Gastes dessen Wunsch erkennt.

»Setzen Sie sich doch, Herr Dr. Krippen.«

Kali, das dunkle, leicht gegelte Haar passend zum schwarzen Kaschmirpullover, zur Hose, deren Schnitt jede Freiheit lässt und deren Stoff trotzdem wirkt wie den Formen der Ober- und Unterschenkel angegossen, Kali, dessen Bewegungen die Eleganz seiner Kleidung noch unterstreichen, weist mit einer kaum merklichen Geste auf den Stuhl an seinem zentralen Schreibtisch, auf dem keine gerahmte Fotografie steht, kein Andenken an einen Urlaub, eine Reise, kein Schnickschnack, der sentimental aufgeladen sein könnte. *Nostalghia burns in the heart of the strongest?* Nur eine gut halbmeterhohe, vielarmige Göttin mit einem schwarzen Gesicht wartet dort am Rand der melierten Schreibunterlage, geschnitten aus einem einzigen Stein.

»Etwas zu trinken, Herr Krippen?«

Kali öffnet seinen Kühlschrank, »keine große Auswahl«, gibt den Blick frei auf die lückenlos gefüllten Ablageabteile: Null-komma-zwei-Liter-Flaschen, *original Coca Cola,* in klassischem Design.

»Oder das hier.«

Mit dem überlangen Daumennagel seiner linken Hand hebelt er eine nachlässig an zwei Winkeln befestigte Sperrholzplatte aus der Wand, unauffällig ins ziegelroh belassene Ambiente des Raumteilers eingepasst, die Sicht aufs Fach verdeckt durch einen Büroschrank, dessen Rollmetalljalousien die gesamte Höhe der Frontseite einnehmen. Darauf eine Kaktee, die üppig rosa blüht.

Kali deutet mit einem entschuldigenden Lächeln auf ein Glas Nescafé-Imitat, supermarkteigene Sorte billigster Art.

»Nur den. Seit meinem Studium.«

Jörg Krippen nickt und beobachtet, wie der Cousin einen Topf Wasser auf einer Kochplatte erhitzt, Platte wie Behältnis hat er aus dem Fach in der Wand genommen, um das rasch brodelnde Wasser anschließend behutsam auf die sorgfältig in zwei Steingutbecher gehäufelten gefriergetrockneten Körner zu gießen – Mickey und Minnie, kein Dagobert Duck.

»Zucker? Milch hab ich leider nicht.«

Wieder nickt Jörg Krippen. Kali schaufelt löffelweise Zucker in die Tassen.

Was er in sparsamen Sätzen erläutert, ist Krippen nicht neu, Mae hat ihn vorbereitet. Er soll, mit ihr gemeinsam, in die USA fliegen, nach New York, um dort die Vernissage einer angesagten Galerie zu besuchen. »Greenwich Village? Die genauen Daten gehen Ihnen zu, Herr Dr. Krippen.«

Er soll noch am Abend mit dem Bus weiter nach Kingston am Hudson fahren – »eindrucksvoller ist eine Bahnfahrt, aber der Personenverkehr findet am falschen Flussufer statt« –, wo Mohini und er im just ungenutzten Haus eines Professors des Bard College untergebracht sein werden.

»Durchaus gewinnbringend für meine aparte Cousine. Avancierte medizinisch-biologische Forschung.«

Während dieses Aufenthalts habe er ausschließlich die Aufgabe, bei einem Dinner der »Gönner«, so Kalis Wortwahl, »eines Colleges wie eines Museums, Clark Art in Williamstown, unbedeutendes Städtchen«, zugegen zu sein. »Nicht Williamsburg.« Schmunzeln. »Bloß um sich einen Eindruck von solch einer Veranstaltung zu machen, Herr Dr. Krippen.«

Vor dem Dinner werde noch eine Führung durch eine Van-Gogh-Ausstellung stattfinden, *Van Gogh and Nature.* »Und Sie können den Kitsch, den amerikanische Künstler im 19. Jahrhundert auf die Leinwand gebracht haben, in der ständigen Exhibition gleich mit anschauen. Scheußlich, das kann ich Ihnen schon verraten.«

Nun erst bemerkt Jörg Krippen den leicht rheinischen Akzent, der Cousin Kalis Deutsch gelegentlich mundartlich färbt.

Er könne sich ruhig drei, vier Wochen Zeit nehmen, auch wenn er mit Artikel und Recherche zügiger zurechtkomme. Er solle die Landschaft am Hudson genießen, mit Mohini die Catskill Mountains erwandern.

»Grandiose Gegend. Altes Indianergebiet. Letzte Mohikaner.«

Er brauche sich nicht hetzen lassen, er müsse einen Artikel schreiben, der die Gemengelage aus Dinner, Gönner, Kunst und College zum Thema haben solle – »irgend so einen kleinen Skandal hat es da auch gegeben« –, sonst sei er völlig frei. Anschließend möge er dann bitte nach Dresden fliegen.

»Sie haben doch eine Vergangenheit, Herr Krippen. Eine Geschichte.«

»Ich«, Kali nippt am preiswerten Nescafé-Surrogat, »ich

bin – Sie wissen ja, ich war schon in Dresden – nicht geeignet für diesen Themenkomplex.«

Er stellt seine Tasse auf einen silbernen Untersetzer. Der Kaschmirpullover umfließt den dezent trainierten Oberkörper.

»Sie schon, Herr Dr. Krippen.«

Vorsichtig hebt er den Steingutbecher zum Mund, um einen weiteren Schluck zu nehmen.

»Das Dinner wird Ihr Gesellenstück. Pegida Ihr Meisterwerk.«

Versonnen schaut Kali aus dem Fenster, betrachtet das Spiel der Sonnenreflexe. Kein Vogel im Sturzflug kackt auf die Fassade aus Glas.

»Die Deutschen und ihre drolligen Zünfte.«

Er gießt den Rest seines Kaffees gemächlich in den Ausguss und öffnet den Warmwasserhahn.

»Nach diesen beiden Artikeln stelle ich Sie ein.«

Jörg Krippen lehnt sich zurück. Könnte erstaunt, verwundert, dankbar, bestürzt oder gerührt sein. Keine der Empfindungen bewegt sein Inneres.

Mustert die Göttin auf dem Schreibtisch aus einem anderen Blickwinkel. Längst ist ihm klar geworden, dass von ihm keine Antwort auf die Ausführungen des Cousins erwartet wird. Eines federnden Manns, der sich anscheinend selten setzt, der im Raum umherschreitet, eben noch eine Bemerkung macht: seine allmorgendliche Freude auf den ersten Schluck des zuckergesättigten Getränks beschreibt, »Gebräu«, sagt Cousin Kali. Gerät in einen Lichtfleck, ein Eiland auf der wie von Zink überzogenen Auslegware, in dem seine Gestalt von der Aureole des Sonnenwindes erfasst wird.

Ein Glanz, der seinem Gesicht einen eigenen Ausdruck verleiht – Jörg Krippen erkennt die Spuren der dunklen Pigmentierung. Bemerkt die, trotz aller Künste der Schönheitschirurgie, nicht vollständig verblassten Narben einstiger Male in Kalis Gesicht.

Während er den Erläuterungen zustimmt, sie bekräftigt, in alle Bedingungen einwilligt: frei zu wählende Arbeitszeiten, Höhe des zu erwartenden Gehalts, Zahlen, die ihn schwindeln machen, meint er, vom Schatten einer fernen Erinnerung angeweht zu werden, von der er nicht gewusst hat, dass sie in einem Winkel seines Gehirns existiert.

Die Tür wie gewöhnlich angelehnt, im Rahmen der Kunstglasperlenvorhang, der sommers die Insekten fernhalten soll, deren Gelege im Morast des Pfads bald ausgebrütet sein werden. Das Gewirr aus bunten Schnüren lässt sich fast lautlos beiseiteschieben, die Wohnküche wirkt leer. Weder Mae noch Raji scheinen sich in den Räumen der Wohnung aufzuhalten.

Im Moment, als Jörg Krippen umkehren will, hört er ein Rascheln im hinteren Teil der Wohnung.

Bewegt von einem Zorn, dessen Heftigkeit sich entfaltet hat, als er im letzten Waggon des Docklands Light Railway saß, der sich steigerte, als er an der Station Devons Road aus dem Zug hetzte, wuchs, während er zu Maes Wohnung hastete und, da er sie nicht antraf, weiterrannte zum Haus an der Bow Common Lane, getrieben von einer Wut, wie er sie seit Jahren nicht gekannt hat, betritt Jörg Krippen Arundhatis Zimmer.

Den rechten Arm auf eine Stuhllehne gestützt, erhebt sich Maes ältere Schwester. Eben noch muss sie vor dem Schrein nah dem Fenster gekniet haben, nun richtet sie sich mit einiger Anstrengung auf.

Eine Girlande aus verwehendem Rauch langsam in den Raum schreibend, die sich der am Holzstuhl lehnenden Gestalt zuneigt, als gehöre sie, ein Schleier, zu der wartenden Frau, verbreiten die glimmenden Räucherstäbchen, die die rot- und blaulackierte Figur in der Fensternische flankieren, ihren Geruch nach Sandelholz im spärlich möblierten Zimmer.

Shiva, zwei seiner Hände im Schoß gefaltet, die übrigen Arme halten, hinterm Rücken emporgereckt, eine Sanduhrtrommel und statt des Dreizacks einen Stab mit einem Glockenspiel, Shiva, der Göttliche, hockt, hingegeben der Meditation, auf einem Tritt aus Metall und hält die Augen geschlossen.

Krippen – anstelle des Ärgers empfindet er plötzlich eine Beklommenheit, die ihn zur Umkehr drängen will – wird durch eine knappe Geste Arundhatis gehindert, das Zimmer, das auf ihn mit einem Mal bedrohlich wirkt, ohne Verzug zu verlassen. Stehenden Fußes. Die Redewendung erzeugt ein Rauschen in seinem Kopf, einen wirren Gedankenstrom, der um die Erwägung kreist, ob die Formulierung in hohem Maße zutreffend, geradezu bezeichnend sei oder auf absurde Weise widersprüchlich in sich.

Im Gegensatz zu seinem ersten Besuch blickt ihm Arundhati in die Augen. Als er erneut eine Bewegung macht, einen Schritt, der andeutet, dass er nicht bleiben möchte, geht sie auf ihn zu. Berührt ihn, als könne sein Arm unter dem kaum vorhandenen Druck ihrer Hand zerbrechen. Streicht ihm mit den Fingerspitzen über den Ellenbogen.

Durch die sanfte Berührung genötigt, lässt sich Jörg Krippen, jederzeit darauf gefasst, von einer Vorrichtung, einem Gas überwältigt zu werden, auf der mit einer dünnen Decke versehenen Matratze nieder, die unter ihm kaum nachgibt.

Du bist mein Schöpfer, aber ich bin dein Herr, gehorche!

Arundhati nimmt eine Teekanne von einem tönernen Stövchen und schenkt das dampfende Getränk in zwei grobe, graubraune Schalen. Indem sie ihm eines der karg anmutenden Gefäße reicht, das er wortlos entgegennimmt, scheint sich ihr Körper zu straffen. Sie setzt sich auf den Stuhl, an dem sie sich soeben aufgerichtet hat. Den Oberkörper durchgedrückt, die Augen gezeichnet von einem Glanz, der den Besucher drängt, aufzuspringen, die Trinkschale vor sich abzustellen, um grußlos zu verschwinden, mustert sie ihr Gegenüber wie ein Wesen aus einer dunklen Galaxie.

Ohne die Lippen zu öffnen, sagt Arundhati, ihr mühsames Deutsch erinnert an das Reiben eines Keilriemens bei Frost: »Guten Tag, Jörg.«

Krippen, der nicht wagt, sich auf dem Bett zurückzulehnen, erstarrt. Der Tee wärmt seine Hände wie ein letztes Licht. Obwohl er den schwer zu zügelnden Impuls, aus dem Raum zu fliehen, nur mit Mühe beherrschen kann, hält ihn ein unbestimmtes Gefühl auf der Matratze fest.

Als hebe er ein Gewicht, führt er die Schale zum Mund.

Kaum schmeckt er den fahlfarbenen Tee am Gaumen, ist ihm, als erreiche er nach einer Wanderung ein Ziel, das er nie hätte erreichen wollen, und dürfe nun nicht umkehren.

Erneut ohne den Mund zu bewegen, die Zähne auseinander zu bringen, murmelt Arundhati: »Du bist da.«

Kein üppig behaarter Handrücken, schmale, fast dünne Augenbrauen, kein Haar, das aus dem Rollkragen des Kaschmirpullovers ragt. Dennoch hat Jörg Krippen Satyendranath Bhattacharya erkannt.

Es hat eine Weile gedauert, bis er begriffen hat, wem er gegenübersitzt. Wer ihn eingeladen hat und sich derart um ihn bemüht. Wer ihm, dem in Bow Angelandeten, einen Job verschaffen will, damit er, seit einer halben Ewigkeit kein Schreibender, kein Dramatiker mehr, schon gar kein Journalist, bei Mae bleibt, bei Arundhati, bei Raj, dem Schachgenie.

Running like a red racoon.

Eben den Duschschlauch bis runter in den Schlund geschoben, um das Erbrochene aus Mund- und Rachenraum zu spülen. Keine drei, vier Minuten auf der Duschwanne gekauert. Um sich ein bisschen zu erholen. Gut, vielleicht sieben, acht Minuten. Siebzehn, achtzehn. Um neue Kraft zu schöpfen. Den Weg zu Arundhati zurück in die Putzfeudelkammer zu finden. Neongelbe Farbgebung. Jetzt ist alles dunkel hier, ein Schatten, der sich erhebt.

Ein Mann, das Gesicht ein Fleck, konturlos in der Nacht, der noch eben neben Arundhati auf der Couch kniete, dem Sofa, wo sie mit bloßem Schoß ihren Rausch auskuriert. Geschlossene Augen, dünner Atem. Wo gerade du gelegen hast, wo du ihr eine Wolldecke über die nackten Schenkel gebreitet haben musst.

Der Schattenmann, den du im selben Augenblick für einen Traum gehalten hast, Nachtmahr deiner überreizten und aufgeputschten Phantasie – dem du, Krippen, in späteren Jahren keine Wirklichkeit einräumen wolltest. Der ein Gespinst geblieben ist, Alb, Gaukel indes, dem Geruch anhaftete, ein Geruch, den Satyendranath Bhattacharya mit einem herben Herrenduft von Dolce e Gabbana zu kaschieren sucht. Kein Körperhaar auf Händen oder Unterarmen.

Cousin Kali, der sich von der Couch erhebt und, ein nächtlicher Dschinn im ungenauen Mond über der Kings Road, Chelsea, hinaus auf den Korridor huscht. Eminent emsiger Zeitungsmann, einziger Pressevertreter. Der dich, Jörg Krippen, mühelos beiseiteschiebt, obwohl er fast einen Kopf kleiner ist als du.

Hättest Arundhati auf dem durchgelegnen Sofa wecken, hättest sie fragen sollen, was geschehen sei.

Statt dich still zu ihr zu legen, bis sie sich auf dem fadenscheinigen Polster dir zuwendet, sich während deiner letzten Nacht in London an dich schmiegt.

Und jetzt? Wird er sich zuschauen, wie er, zurück aus der Wohnung in der Bow Common Lane, an Maes Wohnungstür klingelt, eine Nachbarin hat ihn ins Haus gelassen. Wie er klopft: leise, lauter, sie durch den Briefschlitz auffordert, endlich zu öffnen. Die geschlossene Tür anschreit, er wisse doch, dass sie da sei, wisse längst, dass alles ein abgekartetes Spiel darstelle, habe begriffen, warum Kali ihm den Job vermitteln wolle, sei ja so was von blöd gewesen, einfältig, naiv und dumm, habe nun aber kapiert, was der ganze Scheiß, das verfickte Scheißspiel solle, brüllt im Treppenhaus an der Devons Road, bis ein Mann, der Nachbar in der Wohnung gegenüber, vorsichtig seine Tür öffnet, die er mit einer Kette gesichert hat, um den tobenden Besucher durch den Spalt zwischen Rahmen und Türblatt stumm und lange zu mustern, ehe er die Wohnungstür lautlos zurück ins Schloss zieht.

Erschöpft setzt sich Jörg Krippen auf eine Treppenstufe. Denkt flüchtig, dass er genug geschrien habe. Und wünscht sich, er würde, wie Sabrina, rauchen.

Sabrina, die in Berlin, das hat er auf dem Weg zu Maes Wohnung feststellen müssen, den größeren Teil des Dispokredits ihres gemeinsamen Kontos ausgeschöpft hat, sodass Krippen keine dreihundert Euro mehr hat abheben können.

Er wickelt ein altes Kaugummi aus dem Staniolpapier, pult Reste der Folie von dem brüchig gewordenen Streifen, schiebt sich die Masse in den Mund, wo sie sofort zerbröselt, keinen Klumpen bildet, sondern, Haltbarkeit überschritten, in spröde Bröckchen zerfällt, die nach künstlichem Zucker schmecken.

This is the end. My only friend.

Er betrachtet das Treppenhaus, den gesprenkelten, abwaschbaren Anstrich, die Stufen aus Stein, das Geländer aus Metall, das schwarze Gummiband auf den Handläufen, wundert sich, dass niemand die Polizei verständigt hat, klebt die Reste des Kaugummis unter die Fußmatte vor Maes Wohnungstür, umfasst mit der linken Hand eine Gussstahlstrebe des Geländers, um sich daran hochzuziehen, um zu Simon zurückzukehren, um sich dort ins Bett zu legen, um zu packen oder nicht zu packen, um abzureisen oder zu bleiben, verspürt – keine Schwäche, eine Gleichgültigkeit, die ihn im Treppenflur auf der untersten Gusssteinstufe neben Maes Wohnung sitzen bleiben lässt.

This is.

Als er den Eindruck hat, es beginne vor dem Fenster des Treppenaufgangs, den niemand zu benutzen scheint, zu dämmern, erhebt er sich, schlurft die wenigen hundert Meter die Devons Road hinunter durch einen milden Abend, dessen Stille und Friedlichkeit ihm wie Hohn erscheinen.

Als er Simons Wohnung betritt, noch immer riecht es nach Rotwein und der Carbonara-Soße, hocken Mae und sein Gastgeber, letzterer sichtbar verkatert, in der Küche, und Mae gießt Yucca wie Kakteen auf dem Fensterbrett, wozu sie eine leere Rotweinflasche benutzt.

Jörg Krippen bleibt im Rahmen der nicht vorhandenen Küchentür stehen.

Während sie sich zu ihm umdreht, ihn anlächelt, alles an ihr scheint zu lächeln, stellt sie die Flasche, mit der sie den Zimmerpflanzen einen ungewohnten Starkregen beschert hat – das Wasser in den Untersetzern schwappt über den Rand –, auf dem verschmierten Herd ab und will, um Krippen zu begrüßen, aufspringen. Doch Simon, offenbar seltsam klar wegen des Rotweinrestalkohols in seinem Körper, kommt ihr zuvor, erhebt sich, sagt: »Hallo«, drängt sich an Krippen vorbei in den Korridor, murmelt: »Muss noch was erledigen«, und verschwindet, die bloßen Füße in klobigen Gesundheitssandalen mit eigens geformtem Fußbett, samt Jutebeutel aus der Wohnungstür.

»Und«, fragt Mae. »Kali? Alles so weit klar?«

Krippen, der sich am nachlässig eingebauten, daher vorstehenden Sturz überm Küchentürrahmen festhält, weiß nicht, ob er losschreien, lachen oder den Kopf schütteln soll.

Den Moment ohne Entgegnung nutzend, windet sich Mae hinter dem verklebten Küchentisch hervor. »Hübsch, wie du hier bei Simon haust, übrigens nett, dein – Kumpel?« Huscht, schwebt, gleitet, nach wie vor lächelnd, auf ihn zu, holt mit der rechten Hand etwas aus ihrer Umhängetasche, die auf einem Küchenstuhl liegt, dessen Sitzfläche geborsten ist, »unsere Tickets – USA«, wedelt mit dem Umschlag in der Luft herum, möchte ihn zu sich heranziehen, um ihn, den Verspäteten, doch endlich Eingetroffenen, zu küssen.

Er wehrt sie ab.

Nicht grob, nicht böse, nicht verärgert, eher resigniert und müde, dreht sich im Türrahmen um, läuft durch den Flur in Lonis Zimmer, will die Zimmertür vor Mae schließen, lässt es geschehen, dass sie ihm die Klinke aus der Hand nimmt, bevor die Tür über den Dielennagel scheuert, und ihm ins Zimmer folgt.

»Was soll das?«

Sie schiebt die Tür ins Schloss und lehnt sich gegen das Türblatt.

Er lässt sich auf die Chaiselongue neben seine Kartons fallen. Sagt, während er durch das schmutzige Fenster hinaus auf die Devons Road und in den Abendhimmel schaut: »Das frage ich dich.«

Sie steckt die Tickets zurück in ihre Umhängetasche, die sie vom Küchenstuhl genommen hat und nun auf die Matratze seines Sohns wirft. Setzt sich auf die Kante eines dreibeinigen Sessels, auf dem Loni oder ein vorheriger Bewohner des schmalen Raums ein Röhrenradio gestellt hat, das, sobald es angeschaltet wird, bei beliebiger Skalenwahl rauscht, aber, wenn man mit dem Lautstärkeregler das Fauchen des nicht empfangenen Senders unterdrückt, ein grünes Auge zum Leuchten bringt, das im Dunkel des nächtlichen Zimmers tröstlich wirken kann.

»Du liebst mich. Ich liebe dich. Mein Cousin bietet dir einen Job an. Gut bezahlt. Was willst du mehr?«

Er, der Angesprochene, der Mae nicht ansieht, sich auf den Rücken wälzt, dem die Chaiselongue mit den Kartons, in denen er seine Bücher, auch den Roman von Mary Shelley vergraben hat, vorkommt wie ein Raumschiff, das mit dem letzten Passagier und ohne Antrieb im All treibt, Jörg Krippen, der weder Kraft noch Willen hat, sich zu Mae umzudrehen, betrachtet verwundert die blinkende Bürste, H_2O_2, die auf dem Bord über dem Bett liegt und durch die Erschütterung der Schritte auf den Dielen dazu gebracht worden ist, letzte Lichtsignale hinaus in den Weltraum zu schicken.

»Ich will einen Test«, sagt Jörg Krippen. »Ich denke, du verfügst in deinen Laboren über die Möglichkeit.«

Ihr Schnaufen aus dem Sessel, ihr Schnauben: vielleicht erstaunt, vielleicht verächtlich, ihre Augen gäben ihm Auskunft, wendete er sich ihr zu, hielte die Knie nicht gewinkelt, die Fußsohlen nicht auf den Bücherkisten, stierte er nicht auf das Blinken der Bürste, die seinem Sohn gehört.

Mae streift sich die Schaftstiefel von den Füßen, ein Scharren der Absätze am Dielenboden, und schiebt sie unter die Chaiselongue.

»Du solltest mir vertrauen.«

Sie durchquert das staubige Zimmer, »großartig hier, grandios«, setzt sich auf die Fensterbank, um so in sein Blickfeld zu gelangen, hebt die Knie an die Brust und sieht ihn an.

Er verzieht den Mund, zuckt die Achseln, betrachtet ihre Silhouette vor dem noch hellen Glas: die festen Schenkel unter der dünnen Nylonstrumpfhose, der String, der sichtbar wird, als ihr Rock ein weiteres Stück nach oben Richtung Taille rutscht. Erkundet den Schattenriss ihres Gesichts, bloße Ahnung, das gegen das verblassende Licht dunkler wirkt als gewohnt.

Der Umriss ihres Oberkörpers, ihre sich unter dem blauen Rollkragenpullover abzeichnenden Brüste, kein BH, ihre schlanken Finger, die die Schienbeine umfassen, er wiederholt mit Nachdruck und fühlt sich sogleich wie ein trotziges Kind: »Ich will diesen Test.«

Als sie von der Fensterbank gleitet, weiß er, dass sie ihre

Absicht geändert und nicht mehr vorhat, sich zu ihm auf die Chaiselongue zu setzen, um mit ihm zu schlafen.

In einer fließenden Bewegung zerrt sie die hohen Stiefel unter dem Möbel hervor, nimmt ihre Tasche von der Matratze, schnappt sich die nicht mehr blinkende Bürste, Notrufsignal im Vakuum, längst erloschener Sender auf der Konsole seines Raumschiffs, auf der auch sein Rasierzeug, Kopfschmerztabletten und eine Zahnpastatube liegen, und verlässt den Raum, indem sie ihm, eine Hand an der Klinke, die andere auf einem Globus, dessen Kugel in Höhe des Äquators geplatzt ist, mit einem Schwenk ihrer schwarzen Haare zuzischt: »Du bist ein Idiot, Jörg Krippen. Ja, die Möglichkeiten hab ich. Aber du bist ein Idiot.«

Ehe er einwenden kann, dass die Bürste ausschließlich von seinem Sohn benutzt worden sei, und bevor ihm klar wird, dass der Umstand keinen Unterschied macht, hat Mae die Zimmertür geschlossen, die Wohnungstür in den Rahmen geschlagen und scheint auf Strümpfen, ohne die Stiefel mit den beschlagenen Absätzen die Treppenstufen in dem stets nach Essig riechenden Aufgang hinunterzueilen.

Ludwig Wittgenstein sagt.

36 – Doors

Möglicherweise wäre er nicht mit zu dem Spiel gekommen, obwohl ihm Mae schon vor Tagen den Termin, das unbedingt vorzumerkende Datum genannt, ihn mehrfach daran erinnert hatte. Rette das Datum – Kackspiel. Aber er ist dem Sikh aus dem Schachklub auf der Straße begegnet.

Wahrscheinlich hätte er den Lehrer mit dem diesmal dunkelblauen Turban knapp grüßend oder grußlos auf dem Gehweg passiert, ohne einen Gedanken auf die Begegnung zu verwenden, hätte ihm der hochgewachsene Mann nicht den Weg verstellt und ihn am Arm festgehalten.

»Sorry, but …«

Der Sikh hat einen Zettel aus der Gürteltasche gezottelt, hat das Papier, indem er widerwillig von Krippens Arm gelassen hat, auseinandergefaltet und hat mit einem Gänsehaut hervorbringenden indisch-britischen Akzent seine Notiz von dem blass linierten Blatt Wort für Wort abgelesen: »Sie sind ein schlechter Schachspieler, jedoch ein guter Vater.«

Krippen, endgültig von dem Gefühl bestimmt, einem Komplott ausgeliefert zu sein, hat sich von dem Sikh, der ihn erneut am Arm gefasst hat, losmachen wollen, ist aber, als er in dessen Gesicht gesehen hat, dem Mann mit dem reich verzierten Dolch und der Kachera gefolgt.

Nun sitzt er auf der Tribüne des Sportplatzes, des *greens*, die aus fünf teils morschen Bankreihen besteht. Vor ihm sitzt Mae, die ihn beiläufig begrüßt hat, neben ihm der Lehrer aus dem Klub im Souterrain, der ihm bekräftigend zunickt und unter seinem blau in der Nachmittagssonne leuchtenden Turban lächelt.

Als Raji das Spielfeld betritt und hochsieht zu seiner Tante auf der Tribüne, vermeidet er es, Jörg Krippen in die Augen zu blicken.

Krippen verfolgt das Spiel auf dem Rasen nicht.

Nur nebenbei registriert er, wann Raji eingewechselt wird, um mit der ihm eigenen Eleganz das Rugbyei per Kick durch die Stangen und über die Querlatte des H-förmigen Tors zu treiben.

Er denkt an sein Geschenk, das er noch immer nicht übergeben hat, den in Aluminium eingeschlagenen, unrunden Ball, auf dem ein Motiv des Haka der All Blacks farbenfroh abgebildet ist und den er Raji wohl nicht mehr aushändigen wird.

Er gibt sich für Momente einer Phantasie hin, indem er in der Abluft des Heizkraftwerks hinter den kahlen Pappelreihen Frankensteins Unhold imaginiert, und kommt sich albern vor, noch ehe sein Sitznachbar, der Mann mit Dolch und Turban, der ihn hierher verschleppt hat, anstößt, um ihm zu bedeuten, er möge sich doch auf das Spiel, das erste Rundenspiel konzentrieren: dessen Ausgang, das lässt sich auf der Anzeigetafel nahe der Baude für Bier, Schnaps, Kaffee, Fish'n Chips ablesen, äußerst knapp entschieden werden wird.

Er versucht sich einige Augenblicke, eventuell die entscheidenden, auf Rajis Können zu fokussieren, dem Geschick, mit dem er den elliptischen Rugby maßgenau über die Querlatte befördert, schweift im nächsten Moment wieder ab, weil er versucht, sich zu erinnern, wie er die letzten Tage bei Simon und ohne Mae verbracht hat – vergeblich, so sehr er sich bemüht. Im Bett gelegen, geschlafen, selten aufgestanden. Zweimal mit der Tube Richtung Heathrow gefahren: um einen Rückflug zu buchen? Ein Flugzeug zu besteigen? Auf halber Strecke umgekehrt. Mit Simon gegessen, hin und wieder. »Sie sollten zu einem Arzt gehen, Herr Krippen, Sie haben Fieber, Sie glühen!« Einmal den Schachklub aufgesucht, niemanden angetroffen. Das Haus an der Bow Common Lane samt Arundhati gemieden. Mae bei den Laboren abfangen wollen, ebenfalls nicht angetroffen. Wieder und wieder das ihm verbliebene Geld gezählt: keine tausend Euro mehr. Nix von Sabrina gehört: einmal getrennt, immer getrennt. Arschlochtum, Verräterschwein. Nur die SMS seines Sohnes beantwortet, grundlos Zuversicht simulierend. Einmal Big Jonni angerufen, auch den nicht erreicht. Seine Kartons mit den Büchern nicht mehr geöffnet.

Schreiend sollst du untergehen. Sagt die Frau im Fernsehen. Bevor sie ihren Rachefeldzug beginnt.

Aus der Konfiguration der Pappeln und der Abluftwolken des Heizkraftwerks hinter der Autobahn treten sie hervor:

Sabrina, mal mit, mal ohne Jogginghose, sein Sohn im Trikot des Vereins. Big Jonni, der mit den Jungs im Mittelkreis auf ihn wartet. Die Dreiraumwohnung in Hellersdorf, die zu renovieren er sich nie hat aufraffen können. Die einst vertraute Bibliothek des Fachbereichs, an dem er sich habilitieren soll und der ihm fremdgeworden ist. Das Zimmer des Professors, einer Koryphäe, der sich unterdessen für Wochenendhäuser und gutes Essen interessiert. Eines früheren, nun universitären Genossen, der ihm nicht mehr so wohlgesonnen, nicht mehr derart gewogen ist wie noch vor ein, zwei Jahren. Dessen Sekretärin, die ihm selten zulächelt. Die Ecke in der Mensa, die er bevorzugt.

Kali, bereinigte Gesichtshaut, ihm verpflichtet. Mae, deren Körper zu berühren er sich während der Tage und der Nächte sehnt. Die sich für ihn entschieden hat aus Gründen, die nachzuvollziehen ihm schwerfällt, wenn nicht unmöglich ist. Dennoch ist da ihr Wille, ihr unbedingter Wunsch. Raj, der ihn noch einige Zeit ablehnen und später akzeptieren, ihn vielleicht sogar mögen wird. Arundhati, deren Leben keinen Einfluss auf seines haben wird. Zu verloren in ihrem drogendurchwobenen Gehirn. Eine feste Anstellung mit üppigem Gehalt.

Die letzten Minuten des Matches werden eingeläutet. Raji zirkelt einen weiteren Kick über die Querlatte des Tors. Fieldgoal. Der Gegner gerät in Rückstand.

»Raj!«, brüllt der Trainer am Rand des Felds, der wie gefangen vor seiner Bank unablässig auf- und abläuft, das *green* nicht betreten darf.

Raj, der Gerufene, muss im Spiel bleiben. Alle verbliebenen Auswechselspieler humpeln. Haben Blessuren, Platzwunden, bluten. Keiner, der als Ersatz zur Verfügung stünde.

Raji wird umgerannt. Der Angriff der gegnerischen Mannschaft rollt über ihn hinweg.

Ein wuchtiger Spieler, Cut über Augen und Nase, erzielt, die Kapitänsbinde rutscht ihm vom Oberarm, einen, den entscheidenden Versuch.

Obwohl der anschließende Kick das Tor von Rajis Mannschaft verfehlt, reicht der gelungene Touch down für den Gegner zum Sieg.

Der Trainer, keltisches Übertier, tröstet mit nassen Augen die umstehenden Jungs. Lobend schlägt er Raji auf die Schulter. Der sich, als er den Sturmlauf des gegnerischen Kapitäns aufzuhalten versuchte, den Ringfinger der rechten Hand ausgekugelt hat: so die philippinische Krankenschwester nach dem Röntgen in der nahen Klinik. Dann hebelt sie den Finger zurück in die Gelenkpfanne, Raji presst die Zähne knirschend aufeinander.

Trotz der Ermunterung des Trainers starrt Raji, der, wie er noch in der Notaufnahme des Krankenhauses versichern wird, keinen Schmerz im Finger verspürt, niedergeschlagen vor sich auf den Rasen, auf die Spitzen seiner hellblauen Stollenschuhe. Als die Mannschaft sich verläuft, erklimmt er, den Blick gesenkt, langsam die Tribüne.

Über den kahlen Pappeln, die Knospen erster Blätter sind in der Nacht erfroren, färbt sich der Himmel rot. Kein Dunst mehr aus keinem Schornstein des massigen Heizkraftwerks.

Flüchtig küsst Raji Mae, die ihn umfassen und festhalten will, entwindet sich ihren Armen, auf deren Haut sich sein Schweiß absetzt, auch ein wenig Blut von einem Kratzer auf seinem rechten Handrücken, klettert hoch zur letzten Bank, drängt sich neben den Schachlehrer auf das teils vermooste Holz, lehnt seinen Kopf leicht an Jörg Krippens Schulter.

Der Sikh berührt Mae am Arm, erhebt sich, steigt mit ihr gemeinsam die Stufen des Zuschauerbereichs hinunter. Ohne sich umzublicken, verlassen sie die Sportanlage mit den zerbrechlich wirkenden Toren in Form eines mageren H.

37 – Love me tender

Das Flugzeug hat abgehoben.

Vor dem Fenster, durch das Krippen seit dem Start hinausschaut, ballen sich in einiger Entfernung Kumuluswolken und werden von einer Sonne, die wie geschmolzen wirkt, an den oberen Rändern irisierend beleuchtet. Ein Steward erkundigt sich nach den Getränkewünschen, und als der Tomatensaft mit Salz und Pfeffer vor ihn hingestellt wird, auch Mae hat ihren Klapptisch entriegelt, lehnt sich Jörg Krippen zurück.

Derweil die Maschine, ein Airbus, leicht ruckelt, schließt er die Augen und nimmt sich vor, während des Aufenthalts in den USA den Dingen ihren Lauf zu lassen. Möglichst wenig an Sabrina, Berlin, vor allem nicht zu häufig an seinen Sohn zu denken. Nicht über Raj, Arundhati oder Kali zu grübeln. Sich auf die Arbeit zu konzentrieren, sie als Chance zu begreifen. Die Tage mit Mae, die eigentümlich abgelenkt wirkt, zu genießen und erst nach der Rückkehr über sein weiteres Leben zu entscheiden.

Im Begriff, nach der Schlafmaske auf seiner Stirn zu greifen, um sie sich, nach Abendimbiss und Tomatensaft, über die Augen zu ziehen, beschäftigt mit den Gedanken an die erste Nacht mit Mae auf dem anderen Kontinent, in der Absicht, sich weder von Turbulenzen noch Luftlöchern beunruhigen zu lassen, atmet er mit geschlossenen Lidern tief ein und aus, als er spürt, wie Mae ihn antippt. Ihm den Rest Tomatensaft vorsichtig aus den Fingern nimmt. Ihm ihren Whisky ohne Eis in die Hand drückt.

»Du hast mit den Proben irgendwas gemacht. Ausgetauscht?«

»Wie?« Jörg Krippen richtet sich in seinem Sitz auf. »Wie sollte ich das bewerkstelligt haben?«

»Raj ist dein Sohn.«

»Ah«, sagt Krippen, »und?«

Er kommt sich mit der Maske auf der Stirn lächerlich vor. Fahrig nippt er am Whisky.

»Na ja. Denk an den Friedhof.«

Mae trinkt einen Schluck des Tomatensafts. »Tower Hamlets Cemetery. Dein Ejakulat.«

Sie lässt den Rest der dunkelroten Flüssigkeit bedächtig, als handele es sich um die Probe eines kostbaren Weins, über die kaum geschminkten Lippen in ihre Mundhöhle rinnen. Einen Moment meint Krippen, sie werde damit gurgeln.

»Ich hab es untersucht. Mehrmals.«

Sie schluckt den Tomatensaft runter. Es scheint, als würde sie würgen.

»Aber die Haare an der Bürste sind nicht von dir.«

Mae leckt einen Tropfen Tomatensaft von ihrer Fingerkuppe, der aussieht wie ein Spritzer Blut. Sie schürzt die Lippen.

»Und die Person, von der sie stammen, ist weder mit Raji verwandt noch mit dir.«

Während sie nervös mit den Augenlidern zwinkert, meist zuckt das linke, das rechte Auge wirkt sonderbar starr, stiert Jörg Krippen sie an.

Er nimmt einen weiteren Schluck aus dem Plastikbecher,

spürt das Brennen des Whiskys in der Speiseröhre, sucht nach Worten, schweigt.

Nachdem Mae sich die letzte Spur Tomatensaft mit einer Serviette aus dem Mundwinkel getupft hat, berührt sie Krippens Hand mit dem Becher und dem verbliebenen Whisky darin.

»Darf ich?«

Er lässt sie gewähren.

Als sie ausgetrunken, den Becher vor sich abgestellt hat, wispert sie mit unsteten Augen und so, als sei ihr unangenehm, was sie zu sagen habe: »Du hast dich mit der Bürste aus deinem Zimmer nie gekämmt.«

Sie legt den Becher auf die Seite, richtet ihn behutsam auf, das Flugzeug, der vierstrahlige Airbus kippt sacht in eine Kurve über der Irischen See.

»Ich hab's mehrfach abgeglichen. Gegengecheckt. Alles abgesichert. Die DNA der Haarwurzeln hat mit der von Raji nichts gemein.«

Sie zögert, bevor sie hinzufügt: »Und mit deiner eigenen Probe, Tower Hamlets Cemetery – keinerlei Entsprechung.«

Sie greift nach der Maske, die von der Stirn zu rutschen droht.

»Du bist nicht der Vater deines Sohnes.«

DEUTSCH – ENGLISCH

38 – Stadtbad Schöneberg

Obwohl er nicht mehr daran hat glauben wollen, ist sein Sohn gesprungen.

Ein winziger Schritt von der Kante des rauen Fiberglasbretts in die Tiefe, die sich unter Leon und der Sprunganlage auftut.

Er ist gesprungen und aufgetaucht. Und während er mit hastigen Zügen und einem ungläubigen Ausdruck auf dem vor überstandener Angst und trotz der chlorigen Nässe geröteten Gesicht zum Rand des Beckens paddelt – wo ihn, in selten trauter Einigkeit, die Mutter, die den Jungen zum Sprung veranlasst hat, und er, der Vater, gerührt klatscht er Beifall, in den der Schwimmmeister einstimmt, nebeneinander warten, um ihren Sohn, der das Seepferdchen, sein erstes Schwimmabzeichen, eben bestanden hat, in die Arme zu schließen –, stiehlt sich ein Lächeln auf Leons Gesicht.

Er schmiegt sich an seine Mutter. Was soll es ihn, den Vater, im Moment des Triumphs scheren? Sein Sohn hat sich bezwungen, sie haben gesiegt.

Und so werden sie den verbleibenden Nachmittag auf der großen Wasserrutsche verbringen: allein, zu dritt, zu zweien durch den eingangs dunklen Schlund dem wunderbar warmen Nass des Auffangbeckens entgegenrauschen.

Und mehr als einmal wird er sich den Genuss gönnen, mit geschlossenen Augen und in einer Haltung, die ihm auf dem Metall der Bahn maximale Beschleunigung gewährt, hinunterzurutschen, die Lider kurz geöffnet, um das psychedelische Blinken der Lampen im unteren Bereich der Tunneldecke auf sich einwirken zu lassen und gleich darauf, die Hände vor dem Gesicht, ins Ungefähre zu rasen, um am Ende der Röhre ins Licht katapultiert zu werden: für die Dauer eines Zwinkerns fliegend, in der Chlorluft schwebend, bis das warme Wasser ihn umschließt.

Ebenso oft stürzt er sich mit seinem Sohn, der vor Vergnügen kreischt, der seinen Vater, seine Eltern umarmt, um sie eng bei sich zu halten, in die lauwarme Tiefe. Und noch ein letztes Mal treibt, schwebt er mit geschlossenen Augen der Ungewissheit zu.

Die Lichtblitze, von einem Sensor ausgelöst, flackern durch die dünne Haut seiner Augenlider. Dann wird er von Sabrina am Ende der Rutsche aufgefangen. Sie drückt ihn an sich, hält ihn fest, sodass er die Konturen ihres Körpers durch den elastischen Stoff ihres Badeanzugs spürt.

Zum Abschluss die Sprünge aller drei: sein Sohn, der sich neuerlich überwindet, lächelnd, wenn auch die Ahnung unbedingten Wollens seine Gesichtszüge spannt, ein leicht verkrampfter Zug entlang der Mundwinkel, Sabrina, die die Schwerkraft seit Geburt bezwungen hat, und er, der weite Kopfsprung als Sturz der Oberfläche entgegen, die sich, ihn umfassend, im passenden Augenblick teilt.

Dann geht der kleine Löwe ins Bett. Sabrina und er lesen im Wechsel das Märchen von Hänsel und Gretel vor. Und danach lieben sie sich.

Später, die Nacht malt Schatten auf ihre Brüste, den nach wie vor trainierten Körper, fragt er sie, aus verknüllten Laken der

Geruch nach Schweiß und seinem Samen: »Was ist eigentlich mit diesem Gereon geworden?«

Und sie entgegnet leise, das Gesicht im Kissen: »Tot.«

Nach einem Zögern fragt er: »Wie?« Und betont das winzige Wort, als sei er erschüttert.

»Gestorben.« Kopf und Körper tauchen aus der Tiefe des Daunenbettzeugs, das sie sich zur Hochzeit geleistet haben, hervor. »In Belfast.«

Lähmend die Last der Stille, Momente ohne Geräusch.

»Troubles?« Unvermittelt seine Sehnsucht nach einer Zigarette. Stattdessen ein langer Schluck Bier. »IRA?«

Das Knacken seines Kniegelenks. Vorsichtig richtet er sich auf.

»Nein«, sagt sie. »Autounfall.«

Er meint den Anflug von Trauer in ihrer grau gefärbten Stimme, die ihn aus dem Fenstereck des Zwei-mal-zwei-Meter-quadratischen-Betts anweht, meint die Traurigkeit greifen zu können, als sie müde hinzufügt: »Der blöde Linksverkehr.«

39 – Tempelhof, Gontermannstraße

Fahr schon zu, du Arsch, nun fahr schon!

Drück auf die Tube, gib Gas, du Wichser! Fahr – oder ich schieb dich aus dem Auto!

Kein Klingeln des Weckers. Sie, wie sie mit ihrem Armreif, den du ihr zum Geburtstag geschenkt hast, damals, als sie sich entschlossen hat, aufzuhören, endgültig, auszusteigen, den Kampf zu beenden, aufzugeben, endlich – sie, wie sie mit dem Armreif aus gedengeltem Silber gegen den Wannenrand klirrt. Ein warmes Bad helfe immer. Weil es entspanne. Habe die Hebamme gemeint.

Blödi, warum bist du nicht die Nebenstraßen gefahren. Natürlich gib's morgens, kurz vor sieben, Stau! Auf allen Magistralen, Pappnase, du Jämmerling! Meine Fresse, Gurkenkopf. Aber cool tun, immer cool: Was hab ich, ich als Taxifahrer, nicht alles schon gesehen …

Und warum steigt sie, wenn die Wehen eingesetzt haben, in die warme Wanne? Und warum meint sie, wenn das Taxi fast vor der Tür steht, sich entspannen zu müssen? Immerhin: Tasche gepackt. Wöchnerinnenstation. Aber warum muss sie plötzlich baden?

Ich schieb den Troll hinterm Steuer gleich auf die Fahrbahn. Ehrlich. Ich setz mich selber hinters Lenkrad. Ich sag noch … Aber nee! So ein abgewichster Bergtroll. Verfickter Sardinenkopf. Endlich, Warnblink. Drück das Pedal in den Boden, du Knilch, rauf auf die Gegenfahrbahn! Hörst doch, wie sie hechelt. Versucht, gegenzuatmen. Wie sie an deinen Scheißhaltegriffen auf halb Acht hängt. Lippe blutig beißt. Hechelt, hechelt, hechelt. Jetzt hast du Schiss um deine vervögelten Polster, du Bratwurst. Alter, wenn wir das nicht schaffen, prügel ich dir deine Beißer bis zum Gaumenzäpfchen.

Ah! Fahrbare Trage. Grinst. Wow.

Obwohl die Dummies auch hier erst mit der Bloß-die-Ruhe-bewahren-und-mal-ganz-locker-bleiben-super-vernagelten-Scheiße anfangen. Dann haben sie's geschnallt: allerhöchste Eisenbahn. Schön angeschoben durch's warme Bad. Hochgeschwindigkeitstrasse, liebe Jungs und Mädels von der, yo, Mann, fucking Gynäkologie. Und davor dieser bekloppte Kutscher: Weste, Mütze, alles stilecht: ein Idi vor dem Herrn, oh nee, mit seiner schwieligen Gangschaltungspranke. Aber jetzt isses egal.

Jetzt liegt sie auf der fahrbaren Trage. Lächelt. Und ich trag so'n antiseptisches Schürzchen, schön eklig blasses Mintgrünschürzchen, voll Klinik, dazu der Geruch. Wöchnerinnen. Egal. Jetzt schnauzt mich die Hebammentussi noch an. Viel jünger als ich, die Gute. Ob ich nicht endlich den blöden Apfel …? Ja, was denn? Ich muss nun mal essen. Wenn's kritisch wird: essen. Zucker ins Hirn, du verstehen? Sonst Schwindel. Taumel, zack-bumm.

Alles egal, Abfalltonne. Zu all den blutigen Binden und Tupfern. Sattes Grün auf mattem Rot. Da – das Köpfchen: schleimig, blutig, voll verformt, irgendwie zerknittert. Muss sein, klaro. Rest: flutsch. Hochgeschwindigkeitstrasse. Selbst auf dem morgengelben Gesicht unserer hebenden Amme … Lächeln. Jip. Ging ja wie's Brezelbacken. Prima. Mit einem Mal Mutter. Vater. Großer, grüner Apfel im halbvollen Abfalleimer. Umarmung aller Hebammen. Tussen, Taxifahrer,

Eltern. Die sich angrinsen: alles von uns. Wird was Grandioses draus. Fasse nach ihrer Hand. Kleiner, brüllender Löwe: liegt auf ihrem Bauch. Zwischen den Brüsten. Satte sahnegelbe Milch. Erst mal genug geschrien, Löwe. Honighelles Strahlen.

40 – Treptow, Alte Industrie

Im Nachhinein wird er sich erinnert haben, dass ihm das Fehlen des durchweg abgerissenen Namensschilds sowohl an der Haustürklingel als auch an der Wohnungstür in der Fließ-, nein, in der Hainstraße, der Umsetzwohnung, mehrfach aufgefallen ist. Es wird ihm eingefallen sein, was er gedacht hat: Na ja, eben Schöneweide … Und wie er, einmal nur, den sofort von fremder Hand korrigierten Versuch unternommen hat, den Missstand zu beheben. *Krippen – Rabietz.* Es wird ihm, unmittelbar darauf, ihre fehlende Verunsicherung wieder präsent gewesen sein, als sie gesagt hat: »Die Pistole? Russen-Pistole. Von meinem Vater. Damit hat er sich in den Kopf geschossen.« Und auf seine Frage hat sie ergänzt: »Als klar war, dass meine Mutter in der Geschlossenen bleiben wird, für viele, echt viele Jahre.« Oder endgültig.

Er weiß nicht mehr, ob er von einem Geräusch geweckt worden ist. Der Himmel über der Spree beginnt von fernen Rändern her sehr leise hell zu werden.

Er sieht sie hinterm Eck in der Küche stehen, ihm zuwinken, bedeuten, er solle sich unsichtbar machen. Ducken, verstecken, mucksmausestill. Ist nichts für dich, Jörg Krippen, hattest deine Zeit. Bis dieser Nazi dir einen Schlegel aus Stahl über den Kopf ziehen wollte. Andere haben weitergemacht. Wirst du noch von hören. Und so lange kein Kind da ist, he, was hätte mich hindern sollen? So ähnlich wird sie's erzählen, nachdem sie diesen Gereon nach Belfast gebracht haben wird.

Er meint den Krach, als die Wohnungstür beidseitig aus der Zarge springt, nicht wahrgenommen zu haben. Vor acht Wochen bezogen, diese, ja, recht komfortable Zweiraum-Umsetzwohnung. Bis Fließstraße saniert sein soll, fertig modernisiert. Meint nicht genau gesehen zu haben, wie die Gestalten, drei, möglicherweise vier, ist doch alles schnell gegangen, durchtrainiert, maskiert, die Jogginghosen für Beinfreiheit, unauffällig gescheitelte Frisur – das wird er Momente später erkennen –, im Korridor stehen. Bewaffnet mit Knüppeln, Kuhfuß, einem handlichen Beil, so einfach da stehen. Sie, noch Rabietz, bald Krippen, aber kein Namensschild an der Tür, einen Zug auf dem Gesicht, einen Ausdruck, den er selbst in der Dunkelheit hat erkennen können. Verschwinde, sagt ihre Handbewegung. Ihre Miene zeichnet eine Entschlossenheit, die ihm aus der S-Bahn bekannt ist, von der Aktion vor dem Heim in Brandenburg, ihrem Eingreifen mit der an der Hauswand zerschlagenen Flasche, als sie ihn gerettet hat.

»So was lernst du nicht. Manche besitzen das eben.« Und: »Ich weiß nicht, wieso ich's kann. Is' eben einfach so.«

Sie schießt dem ersten in den Oberschenkel, nicht richtig in den Oberschenkel, wohl Streifschuss. Zufall? Absicht? Und Krippen, der nun erkennen kann, wie sich der Getroffene die Maske von den Augen zieht, möglich, weil er annimmt, er müsse jetzt sterben.

Der Welt ins Gesicht sehen.

Fleischwunde, so heißt das in den Filmen. Sie schießt ein zweites Mal.

Schießt in den Putz über dem Türsturz, sodass etwas Mörtel aus der Wand auf die Schultern der anderen Mitglieder der Anti-AntiFa rieselt.

»Das sind Neue«, wird sie sagen, »andere Typen als am Anfang. Knallhart sind die. Und kennen mich. Dich nicht. Deshalb werden wir heiraten. Und fortan heiß ich nicht mehr Martina, sondern Sabrina. Musst du dir einprägen.«

»Die werden uns trotzdem finden.«

»Das werden sie nicht. Gemeldet sind wir Lottumstraße. Und den Mietvertrag für hier, für die Umsetzwohnung, offenbar wissen die davon, den hab nur ich unterschrieben. Weil du da mit deinem Blinddarm im Krankenhaus gelegen hast. Rabietz, Martina – Krippen, Sabrina. Ab jetzt.«

»Trotzdem.«

»So gut sind die nicht.«

»Wenn die sogar von der Umsetzwohnung wissen?«

»Dir geht immer gleich die Muffe. Du hast zu viel Schiss, Jörg.« Sie schnäuzt sich in den Ärmel. »Und wir ziehn sowieso nach drüben, in den Westen, melden uns nicht an ...«

Die Mitglieder des kleinen Kommandos, maskiert, bis auf den stöhnenden, angeschossenen Mann, der verkrümmt an der Wand lehnt, aufgereiht wie Schaufensterpuppen, stehen sie im Flur. Und warten – er kann's im Schein des Treppenflurlichts, warum Treppenflurlicht?, an ihren Augen erkennen – auf den nächsten Schuss.

Dass die verhörenden Beamten der politischen Polizei ihm und Martina-Sabrina später glauben werden, nicht sie hätten geschossen, sondern dieser Gereon, der gerade in der Nähe gewesen und nun mit der Waffe auf und davon sei, wird Krippen auch Jahre später nicht verstehen können. Trotz Gereons Erklärung, die der über seinen Anwalt der Staatsanwaltschaft zukommen lässt, er sei, bloßer Zufall, zu Besuch bei der ihm flüchtig bekannten Martina Rabietz gewesen. Und dann sei eben geschehen, was geschehen sei.

»Die haben das von Gereon glauben *wollen*.«

Martina, bald Sabrina, antwortet auf Krippens Fragen mit immer demselben Satz.

»Und weil keiner gestorben ist, ist ihr Interesse erloschen. Und wir beide waren raus. Fortan ha'm sie nach Gereon als bösem Nazi-Schlächter, als schlimmem Finger gefahndet.«

Kam ihm, mal ehrlich, nicht sehr wahrscheinlich vor.

Dennoch, kein weiterer Besuch von Polizei, vom Staatsanwalt. Dennoch jedes Mal die Bilder. Und dazu ihre Stimme.

»Noch sechs Schuss im Magazin.«

Er wird gewusst haben, dass der Satz einem albernen Film entliehen ist, wird die Bezeichnung der Waffe, von ihr mit Sicherheit genannt, sofort vergessen haben.

Sich mühsam beherrschend, um nicht zu zittern, das Aufeinanderschlagen der Zähne im Zimmer, kein Versteck, zu unterdrücken, huscht er zurück in den bald dämmerigen Raum.

Holt, nur im Hemd, den Baseballschläger aus dem Bettkasten, kommt sich im selben Augenblick lächerlich vor. Hört, wie die Gruppe, kein Hausbewohner rührt sich, die Treppenstufen hinunterhetzt, während sie, die Waffe im Anschlag, das Türblatt an den Rahmen lehnt, an das gesplitterte Holz.

»Die kommen wieder«, sagt sie, ohne in dem Moment mit Gereon zu rechnen. Der, gemeinsam mit weiteren Genossen, seit Tagen ohne ihr Wissen dem Haus gegenüber Wache hält – »wir wussten da von so was, was Ungefährem halt«.

Doch Gereon, den sie nach Belfast bringen wird, nicht ins Baskenland, weil er kein Spanisch spricht, Gereon hat wohl zu spät erkannt, dass Jogginghosen frühmorgens um vier sogar für die Gegend zwischen Spree und Bahnhof Schöneweide wenig passend sind.

Da standen die schon oben. Und hauten die Tür aus der Zarge.

Gereon? Hastig zum Treppenhaus gehuscht. Lichtschalter unwillkürlich betätigt. Sich vielleicht etwas zu langsam zur Umkehr entschlossen. Zu langsam die Genossen geweckt. Etwas zu spät alle aus dem VW-Bus geklettert. Etwas zu schnell in die Flüchtenden reingerannt. Die die Treppen runtergekegelt kamen. Einer humpelnd und blutend.

Etwas zu hastig das Messer, Hirschhorn, dessen Klinge vorn aus dem Schaft springt, gezogen, etwas zu heftig den beidseitig geschliffenen Stahl in den Leib des auf Gereon zustürzenden, mit dem Handbeil ausholenden, ihn jedoch nicht treffenden Nationalsozialisten gerammt.

Nur ein toter Nazi ist.

Die anderen mit dem hinkenden, das Jogginghosenbein vollgesogen mit dem warmen, roten Vino, Kameraden ziehen lassen. Angst ist ein eiliges Wild.

Nur ein toter.

Aber den Nationalsozialisten mit der stark blutenden Unterleibswunde nicht in ein verschwiegenes Waldgebiet, sondern mit dem Bulli bis vor die Notaufnahme des Köpenicker Krankenhauses – »Salvador-Allende-Straße oder wo das war« – gebracht.

Den Verletzten liegen gelassen, aber vorher angerufen. Beobachtet, wie sie ihn reingeholt haben. Dem Regen gedankt, der ab fünf Uhr alle Spuren beseitigt.

»Wer warn die im VW-Bus?«, wird Krippen Martina, Sabrina zögernd fragen. Und derweil er sich vorgekommen sein wird wie in einem vertrackten Traum jenseits jeder Wahrscheinlichkeit, kneif mich, damit es aufhört, wird er, während er dem abfahrenden Bulli in der Hainstraße hinterhergeschaut hat und während die drei verbliebenen Nazis, Hinkebein mittig, vom diffusen Grau eines Ostberliner Morgens zügig verschluckt worden sind, gedacht haben: So eine Scheiße. Was soll das alles hier?

Und sie wird geantwortet haben: »Genossen. Gute Genossen.«

Und Gereon, der bei ihnen geblieben ist, der gesagt haben wird: »Verpisst euch aus der Wohnung, so schnell wie möglich, heute Morgen noch«, wird Kaffee getrunken und nachgedacht haben und wird nach einer halben Stunde, sie haben währenddessen gepackt, die meisten Sachen sind sowieso bei seinen Eltern untergestellt, den Krippens aus Lankwitz, nach einer guten halben Stunde wird Gereon »die Story für die Bullen« beisammengehabt haben.

Und sie wird, als Gereon gemeint haben wird: »Ich nehme alles auf mich. Und haue ab. Nach Belfast, jetzt. Da kenn ich ein paar Leute«, entgegnet haben: »Ich bring dich hin. Ist besser als alleine.«

Und sie wird, mit Gereon, nach Irland gefahren sein.

Zweimal mit der Fähre übers Meer. Ärmelkanal. Irische See. Gut in Nordirland gelandet.

Und er, Krippen, Jörg, der an jenem Morgen im Mai gern seinen Namen hätte vergessen wollen und alles andere auch und der nach wie vor nicht gewusst haben wird, ob ihm ein Nachtmahr geschieht oder wirklich sein kann, was ihnen eben passiert ist, er wird sich fortan fragen, warum niemand im Haus die Polizei geholt haben wird: nicht die verwahrloste, alte Frau mit ihrem stinkenden Labrador und den achtzehn Sittichen in den drei Volieren, sämtlich Jugendstil, nicht der Säufer im Erdgeschoss, der mit seinem klirrenden Leergut in immer denselben abgeschabten Plastiktüten von

Aldi oder Kaiser's sommers wie winters durchs Viertel bis zur nächsten Tanke zieht und die Supermärkte meidet, nicht das afrikanische Pärchen, das selten daheim im schönen Schöneweide ist, sondern bei Freunden in Dahlem, nicht der Lehrer im Ruhestand, Mathematik und Staatsbürgerkunde, der eine Freundin in Heidenheim hat, Bibliothekarin und friedensbewegt, Reihenhaus mit Garten, ein mittelmäßiger Fußballverein, Neckar und Schwäbische Alb.

Alle übrigen Wohneinheiten im Vorder- wie im Hinterhaus stehen seit Monaten leer.

EAST & WEST

41 – John F. Kennedy

Ein Mann mittleren Alters und eine deutlich jüngere Frau landen, von Gatwick kommend, am Airport John-F.-Kennedy, New York.

Während der Mann – an dem schon beim Einstieg in die Maschine, erneut auf dem Weg zum Baggage Claim, eine fast mittig auf der Stirn verlaufende, senkrechte Falte auffällt, möglicherweise ein Hinweis auf mühsam beherrschten Zorn, vielleicht bloße Nachdenklichkeit oder Übermüdung –, während er beauftragt worden ist, einen Artikel über das Wesen US-amerikanischer Sozialrealität am Beispiel des Kultur- und Bildungssponsorings zu schreiben, interessiert sich die junge Frau für die medizinisch-biologische Forschung in den Laboren einer renommierten Hochschule, dem Bard College in Annandale-on-Hudson.

Eben, der Landeanflug ist eingeleitet, das Fahrwerk wird ausgefahren, erwacht sie neben dem Mann. Noch ehe sie recht orientiert ist, ahnt sie, dass er während des Transatlantikflugs kein Auge zugetan hat. Sie streift sich die Schlafmaske vom Kopf, die ihr im Verlauf der Stunden in die Stirn gerutscht ist, und richtet sich auf. Nach einem raschen Blick nach links zum Fensterplatz des Manns ist sie versucht, ihm übers Haar zu streichen, erkennt jedoch im selben Moment, wie es in ihm während der Nacht überm nördlichen Meer gearbeitet haben muss, und versagt sich die Berührung.

Trotz ihrer jungen Jahre handelt die Frau gewöhnlich überlegt – zu überlegt, wenngleich sie sich einen solchen Charakterzug einzugestehen nur in seltenen Augenblicken bereit ist. Ein Umstand, von dem der Mann unmöglich wissen kann.

Stattdessen tastet sie nach dem Buch, das sie in Geschenkpapier gewickelt und mit einer Schleife versehen hat und das sie in ihrem Handgepäck, verstaut unter dem Sitz vor ihr, mit sich führt, um es dem Mann mit den Worten: »Mein Lieblingsbuch« und: »So lang liegt dein Geburtstag doch auch noch nicht zurück« nach der Landung zu schenken.

Denken wird sie, während sie ihm das Päckchen überreicht: Besser als diese lächerliche Frankenstein-Schmonzette, dieser Schmöker, den er hoffentlich in London gelassen hat.

Weder sie noch er wird nach der Ankunft in New York – vor dem Ausgang des Flughafengebäudes, wo ein Fahrer auf sie wartet, wird es einen Unfall gegeben haben, die Absperrung markieren Fackeln, die an große bengalische Lichter erinnern und nur langsam abbrennen –, weder sie noch er wird wissen, wie weitreichend das Buch, ein Roman von Beckett mit dem Titel *Molloy*, die Entscheidungen des Mannes bestimmen und welch großen Einfluss eine Szene des Buchs insofern auf das zukünftige Leben der jungen Frau und des Manns haben wird.

Denken wird er, dass er, von den selbstgemalten Bildern und den Basteleien seines Sohnes abgesehen, zum ersten Mal seit Jahren, wenn nicht Jahrzehnten etwas zum Geburtstag geschenkt bekommen hat. Er wird die sorgsam gebundene Schleife betrachten, andächtig über das rot-goldene Geschenkband und über das karierte, mit mathematischen Zeichen versehene Papier streichen, in die das Buch eingeschlagen ist.

Während des Transatlantikflugs hat er nicht mal gedöst.

Er hat gegrübelt, nachgedacht, trotz aller Unruhe ohne sich zu regen.

Mit Bedacht hat die junge Frau dem Mann, von dem sie mit Gewissheit annimmt, nicht nur sie sei in ihn, sondern auch er sei in sie verliebt, den fraglichen Sachverhalt so lange vorenthalten, bis das Flugzeug in Gatwick gestartet und über der Irischen See in eine sanfte Kurve gekippt ist.

Die junge Frau erhofft sich von der vierzehntägigen, vielleicht gar drei- oder vierwöchigen Reise, dass sich der Mann endgültig zu ihr bekennen und sein Leben in Berlin vergessen wird.

Sie wird ihn lieben. Sie wird alle Ausgaben, die Spesen, abzurechnen mit der Agentur, die den Mann beauftragt hat und deren Teilhaber ihr Cousin ist, qua eigens eingerichteter Kreditkarte begleichen. Sie wird ihn, wenn möglich, unterstützen, wird bei ihm sein. Sie freut sich auf die Tage in New York und in Kingston, nahe Annandale-on-Hudson gelegen, wenn auch auf der anderen Seite des Flusses.

Obwohl der Frau keine Schuld am Umstand, von dem sie den Mann eventuell früher hätte in Kenntnis setzen sollen, trifft, wird der Mann, dessen ist sie sich bewusst, ihr die Verantwortung zuweisen. Sie hat kalkuliert gehandelt, und nicht nur setzt die Information sein Leben in ein neues Licht, er ist zudem gefangen in dem Wahn, der Mittler der schlechten Nachricht sei deren Verursacher.

Darin folgt er einem Brauch, der in archaischen Zeiten dazu geführt haben soll, dass dem Boten, der die Kunde von der Niederlage des Heers überbrachte, das Unheil traf, indem der Regent demjenigen den Kopf abschlagen ließ.

Die Stunden im Flugzeug verbringt der Mann, der den

Fensterplatz nur einmal verlässt, um zur Toilette zu gehen und einen weiteren Whisky beim Steward zu bestellen, indem er die neue Situation zu verarbeiten versucht. Er möchte sich klar werden, was sie für sein künftiges Leben bedeutet.

Bisher ist der Mann der Ansicht gewesen, leibliche Abstammung spiele für ihn in keinem Fall eine Rolle. Nun ist er sich dessen nicht mehr sicher. Die Empfindung irritiert ihn.

Während er nachdenkt und sich die Falte, deren Spur auch beim Landeanflug seinen Zügen anzusehen sein wird, tiefer in die Stirn gräbt, läuft auf dem Videobildschirm in der Sitzlehne vor ihm Folge um Folge der Big-Bang-Theory. Er widmet der Serie keine Aufmerksamkeit, obgleich Sheldon, der zentrale Charakter, seine mit großem Abstand liebste Fernsehfigur darstellt.

In den ersten Minuten, vielleicht einer Viertelstunde, fühlt sich der Mann besetzt von einem Zorn, den er kaum zu unterdrücken vermag und der sich ausdrücklich gegen seine Nachbarin richtet, vor der er die Regung verbirgt. Er hasst sie dafür, dass sie ihm den Sachverhalt bis zum Start vorenthalten hat, sodass eine Umkehr unmöglich geworden ist.

Abgelöst wird das Gefühl durch eine Wut, deren Intensität durch die Ohnmacht, das Flugzeug bis zur Landung nicht verlassen zu können, gesteigert wird. Schließlich ergibt er sich der Situation. Nimmt die Umstände für ein Zeichen.

Mein Sohn, ein Bastard. Vielleicht träfe die Bezeichnung »Bankert« es besser.

Die Dinge, so sinniert er, umfasst von einer Erschöpfung, die sich während der Flugstunden vertieft, weisen über sich hinaus. Ich bin, indem ich von London aus über den Atlantik in die USA fliege, meinem ursprünglichen Berlin fremd geworden, ich habe keine Verwurzelung mehr. Ich werde ein anderer. Einer, der sich erschaffen muss, um fortzubestehen. Ich habe mit meiner Frau, die mich aus einem seltsamen Grund geheiratet hat, unter Umständen zusammengelebt, die ich nicht kannte. Ich muss mein bisher gelebtes Leben deswegen nicht für unzutreffend halten. Es existiert kein falsches oder verfehltes Leben. Es gibt nur das Leben, das man lebt. Ich muss mich nicht schämen. Ich muss niemanden verdammen. Ich muss mich nicht bedauern. Ich beginne neu.

Während der Mann nachgedacht hat, ohne dass das Ergebnis seiner Gedanken schon seinem Gefühl entsprochen hätte, hat sich die junge Frau durch keine Turbulenz, kein Luftloch, kein Rütteln der Maschine noch durch die spürbare Anspannung ihres Begleiters stören lassen.

Ihn, der sich mit der Lage, die ihm dennoch sonderbar erscheint, abzufinden beginnt, nimmt die enorme Müdigkeit, die ein Einschlafen, ein Schlummern indes verhindert, mit Gewalt in den Griff.

Hingegeben an Imaginationen, erzeugt von älteren Schichten seines Gehirns und geprägt vom Anschein einer Hyperrealität, wie sie bestimmten Träumen manchmal eigen ist, durchlebt der Mann, begleitet vom Personal der Big-Bang-Theory, Nächte und Tage mit der jungen Frau. Deren Körper ohne die Spuren beginnenden Alters ist, deren Haut, vielleicht wegen des dunklen Pigments, das im Licht der Nachmittage eine auberginefarbene Tönung annehmen kann, ihm opaker erscheint als die eigene und zugleich von größerer Empfindsamkeit.

Durch ihre Erfahrungen, geprägt von den Jahren mit Marius aus Frohnau, durch ihre Hingabe, ihre ungestüme Art, fühlt sich der Mann, der sich bei ihr selten alt, manchmal verblüffend jung vorkommt, als sei er mit einem Wesen verbunden – nicht zu ergründende Frau, zügelloses Kind –, das ihn überwältigt. Indem er sich den Bildern und Phantasien überlässt, erkennt er, dass er sie liebt. Hier, auf dem Fensterplatz im Airbus überm Atlantik.

Das Gefühl, das er meint, während einiger Tage in Schöneweide kennen gelernt zu haben, wenn die Sonne über der Spree noch nicht aufgegangen war, als Vorbote des Morgens aber den Himmel färbte, diese Empfindung nimmt ihn für die verbliebene Dauer des Fluges in Besitz. Ein Gefühl, dessen Existenz er gemeinhin leugnet. Die Gewissheit einer seltenen, kurz aufscheinenden Kraft, gezeichnet von einer Wildheit aus den frühen Tagen der Menschen, dieses schöne und seltene Gemenge, das ihn im Innern wirft und wirft, lässt ihn leicht und unbedingt sein.

Wird ihn, kaum dass sie das Holzhaus am Hudson betreten haben, aus dem Bad auf den Flur treten und in das Schlafzimmer gehen lassen. Durch die Lamellen der frisch gestrichenen Fensterläden wird das Licht eines frühen Vormittags auf ihre nackten Körper fallen. Sie werden sich lieben.

Die Frau erwacht. Sie spürt, dass der Mann sich in den Stunden überm Meer verändert hat. Das Flugzeug landet.

Sie berührt seine um die Armlehne verkrallten Finger. Sie sagt: »Wir sind da«, sie küsst ihn. Sie schenkt ihm das Buch, sie ist froh.

Sie wähnt sich, weil sie jung, klug und schön ist, unmittelbar vor ihrem Ziel. Schwarz leuchten ihre Augen im Kunstlicht der Gepäckhalle, wenn sie den Mann neben sich betrachtet. Ein Lächeln bestimmt ihr, nach der Nacht im Flieger, ins Oliv changierendes Gesicht.

42 – Kingston

Die Vernissage, für den frühen Abend geplant, deren Besuch die erste Station ihrer Reise hätte sein sollen, ist verschoben worden. Jörg Krippen ist erleichtert. Sie werden später erneut nach New York fahren, sie werden nichts versäumen.

Während der Fahrer sie auffordert einzusteigen, und das Gepäck im Kofferraum verstaut, weiß Krippen, dass er auf der Fahrt nach Kingston schlafen wird. Hundert Meilen den Hudson hinauf, sein Kopf wird an Maes Schulter lehnen, auf seinem Schoß liegt das Buch, das Geburtstagsgeschenk. Die Folie, in die es eingepackt war, hat er sorgfältig gefaltet und in den Rucksack geschoben, das Geschenkband soll ihm als Lesezeichen dienen, keinen Roman von Beckett je gelesen.

Als sie die Field Road in Kingston erreichen und der Fahrer vor dem Holzhaus bremst, das ihnen der Professor des Bard College für die folgenden Wochen kostenfrei überlässt, einstöckig, geräumig, die Einrichtung sparsam, fallen Krippen, neben der ausladenden Veranda zur Straße hin, die man über drei steile Treppenstufen betritt, gerade noch die zahlreichen amerikanischen Flaggen auf, Stars-and-Stripes am Fahnenmast im Vorgarten, und die nicht minder zahlreichen Fotografien gefallener Soldaten, die von den Laternen und Straßenschildern hängen und ein Dokument sämtlicher von den USA geführter Kriege sind. Ein Gedenktag? Ein Jubiläum? Er taumelt ins Haus, klettert die Treppe zu den Schlafzimmern hinauf, legt sich auf ein Doppelbett und schläft ein, bevor er sich die Schuhe von den Füßen streifen kann.

Er erwacht, weil Mae einen Anzug, den sie in einem Schrank des Professors gefunden hat, neben ihn auf das Bett legt.

Vorm Fenster, das auf einen Garten hinausgeht, Rasen, Grillplatz, am entfernten Ende ein Schuppen, der aussieht wie entworfen für eine Modelleisenbahn, wird es eben dunkel. Mae deutet auf das gutgeschnittene, fraglos teure Jackett, die passende Hose, wispert: »Wird dich kleiden«, und zieht sich ihren Pullover langsam über den Kopf. Darunter trägt sie ein dünnes, fast durchsichtiges, weißes T-Shirt, das die Formen ihres Oberkörpers, der sich gegen das letzte Licht, zerteilt von den Lamellen der Fensterläden, abzeichnet, eher betont als verhüllt.

Sie streift die Socken von den Füßen. Im Haus duftet es nach einem Curry, das sie, während er die Stunden der Ankunft verschlafen hat, zubereitet haben muss. Sie öffnet den Reißverschluss ihres Rocks, Modell für Empfänge und Ehrungen, lässt ihn an sich herabgleiten. Die Strumpfhose rollt sie von den Schenkeln zu den Knien, über die Waden, Knöchel, Fersen. Sie trägt einen durchbrochenen Slip, der schwarz ist oder dunkelblau, zieht Krippen Schuhe und Strümpfe von den Füßen, die von der Reise zerknautschten Jeans von der Hüfte, heißt ihn, das Sweat-Shirt ablegen, das Unterhemd, Feinripp, das sie ihm geschenkt hat, »sieht gut aus, gehst du neuerdings ins Studio?« Zerrt ihm die Unterhose vom Hintern, umfasst seinen steifen Schwanz mit den Lippen, kniet über ihm, schiebt den schmalen Steg ihres Slips beiseite, streicht mit seinem Glied über Klitoris, Schamlippen, Anus, reibt sich daran, hilft ihm, in sie einzudringen, bewegt sich auf ihm in Wellen wie von schwachem Wind bewegt, lässt ihn auf den letzten fahlen Wassern seines Schlafs wie ein Luftgeist treiben, sich ihr ergeben, betört ihn, alles hinter sich zu lassen, zu vergessen, nie davon gewusst zu haben, Berlin bloßes Trugbild, Wüste aus märkischem Sand, bar jeden Willens schwimmt er seinem Höhepunkt zu.

So wird es sein in den folgenden Tagen in Kingston am Hudson.

In einem Amerika, das ihm vorkommt wie eine Mischung zweier Staaten, erste Welt und dritte, Technologie und Erbärmlichkeit in den auf ihn wenig imposant wirkenden Schluchten von Manhattan. College auf grünem Hügel, umgeben von Besitzungen, deren Kultiviertheit die Landschaft wie ein Park erscheinen lassen. Alle Spuren der Ureinwohner getilgt, die Herrschaft mit ihren Gärtnern, ihrem Dienstpersonal. Der Poets Walk, genau bemessenes Stück Land, auf dem man zum Ufer des Hudson wandern darf, nur durch die Bahnlinie getrennt, deren klimatisierte Züge von wichtigen Schaffnern behütet werden, Uniformen wie aus einem Kostümfilm, akkurat wie die Fahrer der Überlandbusse, die sinnlos große Tickets beim Einsteigen in ihr Gefährt mit der eigens geschärften Nagelschere durchtrennen. *Here comes the Story of the Hurricane.* Bob Dylan, der in Kingston Billard gespielt haben soll.

Helfer in den Supermärkten, die hinter der elektronischen Kasse die Plastiktüten füllen, debil, verwahrlost, beflissen, devot in jeder Geste, bezahlt mit schlechten Zähnen, einigen Dollars, Erdnussflips. Kein Slum, nicht in Kingston, auch kein Trailerpark. Aber eine Straßenecke, an der ein unrenoviertes Haus aus einem sumpfigen Garten wächst, dahinter ein Bach, Kloake. Gestalten, die vor einem Laden hocken, der nachts noch geöffnet ist, die ihre Flaschen in den berühmten Papiertüten verbergen, sodass es aussieht, als schütteten sie daraus Geheimnisvolles in ihre Hälse. Einer tritt auf dich zu. Fragt nach Geld, die anderen lachen. Einer Frau, die, sitzend, vor- und zurückschwankt, ist der Rock über den Schenkeln nach oben gerutscht, zwischen Strümpfen und Schlüpfer scheint das weiße Fleisch, schuppig wie die Haut eines gebleichten Fisches aus dem Rinnsal am Haus. Mädchen mit ungesundem Zahnfleisch spielen Hopse. Du wartest darauf, dass sie mit Peitschen nach einem Kreisel schlagen. Dann gibst du Geld, die Menschen aus dem Haus mit brüchigen Läden beginnen dich zu umringen und singen aus zahnlosen Mündern ihr ewig gleiches Lied. Du musst nicht schneller gehen, du musst deine Schultern und Hände nur heben, du musst bloß die Straße hinunterlaufen, bis die Vorgärten sich glätten, die Rasen gemäht, die Wälder der menschlichen Herzen gerodet, du musst dich nur entfernen, *the walking dead,* Figuren eines Puppenspiels, haben Kingston noch nicht erreicht.

Oder die Menschen in der Ausstellung, denen du, im gutsitzenden Anzug und von Mae begleitet, zugewiesen bist.

Van Gogh, dessen Ohr nicht erwähnt werden soll, hat nach der Natur gemalt und ist vor längerer Zeit verstorben. Nun hängt er in einem Museum, Clark Art, das, von künstlichen Teichen umgeben, am Rand einer Stadt liegt, Williamstown, in der sich zudem ein College befindet, das mit dem Museum auf irgendeine Weise verschwistert sein soll.

Nicht aufgepasst, als der flammend rothaarige Collegeboy von der Geschichte der Einrichtungen redet, ein Junge, der seine Augen während der Führung nicht von Mae lassen kann. Mae, deren Haut im Licht der Ausstellung hin und wieder zu leuchten beginnt, und jener Junge, der seinen Blick an ihr entlang und bis hinunter zu ihren Beinen wandern lässt, und wieder hinauf zu ihrem Rock, der ihn auf sanfte Art abweist. Dann küsst Mae dich, vielleicht weil sie froh ist, dass ihr nicht zu den Menschen am Eck mit dem nach Abort duftenden Bach gehört, nicht zu denen, die eure Tüten in gut abgemessener Form füllen, sodass sie nicht reißen, wenn ihr den Supermarkt verlasst, nicht ohne ein Trinkgeld zu geben, das ob des Betrags Verwunderung hervorruft. Ihr habt den Ablass bezahlt. Ihr werdet heimgehen, euch zu bekochen, zu lieben, einander im Bett vorzulesen, von Molloy, anderen Figurationen einer zweiten Wirklichkeit, die euch, das habt ihr von Kind auf gelernt, tröstet und bereichert. Während die Tütenbefüller, einige von ihnen sabbern, wenn sie sich zu konzentrieren versuchen, sobald der Markt geschlossen ist, an einen Ort gehen werden, den ihr nicht kennen lernen mögt. Dem jungen, rothaarigen Mann, der die Ausstellung van Goghs ohne Eifer kommentiert, fällt der Unterkiefer aus dem blassen Gesicht. Unwillkürlich stellt er sich vor, wie Mae und du auf dem Bett des Professors einander beiwohnen, miteinander schlafen in jeder erdenklichen Art. Die er sich während seiner Nächte im Wohnheim in seinem zu engen Zimmer ausmalt. Er aber ist bloß angestellt, darf euch erklären, was van Gogh gepinselt hat, *Van Gogh & Nature.*

Bevor ihr durch die Ausstellung geführt werdet, spielt ein kleines, illustres Orchester Neue Musik.

Das Stück, das sich dir einprägt, handelt von Briefen aus dem Gefängnis. Attica, sagt das Programmheft. Du suchst, als du auf der Klobrille hockst, im Internet. Findest: Melville, Sam, nicht *Moby Dick,* Sam, ein Mann, der Bomben gegen das Establishment gezündet haben soll, im Knast hat er die Briefe geschrieben. Beim Knastaufstand von Attica, Sturm der Nationalgarde, die auch unter den Wärtern, den Geiseln, ein Blutbad anrichtet, während der Rebellion spielt dieser Sam Melville eine exponierte Rolle. Danach ist er tot. Schöne Neue Musik. Intoniert von jungen Menschen, die mit der Violine an der Schulter geboren worden sind.

Neben der Frau, die dir aufgefallen ist, kommst du beim opulenten Essen für Gönner und Sponsoren und Mae und dich zu sitzen. Auf deine Frage weiß sie nichts zu antworten. Nichts von Melville, Sam, von Attica, nichts von den Kämpfen der späten 60er-Jahre, nicht, was sie gespielt hat vor den Sponsoren, macht alles, was ihr in die Saiten kommt: Country, Klassik, gern Cross over – Attica und die Kämpfe sagen ihr nichts.

Im Haus des Professors müsst ihr nicht mehr kochen. Ihr müsst euch nur aufs Bett legen, und du lässt dir erzählen, was Mae am Tag zuvor in den Laboren in Bard, Annandale-on-Hudson, über das Neukombinieren von Gensequenzen mittels Gen-Scheren, *Talens*, erfahren hat. Und wieder singen die Auguren: *they stay united.*

»Du bist ein Spinner«, sagt Mae.

Während sie neben ihm einschläft, denkt Krippen an seine Mutter.

»Wohl betucht« hat sie die im Wohlstand Angekommenen oft genannt, und ihre Stimme war getönt von einer Melange aus Neid und Verachtung, fast Abscheu. Eine Haltung, die Krippen als Kind gespürt, aber nicht verstanden hat. Immer soll man erpicht auf den Erfolg sein, sich mit größter Anstrengung bemühen, das Beste zu geben, der Beste zu werden, immer soll man sich im Moment des Triumphes mit dem zweiten oder dritten oder vierten Rang begnügen, denen den Vortritt lassen, die den richtigen Umgang mit Messer und Gabel nicht mühsam erlernen müssen, denen die Art und Weise, sich in Gesellschaften zu geben, pränatal programmiert worden ist.

Trotz der leichten Kopfschmerzen, die ihm vom Tag im Museum, erneut stand der Fahrer für sie bereit, geblieben sind, steht er lautlos aus dem Bett auf, setzt sich in einen der unteren, fast leeren Räume – der Professor: in seinem eigenen Haus ein Gast? – und beginnt, den Artikel zu schreiben, indem er die Eindrücke des Essens wie des Supermarkts, die Bilder der Fahrt durch New York am Tag der Ankunft gegeneinanderschneidet, montiert, was ihm unvereinbar scheint, collagiert, was an Widersprüchlichem auf ihn zugekommen ist, miteinander verbindet, was für ihn die wenige Tage in Williamstown, Bard, Kingston charakterisiert. »Poets Walk« betitelt er den Artikel, damit rechnend, dass Kali den Text, das Geschreibsel, kommentarlos ablehnen wird.

Im Morgengrauen, nach einer flüchtigen Überarbeitung und mit dem Vermerk, dass der Teil zur Vernissage noch ausstehe, aber in nämlicher Form eingefügt werden solle, schickt er das Ganze, noch ohne Foto, als PDF dem Cousin.

Er schreibt Mae eine Notiz, legt sich im Gästezimmer ins Bett und schläft bis zum Nachmittag.

Kaum aufgestanden, die Augen verklebt, den ersten Kaffee neben sich, Mae ist zum Joggen am Hudson, liest er die wenigen Mails, die ihn seit seiner Ankunft in den USA erreicht haben. Als er den Account schließen, sich eben abmelden will, trifft die Nachricht des Cousins ein, dass er, über die Maßen begeistert von Krippens Arbeit, diesen bitte, die Form beizubehalten. Was immer er über seinen Aufenthalt mitzuteilen habe, werde von ihm, Kali, der sich für die Entscheidung, auf seine Cousine gehört zu haben, wirklich nur beglückwünschen könne, mit Spannung erwartet. *All the best.*

Okay, denkt Krippen, okay.

Vor sich, im Dunst des Nachmittags, der überm frisch gemähten Rasen hängt, Bob oder Bill von nebenan oder dessen Söhne zeichnen dafür verantwortlich, sieht er, zwischen den tief ziehenden Wolken und den Wipfeln der Baumreihe, die Zahlen, die Kali ihm in London genannt hat und die sein Gehalt illustrieren sollen und die er versucht hat, augenblicklich zu vergessen – genieß die Reise, Krippen, hör auf, an diesen gequirlten Scheiß zu denken.

Die Zahlen bewegen sich im Wind, der müde vom Hudson heraufweht, sie verändern sich nicht. Auch nicht, als Bob oder Bill mit seinen Söhnen, einer von beiden hisst am Morgen die Stars-and-Stripes im Vorgarten, der andere holt sie am Abend ein, das wöchentliche Kampfsport- und Selbstverteidigungsprogramm vor den Augen des Europäers beginnt, der lange schläft, die Kirche meidet, dessen Freundin beim Kopulieren schreit, sodass sich die Nachbarn Ohropax in die Hörgänge stecken. Ein bisschen bedrohlich sieht es aus, was Bob oder Bill und seine Söhne mit Stöcken und Stangen auf dem Rasen veranstalten. Gleich holen sie ihre Musketen, denkt Krippen und geht zurück ins Haus.

Nach einem letzten Blick auf die wohlgemuten Ziffern über den frisch silbrig klappernden ersten Blättern der Pappeln, den lautlosen Nadeln der Koniferen schließt er behutsam die Tür mit dem Fliegengitter.

Dann wärmt er sich das Curry vom Vortag, Lamm diesmal, mit Garnelen, ein paar Tentakel lugen aus einem Labskaus ähnlichen, gelblichen Eintopfbrei, und beschließt, Kohlrouladen zu bereiten, für Mae, nach Art seiner Mutter, deutsch, östlich der Elbe, mit einer braunen Soße und Kartoffeln.

43 – Big Apple

FEAR-ANGER-LOVE: *focuses on affects and emotions found in or through art and examines the diverse strategies that are applied to unleash or harness them.*

Die Vernissage, Mae hat ihm erlaubt, den Anzug im Schrank des Professors zu lassen, »das ist eine Stadt, kein Dorf«, findet in einer Gegend am Wasser statt, Red Hook, früheres Hafengelände. In ehemaligen Lagerhallen, der rohe Backstein unverputzt, die von einer Kollaboration verschiedener New Yorker Galerien eigens für dieses *event* angemietet worden sind.

Während sie vor dem Steinblock, Tuff oder ähnliches Material, am Einlass darauf warten, akkreditiert zu werden und einen Chip entgegenzunehmen, der ihnen nicht nur Zugang zu sämtlichen Hallen verschafft, sondern auch zum Audioguide, mit dessen Hilfe man sich erläutern lassen kann, was am fraglichen Ort gezeigt wird, trifft Mae auf die ersten Bekannten, die sie vor ein paar Tagen am Bard College kennen gelernt hat und mit denen sie sich, Krippen bekommt einen Kuss und nickt sein Einverständnis in das konfuse Lichtgewitter einer Diskokugel, in das Knäuel am Eingangsbereich begibt. Ein Paar, derart konventionell gekleidet, dass Krippen nicht erstaunt gewesen wäre, hätte der komplett tätowierte Aufsichts-Hulk den beiden den Zutritt verwehrt.

Das Publikum, darunter zahlreiche Erscheinungen, denen nicht anzusehen ist, welchem Geschlecht sie sich zugehörig fühlen, erinnert Krippen unwillkürlich nicht an die frühen Frankenstein-Verfilmungen, eher an Vampirfilme jüngerer Zeit, in denen androgyne Geschöpfe, tödlich blass im Sinn des Worts, nächtens auf die Jagd nach frischem Blut gehen.

Abgesehen vom Juggernaut im Kassenbereich und dessen Crew, die, auf die Hallen verteilt, mit stoischem Gesicht in dunklen Ecken steht, scheint keiner der Anwesenden, in der Zusammenballung das Bild eines Faschings, je mit körperlicher Arbeit in Berührung gekommen zu sein.

Krippen heftet sich an die Fersen eines Manns, unter dessen Stumpfhose, ein Bein rosa, eines violett, sich offenkundig dessen Geschlecht abzeichnet: lange, silberne Locken, schmales Gesicht unter dick aufgetragener Schminke, ein Gesicht, das auf irritierende Weise die Züge des vielleicht Dreißigjährigen mit den tief gefurchten Falten eines Iggy Pop verbindet, plus erloschener Augen eines Zombies.

Der gefällt mir, will Krippen Mae ins Ohr flüstern.

Sie ist, gemeinsam mit dem Paar, das aussieht wie die Hauswartsleute des vormaligen Hafenareals, in der Menge abgetaucht. Der, die, das Untote – Strümpfi, denkt Krippen, passt – setzt sich, gekonnt das Hinterteil schwenkend, auf roten Lackstiefeletten in Bewegung, die das Licht der Diskokugel reflektieren, als verlöre Rumpelstilzchen fortwährend homöopathische Dosen Blut.

Bleib an ihm dran, Jörg Krippen.

Das Lackstiefelchen sieht aus, als wisse es mit Konstrukten wie »das Nicht-Signifikante des scheinbaren Signifikats« etwas anzufangen und verfüge über ein Reservoir an Textversatzstücken der Art: *Can we trust the sources and are the sources able to trust us?* Das Ganze in achtzehn Sprachen, inklusive Han und Suaheli.

Strümpfi, Untoter mit E-Zigarette, zückt ein Diktiergerät und macht sich auf die Tour durch die Hallen, deren Bestimmung es einst war, Dinge zu lagern, die aus Übersee kamen, weil jemand in New York, in Neu-Amsterdam, sie benötigte – so was von vergangenem Jahrhundert.

In der Eingangshalle befinden sich eine Bar, ein Fastfood-Café, in dem vegane Brötchen mit Plankton-Juice verkauft werden, sowie eine Ansammlung von Videoschirmen, auf denen in Endlosschleife die Einführungen in die diversen Performances, die auf dem Hafengelände stattfinden, über den »Screen« – so Strümpfi zu einer Bekannten, die an einem Blutcocktail nuckelt – flimmern und flimmern und flimmern.

Strümpfi: »Fuck.«

Die Bekannte hebt die ausrasierten Brauen und wendet sich ihrem Begleiter zu, der, das Gesicht bepflastert mit Eisen, einen Lederstring trägt, durchsichtige Seidenstrümpfe, eine Samtweste, seegrün, aus einem Musketierfilm der späten 50er-Jahre.

I love it, denkt Jörg Krippen.

In der ersten Halle, *FEAR*, in die Strümpfi ihn führt, ohne zu ahnen, dass Krippen dem schillernd gewandeten E-Zigaretten-Zombie mit dem Diktafon folgt, sitzt eine unbekleidete Frau mittleren Alters auf einem Stuhl, auf dem sie, so die Erläuterung, seit zwei Monaten sitze, wenn auch zuvor an anderem Ort.

Die Frau, auch das wird erläutert, esse auf dem Stuhl, schlafe darauf – nicht bequem, denkt Krippen, keine verstellbare Lehne –, verrichte ihre Notdurft neben dem Stuhl, kein Eimer zu sehen, wasche sich aus einer Schüssel – die steht, nebst Handtuch und Seife, tatsächlich unter der Sitzfläche – und gebe, werde sie angesprochen, keine Antwort.

Kämmen, denkt Krippen, offenbar selten. Immerhin ist die Halle ziemlich gut beheizt.

Diktiergerät-Strümpfi tritt dicht vor sie hin.

Der Blick der Frau verweilt, wie zuvor, im Ungefähren, saugute Beherrschung. Die Frau kratzt sich zwischen den Beinen. Strümpfi rümpft die Nase, Krippen schaut weg.

Auf den Audioguide muss er verzichten. Strümpfi, der Zombie, hat es eilig. Geschnatter in das Mikro des Aufnahmegeräts.

Wechsel in die nächste Halle, *ANGER*.

Hier hängen mehrere Männer und Frauen, vom Scheitel bis zu den Sohlen in Ledermontur, Schlitze zum Atmen, die Augen hinter verrußten Schweißer-Brillen, an Fleischerhaken von einem Gestänge, das aus Doppel-T-Trägern mit Bohrlöchern besteht. Nicht entgratet, denkt Krippen, aber die Haken halten das schon.

Strümpfi scheint wenig angetan von der Darbietung.

Ist wohl eher ein Fan der Frau, deren Scham- und Achselhaar vermutlich unbestechlicher Indikator ihres Ausharrens sein soll.

Hastiges Geschnatter. Die rote Kontrollleuchte des Diktiergeräts blinkt, als sei sie ein Button an einem Flipper, der eben ein Freispiel verkündet.

Bingo. Jackpot. Strümpfi, the most famous Zombie of the Match.

In der dritten Halle, *LOVE*, sieht er sie.

Krippen schließt die Augen, öffnet sie, schüttelt den Kopf, als könne er so das Trugbild verscheuchen, das vor ihm auf einem mit schwarzem Brokat beschlagenen Podest und angestrahlt von einem solitären Bühnenspot auf einem Barhocker Platz genommen hat. In den Trockeneisnebel, der die schlanken Beine des Sitzmöbels umwabert, zurückverweisen. Es verdrängen ins nie Gewesene, nie Wahrgenommene, nie Passierte, es ungeschehen machen. Sei aus den entfernten Jahrhunderten des Hochmittelalters und bleib an deinem Ort unterm Rasen der Pestwiese vorm Dean-Rees-House, wo du auch hingehörst.

Da sitzt sie, die Prinzessin der Schmerzen. Dornenkrone. Stacheldraht um Hals und Oberkörper.

Einige Spritzer Theaterblut auf der, weiß wie Schneewittchen, gepuderten Haut der Brüste, die im Lichtfinger des Spots aussehen wie durch einen Hormoncocktail gezüchtet. Ob an intimer Stelle mit Stahlnadeln gepierct – nicht zu erkennen. Dunkle, blickdichte Strumpfhose. Der Rumpf vom Kinn bis zum Nabel nackt. Gesicht verborgen hinter einer venezianischen Karnevalslarve. Durchbrochenes Spitzentüchlein als Schleier. Krippen assoziiert Unterwäsche. Den Ausschnitt der Prinzessin ziert ein Diadem aus Nato-Draht. Dessen scharfkantige Schneideflächen den Schwanenhals von ihm oder ihr hin und wieder leicht ritzen, sodass zumindest dort das echte Blut fließt. Vielleicht auch das, bei einer Prinzessin der Schmerzen, bloßes Surrogat.

Jetzt hebt die Schöne im Rampenlicht eines der wohlgeformten Beine, hebt den Fuß mit dem grauen Raulederschuh. Ein Raunen rieselt durch die Halle, als der Absatz in Form eines spitz zulaufenden Dildos, beinern wie aus dem Knochen des Tiers, sichtbar wird. Eckzahn des ausgestorbnen Säbelzahntigers, irisierend in der kunstvoll arrangierten Bühnenbeleuchtung, die ihr, der Diva, die Dunkelheit als Rahmen ihres Auftritts belässt.

Das Kontrollrot am Diktafon bleibt blass. Kein Blinken der Latichte. Strümpfi ist komplett im Hier und Jetzt.

Dann klingelt Krippens Handy.

Schon während er das Telefon unter den unwilligen Blicken der Besucher aus der Hosentasche fummelt, ahnt er, wer anruft. Ist nicht verblüfft, die Nummer von Sabrina im Display zu erkennen.

Ein Anruf von ihr in New York. Verstoß gegen jede Sparsamkeit. Krippen ist alarmiert.

»Ja. Hat sich den linken Arm gebrochen … Leon. Bei einer AntiFa-Demo … Die Bullen. Sagt dir noch was, oder?«

Missbilligendes Gemurmel des Publikums, das vor zur Bühne drängt.

Scheiße, denkt Krippen.

Neben ihm wird Strümpfi, an allen Fingern Ringe aus rötlichem Gold, grob angerempelt.

Das Diktafon gleitet ihm aus der Hand.

Klackernd fällt es auf den Boden, der aus Holzbohlen besteht. Rutscht vor Krippens Füße. Bleibt liegen.

Blickwechsel, ängstlich bis bittend.

Krippen hebt den Stiefel und tritt, Ungeschick, bloßes Versehen, mit dem Absatz drauf.

»Pardonnez moi, Majestät.«

44 – Trailways

»Sie setzt dich unter Druck.«

»Der Arm ist gebrochen. Das ist so.«

»Angebrochen. Sagt dein Sohn. Ein Handgelenksknochen sei *an*gebrochen.«

»Und in der Elle ist ein Riss.«

»Aber gebrochen ist gar nichts.«

Mae schaut ihn ärgerlich an. »Sie setzt dich unter Druck. Du weißt es. Und du lässt dich von ihr erpressen.«

Sie stehen am Kai des einstigen Hafenbeckens. Rostige Ringe zum Vertäuen.

»Riesige Ketten«, sagt Krippen matt. »Das müssen damals monströse Ketten gewesen sein.«

»Warum lässt du dich von ihr erpressen?«

Mae wirft ihr verbrauchtes Kaugummi, Zimtgeschmack, in das kloakige Wasser. Krippen kaut unlustig auf der anderen Hälfte der seltsamen Süßigkeit herum.

»Warum sollte sie mich erpressen? Sie hat sich von mir getrennt.«

Mae schüttelt den Kopf. Lässt die offnen Haare fliegen. Sieht, im unsteten Licht weniger Fackeln, in ihrem Zorn begehrenswert aus.

Auf sie zutreten. Sie berühren. Unverzüglich mit ihr schlafen. Jetzt und hier das Dornröschen mit den Rauleder-High-Heels vergessen. Sabrina und Berlin vergessen. Das erbärmliche Hellersdorf, Abfolge trister Tage.

»Ich muss den Artikel zu Ende schreiben. Dann bin ich klarer im Kopf.«

Wendet sich ab, spuckt ins Wasser. Sein Zimtkaugummi mit Blase schwimmt auf der Oberfläche. Versinkt im nächsten Moment.

»Ich fahr zurück nach Kingston. Ich krieg noch den letzten Bus.«

»Mach, was du willst.«

Sie stampft tatsächlich auf. Dreht sich um, geht. Er blickt ihr nach.

Den Artikel für Kali ergänzt er, ohne nachzudenken, im Wartebereich der Busstation. Neben sich ein Stück Pizza mit Pilzen und ein Getränk, das bitter schmeckt. Nicht unangenehm, erfrischend.

Dornenprinzessin, kopfüber Gehenkte, nackte Frau auf Stuhl. Tütenbefüller mit Grind auf den Wangen, Handwerker mit Magenkrebs, den er mit Aspirin und Kräutertee zu bekämpfen versucht. Bob oder Bill nebst Söhnen, das Haus mit den Männern in Filzpantoffeln und einer Frau, deren bleiches Fleisch an den Schenkeln von Krampfadern durchwebt ist und deren rosa Schlüpfer zwischen ihren Beinen gelb verfärbt. Wohlgenährte Männer mit oft erheblich jüngeren Frauen, deren Garderobe teurer ist als das Geschmeide, das sie nur in Kopie zum Essen ausführen. Sieben Gänge. Zwischendurch geht Krippen einmal aufs Klo, um ein bisschen zu kotzen. Steckt sich den Finger in den Schlund, ohne Erfolg. Immerhin fährt der Dünnpfiff in die vor jedem Stuhlgang desinfizierte Schüssel und bespritzt die Brille. Haftender Kot, der bleibt.

Als er den Text beendet und das Ticket nach Kingston gekauft hat, bleiben ihm zwanzig Minuten. Er geht erneut auf die Toilette. Fünfzehn Minuten. Er starrt auf einen mächtigen Bildschirm, Rückwand der Pizzeria, auf dem ein Kricketspiel übertragen wird. Geschehen in Zeitlupe mit undurchschaubaren Regeln. Zehn Minuten. Langsam läuft er zum Bus.

Hätte sich nicht gewundert, Mae dort anzutreffen, hat heimlich darauf gehofft. Kaum zwei Handvoll Fahrgäste für die letzte Fahrt. Viel Platz. Eine Bank für ihn allein. Keine Musik. Gedimmtes Licht. Die Toilette funktioniert. Kein lästiger Geruch. Ein Automat mit Getränken. Mae ist in Brooklyn geblieben. Und wird bei Bekannten des Paares aus Annandale-on-Hudson übernachten.

Er schreibt ihr eine SMS und erhält keine Antwort. Als sie New York verlassen, schaltet er das Handy in den Flugmodus.

Die erste halbe Stunde der Rückfahrt verbringt er zwischen Wachen und Schlaf, begleitet von Träumen, die ineinander übergehen. Einander verfremden, überlagern, Personen miteinander auftreten lassen, die sich nie begegnet sind, Zeiträume miteinander verbinden, die durch Jahre, oft Jahrzehnte voneinander getrennt sind. Träume, die manchmal übergenauen Erinnerungen gleichen, hin und wieder surreal werden, häufig auf phantastische Weise Bruchstücke aus einer unbekannten Welt mit Wirklichem kombinieren.

Er sieht sich in seiner Kindheit, erlebt noch einmal die glücklichen Phasen der frühen Zeit, als von seinen Eltern etwas Lichtes ausging und er seinem jüngeren Bruder die geheimen Gänge in den Gebüschen der Parks gezeigt und ihn in die Heimlichkeiten des Kinderspiels eingeweiht hat. Staudämme in Mühlbächen während der Sommerferien. Verfolgungsjagden im Herbst, um älteren Schülern zu entkommen.

Die Schneeballschlachten des Winters, bei denen der Kleine die Wurfgeschosse zu formen hatte. »Musst immer ein paar Steine einbacken« und: »Mach einen Eisball draus!« Das brechende Eis des Baustellenteichs, der Gestank der nassen Kleidung. Fußballspiele im Frühjahr, der Jüngere steht im Tor.

Er sieht sich mit Mae diskutieren, sieht ihren Ernst, wenn sie ihm nachweist, wie schwankend der Boden der – »sogenannten, kapier das« – Literaturwissenschaft sei, wie vage deren Argumente. Sieht ihre Schönheit, sobald sie wütend zu werden beginnt. »Was macht ihr? Ihr zitiert. Und zitiert. Bewegt euch in einer Welt des Erdachten. Indem ihr auf Erdachtes verweist. Wo bleibt die wirkliche Welt?« – »Ohne Wissenschaftstheorie wüsstet ihr gar nicht, wo ihr anfangen sollt.« – »Ich rede von deinem Frankenstein-Gefasel. Von deinem Künstliche-Wesen-Bullshit.« In ihren Augen lodert eine Empörung, deren Größe und Ungestüm sie am Abend in zerwühlten Laken an ihm auslässt.

Er sieht Sabrina beim Streik in ihrem Supermarkt, einem Streik, den sie mit Kollegen aus anderen Filialen und ohne die Gewerkschaft angezettelt hat. Er sieht die von Unterstützern, alten Genossen umgestoßenen Regale und die geleerten Kühltruhen. Er sieht die Funktionäre der Gewerkschaft nach einigen Tagen auftauchen, mit der Leitung und den Kollegen verhandeln, sieht Sabrinas Wutausbruch, wie sie Geschirr in der Küche der Kolonnenstraße zerschlägt. Sieht Leons Erschrecken, das zu Verwunderung wird und ihn schließlich mittun lässt, sieht Sabrina, die auf Krippen und dessen Argumente während des wilden Streiks nicht gehört hat. Sieht sie lachen, sich beruhigen, den Kompromiss akzeptieren. Sieht sie eine Woche danach, niemand, so die Vereinbarung, darf entlassen werden, dazu eine Lohnerhöhung, bessere Arbeitsbedingungen, sieht sie acht Tage später wieder zur Arbeit ins Lager gehen, nachdem sie krank geschrieben war, sich ausgeruht hat. Er sieht, wie das Leuchten in ihren Augen zu einem Glimmen wird, verschwindet. Wie ihr Gesicht in den folgenden Wochen im Zeitraffer zu altern scheint, obwohl sie seit einigen Monaten das Rauchen aufgegeben hat, Jeans statt Jogginghosen trägt, sich bei einem Kickbox-Kurs angemeldet hat und zweimal in der Woche dort trainiert. Fängt, auch das sieht er in der behütenden Dunkelheit des Trailway-Busses vor sich, aufgehoben in der Bewegung, dem Unterwegssein, nach Weihnachten erneut an zu rauchen, lässt die Jeans ab Neujahr im Schrank, drischt häufiger und heftiger mit Füßen und Fäusten auf den Sandsack im Gym und die Boxbirne ein.

Sieht sie bei ihrer Mutter, die die Psychiatrie kaum mehr verlassen wird. Sieht ihren Vater, der seit einem Jahr einen Rollator benutzen muss. Der qualmt wie kein zweiter, dem die Amputation seines rechtens Beins droht, vielleicht auch des linken. Sieht ihn ihr in den Arm fallen, als sie dem behandelnden Psychiater – der die Mutter, die keinen mehr kennt, die mit Geistern, von denen sie gehetzt wird, mal laut, mal leise redet, um sie zu besänftigen – ins Gesicht springen will.

Sabrinas Vater kippt samt Rollator aus der Balance. Beide landen auf den grau- und weißen Fliesen des Klinikgangs. Der Arzt kann das Kopfschütteln gar nicht mehr lassen. Die Mutter wird von Pflegern zurück in ihr Zimmer gebracht. Der Vater und Sabrina hocken beieinander und lachen. Lachen, dass es sie schüttelt. Fallen sich um den Hals. Klopfen sich auf die Schulter. Umarmen sich erneut. Bleiben in der Mitte des Klinikgangs sitzen. Halten, von keinem behelligt, den sogenannten Betrieb auf. Krippen, der in ihrer Nähe an der Wand lehnt und sich am schweren Heizköper aus der Kaiserzeit wärmt, ist froh, dass Leon mit einem Freund und dessen großem Bruder zu einem wichtigen Training vorm Spiel am Wochenende gegangen ist. Big Jonni dürfte das regeln.

Sabrina hilft ihrem Vater auf. Sie setzen sich an den Kiosk auf dem Gelände des Krankenhauses und betrinken sich, während Krippen zum Sportplatz fährt, um Leon abzuholen.

Zwei Tage später, am Sonntag, schießt Leon, nie vorher ist ihm Ähnliches gelungen, das entscheidende Tor.

Krippen hat Jonni die Leitung des Spiels überlassen. Die Aufstellung nach dem Abschlusstraining. Die Ansprache in der Kabine. Das Coachen von der Seitenlinie. Zehn Minuten vor Schluss beordert Jonni, beiderseitiges Nicken, Leon in die Sturmspitze. Acht Minuten später erzielt er mit seinem linken, dem schwächeren Fuß das Tor zum 4:3-Endstand.

Als Krippen an einer Haltestelle, an der der Bus längere Zeit halten muss, weil der Fahrer verpflichtet ist, eine Pause einzulegen, aus seinem Dösen erwacht, trinkt er einen halben Liter Wasser, kramt sein Handy aus der Tasche, sieht, dass weder Mae noch Sabrina ihm eine Nachricht geschrieben haben, kein Anruf, keine Mail, kein WhatsApp, phantastisches Netz hier am Haltepunkt, auf einem Parkplatz in der Weite der amerikanischen Nacht, kein Ort weit und breit in der Dunkelheit zu erkennen. Er beginnt die SMS seines Sohnes zu lesen, die in der letzten Zeit zwar nicht länger, aber mehr geworden sind: Schule – meist mäßig, Freundin – knapp, Kiffen – unerwähnt, Alkohol – an den Wochenenden, aber nie vor einem Spiel. Fußball – die Siege, die Niederlagen, Lob, sogar Kritik von Big Jonni, hin und wieder die Bitte um einen Ratschlag.

Kein Wort über Sabrina. Mehrmals die Frage: »Hast du die Bürste gekauft?«

45 – Catskill Mountains

Mae trifft auch am folgenden Vormittag nicht in Kingston ein. Meldet sich nicht. Keinerlei Nachricht von niemandem. Krippen packt seinen Rucksack, bricht auf. Sieht das Gleißen am Ende der Straße über dem Hudson Valley, des Tages Schönheit bricht sich Bahn am Himmel über den Hügeln, die von alten Eichen feingliedrig gesäumt sind. Er spürt die Freude über diesen hellen Vormittag, darüber, dass ihnen der Professor das Auto, einen Kombi, großzügig überlassen hat. Jörg Krippen tankt und fährt den Fluss hinauf, in die Catskill Mountains.

Eine Weile folgt er den ausgewiesenen Wegen. Kein Mensch ist hier während der Woche, an einem beliebigen Wochentag, zwischen dem vom Frühling bestellten Buschwerk anzutreffen. Krippen erreicht ein Felsplateau. Fühlt, als er sich festhält, hochzieht, an seinen Fingern klebriges Harz. Lehnt sich an einen Stein, einen Brocken. Lässt sich – die Fugen, Risse, Vorsprünge berühren, ein Relief, haptisches Gemälde, seinen Rücken – langsam daran heruntergleiten. Setzt sich auf den Stumpf einer gefällten Kiefer, die Schnittfläche bedeckt von Moos. Er riecht die aufgewühlte Erde am Rand des schroffen Felsplateaus, Formationen aus Präkambrium und Trias. Bemerkt den ins Violett changierenden Dunst über dem entfernten Strom. Die Farben der knospenden Bäume des Frühjahrs springen ihn an, als er sich ans Kabuff hoch über der Kings Road erinnert, an das LSD denkt, dringende

Empfehlung Arundhatis, das Pastillchen, während der Jahre aufbewahrt, seit der Nacht in Chelsea bei sich getragen, durch sämtliche Kontrollen, jeden Zoll.

Woodstock nicht weit. Kein Verfallsdatum bekannt. Robert Zimmermann wird bald einen Preis erhalten.

Und da stehen sie, verhalten auf einer Empore aus Luft über dem großen, breiten Fluss, der, unbewegt in der Nachmittagssonne, seine nassen Hände ausbreitet bis zum Abbruch, der Kante aus altem Gestein. Der Steilwand, die den Wanderer sowohl von Frankenstein, bisweilen mit den Zügen eines Dr. Krippen, wie auch von dessen Geschöpf, *unearthly ugliness*, trennt – sie, die Gestalten, in sicherem Abstand hält.

Mae soll es sein, Sabrina, Martina, er. Schließt die Augen, presst beide Fäuste auf die Höhlen, wischt über die empfindliche Haut, spürt einen Tropfen Feuchtigkeit vom Fels seinen Hals, den Nacken, unappetitliches Tier, quälend gemächlich herunterrinnen, spreizt die zusammengepressten Lider mit Mittelfinger und Daumen. Wartet, bis die Pupille den Blick auf das Podest aus luftigem Nichts überm Strom fokussiert, der Unhold lächelt.

Flankiert von einem Homunkulus, zu großer Kopf, zu kurze Beine, entschlüpft der Fortsetzung des Faust, wirres Konglomerat allegorischer Gestalten, das seinem groben Cousin zweiten Grades eilfertig zur Seite steht: Du bist der Schöpfer und das Geschöpf, der, der sich selber zu fliehen versucht, das, das sich selbst zu hetzen durch dich angehalten ist, der, der sich eingerichtet hat und sich hat einrichten lassen.

Du bist mein Schöpfer, aber ich bin dein Herr, gehorche!

Krippen will sich erheben, das Felsplateau fliehen, in den Gebüschen Zuflucht suchen, auf einen weiteren Wanderer hoffen, seine Beine sind schwer.

Da liegen sie auf der Empore, als lägen sie während der Nacht der Nächte auf einer Bettstatt, Daunenkissenberge unterm künstlichen Himmel eines Baldachins aus Tüll, Troddeln, Bommeln und spitzengeklöppeltem Tuch, dem Duft lang aufbewahrter Säckchen mit Lavendel. Das Federbett restwarm von schlafschweren Körpern, eben noch krallenbewehrte Füße, nein, Klauen der Greife, geifernde Kiefer, nadelspitz zulaufend Reißzahnreihen. Blut gefasste Augen, keine schwingenartigen Flügel, allenfalls ledrige Stummel. Wesen, die Scylla bewohnen, Charybdis, das eine und das andere Ufer, oder, ein weiterer Fels, sie singen, betörend – gräbst du dir das Wachs aus den Ohren, liegen sie auf dem Lager aus einem zugigen Nichts, um dich hinabzuzerren in die Tiefe.

Wie du willst. Ich gehe. Aber vergiß nicht, ich werde in deiner Hochzeitsnacht bei dir sein.

Dann ist es Abend geworden. Schwefliges Licht über den Hügeln. Kammlinien bürsten den Himmel aus magentafarbenem Verfall. Er ist an den Rand geraten. Die Felskante bröckelt, will brechen. Er wirft sich, das Gewicht seines Rucksacks nutzend, rücklings in einen Strauch, geschmückt mit vorjährigen Beeren, ihm von den Wangen rollend in den geöffneten Mund.

Eines der geflügelten Wesen hat sich erhoben, tritt, kein sphärischer Gesang, kein drittes Auge, den Unhold ignorierend, auf den lächerlichen Doktor des Literarischen zu.

Künstliches Leben, Krippen, nichts weißt du darüber. Was dir während der Schulzeit Verheißung war, ist dir zu Hieroglyphen geworden, Zauber, Hokuspokus. Sprüche, den Merseburgern verwandt. Euler, Fermat – Namen, die du wohlfeil ignorierst. Labore, dir sind das Orte der Magie. Dämonen, denen du das Wirken von Wundern ohne Be-

denken zutraust. Es gebe da zwischen Himmel und Erde. Wahrheiten, jedem die seine. Was, bitte, sei die wirkliche Welt? Zuflucht auf deiner Eisscholle suchend, bist du dir dein eigener Vampir. Nichts, Krippen, hast du geschaffen, außer Worte auf Papier.

Mit Mühe rappelt er sich auf. Rennt, gehetzt, den ausgewiesenen Weg, sich von der Kante fernhaltend, zurück zum Platz für die Vesper.

Vermeidet es währenddessen, hinüber auf den Fluss zu sehen. Schreitet aus, dass ihm der Schweiß aus den Poren springt. Schreckt bei jedem Knacken eines Asts auf und zuckt zusammen. Glaubt, sich nicht mehr zu kennen, kauert sich nieder.

Beruhigt sich erst, als er das Dach des Toilettenhäuschens durch die Zweige schimmern sieht. Schüttelt den Kopf. Schiebt allen Grund dem Elaborat zu. Dessen Wirkung nachlässt. Dessen Substanzen seinem Gehirn keine Gewalt mehr anzutun in der Lage sind. Atmet lang und tief. Taucht sein Gesicht in ein Becken mit Wasser aus einem eisigen Bach. Kein Singen der Sirenen über dem ruhigen Fluss.

Auf dem Parkplatz, wo er das Auto abgestellt hat, setzt er sich an einen Tisch aus groben Holzscheiten, packt Imbiss und Getränk aus, blättert das Buch von Beckett auf, während ihm die Sonne, ein Versprechen auf den nahen Sommer, Nacken und Schultern wärmt.

Fasst sich langsam. Schlägt es auf und gerät an den Beginn einer Szene, die ihn derart fesselt, dass er vergisst, zu essen oder zu trinken. Molloy trägt Steine bei sich, jeweils fünf bis sechs in verschiedenen Taschen seiner Kleidung. Er beschäftigt sich mit der Frage, wie er, darauf bedacht, die Steine nacheinander und keinen doppelt zu lutschen, diese in den diversen Taschen anzuordnen habe, um sichergehen zu können, jeden der glatten Steine genau einmal im Mund zu halten, bevor er von vorne beginnt.

Fünf weiße Steine.

Krippen wirft den Imbiss in einen Abfalleimer und fährt zurück nach Kingston. Unterwegs hält er für einige Minuten, um Kali zu informieren, dass er früher als gedacht nach Dresden fliegen werde.

Als er das Haus an der Field Road betritt, hat er den Eindruck, Mae sei noch nicht aus New York zurückgekehrt. Er stopft seine Sachen in seinen Rucksack, geht ins Bad, will, ein Reflex, die Tür abschließen, findet keinen Schlüssel und legt sich, am Heizkörper hängt der Bademantel des Professors, das Frottee ein Leopardenmuster, hui, rutscht mit seltenem Genuss in die Wanne. Guss, mächtig, Modell aus dem Sezessionskrieg, er lässt das warme Wasser in den Trog aus emailliertem Eisen laufen, unverrückbar, das Trumm, wird dort noch stehen, wenn Bob oder Bill sich vergeblich gegen's Armageddon stemmt.

Das Wasser dampft, er taucht unter. Taucht auf, hört ein Geräusch an der Tür. Bleibt liegen, seift sich ein, duscht sich ab. Gleitet erneut in die Wanne. Ruht, ein Waschfleck auf dem Gesicht, in der Seifenlauge. Ahnt, dass Mae die Tür zum länglich schmalen Badezimmer von außen abgeschlossen hat, nachdem sie den gepackten Rucksack gefunden haben dürfte.

Als er aus der Wanne gestiegen ist, sich abgetrocknet und die Tür mit dem gebogenen Haken des Bademantelbügels geöffnet hat, den Schlüssel stößt er aus dem Schloss in den kleinen Korridor, sitzt sie auf dem breiten Doppelbett im Schlafzimmer und weint.

Er setzt sich neben sie, nimmt sie in den Arm, sie entkleiden sich ohne Eile. Der Leopardenbademantel kommt, eine Trophäe, am Fußende der Matratze zu liegen, rutscht von dort auf den Boden, während sie einander anschauen und Krippen sieht, wie die Lust ihr Gesicht verändert.

Die Züge gezeichnet von einer Wahrheit, die anderen verborgen bleibt, die Farbe der Augen wird heller, verschiebt sich in ein dunkles Grau, ein nachgiebiges Anthrazit, das ihre auf ihn gerichteten Blicke davontreiben lässt, bis sie in einem kaum sichtbaren Strudel versinken.

Luft holen, gemeinsam, beieinanderliegen, sein Glied gleitet aus ihr heraus, verweilt, weich, zwischen ihren Schenkeln.

Kein Reden. Der Schlüssel zum Badezimmer liegt auf den Dielen des Flurs in einem unbeständigen Fleck zagender Helligkeit.

Sie essen schweigend zu Abend. Sie trinken bis weit nach Mitternacht auf der rückwärtigen Veranda abwechselnd Wein und Kaffee. Wissen nichts zu sagen. Halten sich bei der Hand.

Am Morgen, Mae gibt vor zu schlafen und bleibt im Bett des Professors liegen, fährt Krippen mit dem Bus nach New York und fliegt zurück nach Europa.

46 – Pieschen

Vom gleichnamigen Bahnhof herkommend, wird er am Abend seiner Ankunft durch den Stadtteil Pieschen laufen, zu seiner Unterkunft nächst der Elbe. Zwei Stunden vorher, am späteren Nachmittag, trifft er auf eine von Kali vermittelte Kontaktperson. Als Krippen der vernachlässigt wirkenden Gestalt im Neustädter Bahnhof gegenübersitzt, zweifelt er einen Moment, zur vereinbarten Zeit am richtigen Ort zu sein.

Im Sprachgebrauch des »alteingesessenen Bewohners«, so der Mann über sich selbst, jener Neustadt, die hier in Dresden als das zentrale Szeneviertel gilt, lang schon saniert und aufgewertet, heißt das benachbarte Pieschen gelegentlich »Fick-Pieschen«, eine Bezeichnung, die der Mann mit einer gewissen Wehmut benutzt.

»War mal.«

Der Informant, ein Waliser, 1990 in die Stadt gezogen und ihm von Kali als kundig empfohlen, als Kenner der politischen Gemengelage der Stadt – wann, fragt sich Krippen, war das? –, schaufelt eine gehäufte Gabel Eierschecke in sich hinein, die er, zusammen mit einer Großportion heißer Schokolade und doppelter Schlagsahne, beim Bäcker in der Bahnhofsvorhalle bestellt hat. Alles auf Spesenrechnung, klar. Er schiebt das schlabberige Gebäck in den erstaunlich weit zu öffnenden Mund, sodass mehrere Lücken im Gebiss sichtbar werden.

»Jetzt nur noch paar Nazis. Dazu Alteingesessene, Übriggebliebene. Und die, denen der Bohei bei uns da in der Neustadt zu teuer geworden ist.«

Der Waliser, dessen Deutsch keinerlei sächsischen Akzent aufweist, erkundigt sich, ob eine zweite Portion »drin sei«. Und Jörg Krippen, immerhin froh, einen auskunftsfreudigen Informanten gefunden zu haben, bejaht. Zahlt alles Kali.

Der Kuchenfreund mit Schmerbauch und zerstörten Zahnreihen schafft die nächste Ladung Gebäck zum wackeligen Tisch aus Plastik, der aussieht, als stamme er aus einem der vielbesungenen 3-D-Drucker, alles ein Guss, keine Naht.

Spanlose Fertigung, denkt Krippen, erinnert sich an einen weit zurückliegenden Sommer, als er bei seinem Vater im Betrieb in verschiedenen Werkstätten ausgeholfen hat, bis er, nach einem Streit wegen seiner damaligen Dreadlocks, gekündigt worden ist. »Wursthaare«, so Martina einige Zeit später, bevor sie die Pracht ohne jedes Mitleid abgeschnitten hat. »Lass dich hier nie wieder sehen, scheißlinke Affenkoppzecke«, so der Meister im Werk Sickingenstraße auf dem KWU-Gelände, bevor er ihm die Papiere quer durch die Halle entgegengeschleudert hat. Mit dem Verdienst ist Krippen zwei Tage nach dem Rauswurf nach Bangladesch geflogen, danach durch den Nordosten Indiens getrampt.

»Nee«, mümmelt der Informant und mampft seine Eierschecke, die unter der Schlagsahne verschwunden ist, »momentan sind die Nazis komplett ruhig. Warten ab, was Pegida bringt. Die haben die Zeit auf ihrer Seite.«

Er blickt Krippen aus wässerigen Augen an.

Als Informatiker ist ihm der Mann von Kali beschrieben

worden. Einer, der rechtsradikale Strukturen während der letzten gut zwanzig Jahre kontinuierlich recherchiert haben soll.

Computer, denkt Krippen, sind augenscheinlich Gift für manche Leute.

Vor seinem inneren Auge sieht er den Waliser in einer Souterrainwohnung, die er mit einem Kater und einer Heerschar Katzenflöhe teilt, Unmengen monotoner Daten eingeben, eine Vielzahl dröger Websites sichten, eine Armee an Namen in Excel-Tabellen schreiben, während auf der anderen Hälfte des Bildschirms Hentai-Pornos laufen, in denen extraterrestrische Schlingpflanzen und Wesen mit Tentakeln eine Hauptrolle spielen.

Interessante Menschen, die dieser Kali kennt.

»Sie müssen sich jedenfalls keine Sorgen machen. Sie sind blond, na ja, so in etwa. Hundeköter, würd' ich sagen. Wenn das jetzt nich' respektlos is'. Sie sprechen deutsch. Sie sind deutsch. Sie wirken weder schwul noch links. Und Ihre Haut ist hell – was soll passieren?«

Er schiebt sich den Rest der Eierschecke in einem Stück in den Rachen, grunzt »Dank noch mal, muss losmachen«, steht auf, schluckt den halben Pott Schokolade in einem Zug hinunter, schüttelt Jörg Krippen die Hand und läuft, ehe der eine weitere Frage stellen kann, zum nächsten Ausgang des Neustädter Bahnhofs.

Während des anschließenden Spaziergangs durchs abendliche Pieschen, der S-Bahnhof eine Baustelle, die Unterführung ebenfalls, ein vietnamesischer Chinese bietet Mittagsmenüs an, begegnet Krippen weder einem Nazi noch überhaupt einem Menschen. Auch der Netto schräg gegenüber seinem Quartier, einer Gäste- oder Ferienwohnung, die Kali die kommenden vier Nächte für ihn gemietet hat, schließt früher als in Berlin.

Die Wohnung im obersten Stockwerk, Neubau, Sparkassengebäude, Fahrstuhl, zentrale Schließanlage, besteht aus einer Diele, von der ein Bad mit Toilette abgeht, einen unguten Geruch verströmend, sobald ein Wasserhahn geöffnet oder die Spülung betätigt wird, einem geräumigen Wohnküchenschlafzimmer, Stil unverkennbar amerikanisch, das durch ein gläsern-milchiges Halbrund vom Vorraum, eben dem Flur mit Garderobe und Sanitärbereich, abgetrennt ist, sowie einer Terrasse, knapp unterm Dach gelegen und groß wie ein Fußballfeld.

Sensationeller Blick bis zur Sächsischen Schweiz oder einem ähnlich bergigen Gebirgsvorland: Erzgebirge, Riesengebirge – Nazigegend, denkt Krippen. Und sagt zu seinem Spiegelbild: »Weniger Paranoia schadet nicht unbedingt.«

Dann schaltet er die Lüftung im Bad an und hofft, dass sich der saure Geruch, der aus dem Abfluss zu kommen scheint, in den folgenden Stunden verzieht. Er stellt sein Gepäck ab und geht, bis es dunkel wird, an der Elbe spazieren. Wenige Leute mit Hunden, Radfahrer, kaum Kinder, einige Jugendliche, die an einem kleinen Feuer Bier trinken und Steine auf dem Wasser springen lassen, nirgends ein Nazi.

Früher, denkt Krippen, bist du mit deinem Sohn auch an der Elbe gewesen, oben bei Dannenberg. Danach der See in Mecklenburg. Alles lange her.

Zu Abend isst er in einem Biergarten, in dem Vegetarier eine bedrohte Spezies sind, und während er, der Abend lau, fast warm in Sachsens Metropole, kein kühler Wind vom Fluss, das dritte Bier bestellt, fühlt er sich frei.

Am übernächsten Tag, einem Montag, den Sonntag hat Krippen weitgehend verschlafen, obwohl er sich eine Bootsfahrt nach Bad Schandau vorgenommen hatte, bleibt ihm bis zum frühen Abend Zeit.

Er isst beim falschen Chinesen am S-Bahnhof Pieschen, wundert sich erneut, wie wenig Menschen auf der Straße sind, sobald er sich vom Elbe-Center, in dem er wohnt, nur hundert Meter entfernt. Immerhin gibt es Schulkinder, die auf einem Pausenhof toben. Er wandert, ohne sich zu beeilen, auf Umwegen in die Innenstadt.

Stunden bevor sich die Demonstranten auf dem Altmarkt versammeln, schlendert er an den schmuck hergerichteten Gebäuden des historischen Areals mit Oper, Schloss und Schnick und Schnack vorbei und gelangt an das Schauspielhaus, in dessen Nebennebenspielstätte sein erstes Stück inszeniert worden ist, seine einzige Uraufführung, eine Koproduktion mit dem Münchener Marstall-Theater. Ein Stück über den neudeutschen Rechtradikalismus, Jahre, nachdem die Nationalen Revolutionäre Dörfer und Landstriche beherrschten – zur Zeit der Uraufführung nur als noch unbekannter »Nationalsozialistischer Untergrund« von den östlichen Freistaaten aus tätig, sonst weitgehend still in ihren befreiten Dörfern.

Nur ein toter Nazi ist – der Titel seines Stücks, Regie: die schöne Russin. Die nach der ersten Probe, als der Text von den Schauspielern laut gelesen worden ist, zum ersten Mal mit ihm schläft.

Das Stück, in Dresden ein Flop, am Münchener Marstall gelobt, wird für ihn, den Jungdramatiker Krippen, das Ticket für die Summer School in London.

Schließlich setzt er sich in ein Café, bestellt einen doppelten Espresso, um den Anmarsch der Pegida-Demonstranten zu beobachten.

Oft ältere Männer mit Fahnen: Südtirol, Königreich Sachsen, Königreich Bayern, Russland, bevorzugt heute oder zur Zarenzeit, häufig die Wirmer-Flagge, die deutschen Farben als skandinavisches Kreuz. Nicht selten skurrile Forderungen auf Spruchtafeln aus Pappe: *Asyl nur für Atheisten und Christen.*

Kaum Jüngere, Jugendliche, die kämpferisch wirken. Frauen in der Minderzahl. Die Kleidung vieler, Anorak, Parka, abgetragene Cord- oder Kunststoffhosen, wirkt ärmlich, die Brillengestelle, die Schirme, häufig Mützen und Hüte, als seien sie bereits in der verflossenen DDR in Gebrauch gewesen.

Nur ein toter Nazi ist.

Krippen trinkt seinen Espresso, zahlt. Schließt sich den Demonstranten an. Läuft mit ihnen vor bis zum Altmarkt, auf dem die vielleicht drei-, allenfalls vier-, keinesfalls fünftausend Teilnehmer der Kundgebung harren. Eine Rednertribüne ist aufgebaut, daneben ein Bierausschank, Plastikzelt, Schirme einer bekannten sächsischen Brauerei, Schutz gegen den Regen, der eben einsetzt. Ein Platz, auf dem die Versammelten, die ihm seltsam unschlüssig vorkommen, traurig wirken und klein.

Stuhlbach, der Häuptling, der informelle Kopf der Patrioten – kein Rhetoriker, Krippen hat eine Rede von ihm im Internet gehört –, lässt auf sich warten.

Er überholt die versprengten Demonstranten, die Nachhut, die mit ihm auf den Platz strudelt, und stellt sich in den Schatten eines Säulengangs. Jetzt sieht er sie, die Kahlgeschorenen, die Ausrasierten mit dem ausgeprägten Bizeps, der gestalteten Brustmuskulatur – die Sonnenbrillen, die sie, Bügel verkehrt herum am Ohr, Gläser am Hinterkopf, man weiß ja nie, ebenso bei sich tragen wie die um die Hüfte geschlungenen Kapuzenpullis. Dazu Tücher, lässig in der Gesäßtasche oder an der Gürtelschlaufe, die Schnalle ein Greif aus poliertem Messing. Tücher aus Seide oder Baumwolle, dunkles Grau, Schwarz, die, ergänzt von einer Kapuze, der obligatorischen Sonnenbrille, Nase-Kinn-Augen verbergen, wenn der Tanz beginnt.

Da warten sie, gelangweilt bei den Ordnern mit Signalweste, Walkie-Talkie, alle einander bekannt. Ebenso wie die vereinzelten Fans, Ultras von Dynamo Dresden. Einer trägt ein T-Shirt mit der Aufschrift: *Sportmotorräder – N-S-U.*

So ist das, denkt Krippen. Und dann bemerkt er sie.

Leon, sein Sohn, hält den bandagierten Arm noch in der Schlinge, seitlich auf der Stirn ein größeres Pflaster, ringsum Ränder, bräunliche Tinktur, irgendein Desinfektionsmittel, das Handgelenk wird gestützt durch eine Manschette.

Sabrina trägt ihre gewohnte Jogginghose, Nike oder ein ähnlicher Aufdruck – obwohl Krippen unwillkürlich einen Schritt aus dem Schatten tritt, kann er nur das Sweatshirt und die rissige Lederjacke erkennen: Utensil jeder Aktion, jeder Demonstration gegen die Nazis.

Sie stehen dicht vor der Rednertribüne, umgeben von einer Gruppe betagterer Männer in grobmaschigen Norweger-Pullis, die auf ihren selbstgeschneiderten Flaggen und Wimpeln an verschiedene Gaue des Deutschen Reichs erinnern.

Geisterbahn, denkt Krippen.

Er muss sich beherrschen, um nicht zu Leon und Sabrina hinüberzulaufen, sie anzusprechen, nach ihnen zu rufen, zu sagen, wie verloren sie ihm inmitten der überschaubaren Menge trübsinniger Demonstranten vorkommen, Zonenzausel, ausgelaugte Gesellen, die ihn auf diesem riesigen

Platz an die verbliebenen Zähne im perforierten Gebiss seines Eierschecke schlingenden Informanten erinnern, der sich trotz mehrerer Anrufe nicht mehr gemeldet hat.

Wiener Schnitzel mit Klößen wär sicherlich »drin« gewesen.

Als Stuhlbach die Bühne betritt, rücken Sabrina, mit ihr Leon einige Schritte auf den Redner zu.

Kennst du den Feind, kennst du dich selbst? Was ist mit ihr los? Und wieso ist Leon ausgerechnet hier? Hat der nicht Schule?

Ein lauer Sommerabend in Berlin.

Kreuzberg, Neukölln, irgendwo da, sie zu dritt, Leon neun oder zehn Jahre alt, in einer Pizzeria.

Das Essen gerade aufgetragen, als der Ball, vom nahegelegenen Fußballplatz über den Zaun geschossen, auf dem Gehsteig auftippt und, hätte Krippen nicht die Hand in einem Reflex ausgestreckt und das Leder gefangen, auf die Pizzen gehüpft wäre, plitsch und platsch: dazu die Cola, Sabrinas Kiba, Leons Mega-Mezzomix – der erste, der neben dem Tisch auftaucht, ist so eine fette Qualle, offenkundig um einiges älter als seine Mannschaftskameraden, zu kaum einer Bewegung fähig, aber vom Drahttor des Käfigs aus unablässig die Sprüche für seine Mitspieler oder über die Gegner reißend: »isch« und »disch« und »geb disch Bombe« und »ey, du Kartoffel, isch weiß, wo dein Haus wohnt«, das heimelige Gesäusel, der Gesang der Kieze unweit des Landwehrkanals.

Und dann steht er da, direkt vor Krippen, praller Bauch, voll der Schwabbel überm Bund der Sporthose, die aussieht wie von Turnvater Jahn in die Gegenwart gebeamt, und fordert den Ball zurück: »Is' meiner.«

»Wie wär's mit 'ner Entschuldigung?«

Krippen ruckt die Hand mit der Kugel einen halben Meter beiseite, als der Keeper, der scharf nach Schweiß riecht, danach greift.

Leon umklammert sein Glas Mezzomix und rutscht fast von seinem Holzstuhl unter den Gartentisch mit dem geranienroten Tischtuch aus 1a-Plaste, garantiert Fett abweisend und komplett abwaschbar.

»Ey, du Nazi, isch …«

»Ja?«

Krippen klemmt den Ball unter seinen Stuhl und beugt sich vor.

»Isch mach disch …«

»Was?«

Er fasst nach dem Rand seiner Pizzatellers, Diavolo, mit scharfer Soße, bereit, dem Clown das Porzellan über die Wange zu wischen.

Leon vertröpfelt sein Getränk. Sabrina legt ihre linke wie ihre rechte Hand auf je eines der scharfen Messer, die ihnen der Kellner extra zum Schneiden neben die Pizzen gelegt hat, und erhebt sich von ihrem Stuhl. Drei weitere Spieler haben den Bolzplatz verlassen, sind aus dem Käfig zu ihnen herübergekommen, flankieren ihren Torwart, der ob des Verlaufs der Konfrontation irritiert ist, nicht weiß, wie weiter – »isch«, setzt er erneut an. Dann steht Sabrina Bauch an Bauch vor ihm, in jeder Hand ein Messer, nuschelt: »Reiß dich mal am Schlüppi, alter Mann.«

Jetzt müssen sie grinsen, die drei Begleiter. Einer von ihnen packt dem Tormann behutsam eine Hand auf die Schulter. Ein zweiter murmelt: »Der Murat, der is' manchmal bisschen, hm, na ja. Aber der sieht das ehrlich nich' so.« Dem dritten händigt Krippen den Lederball aus.

Und als sie zu viert Richtung Bolzplatz trödeln, hört er den Dickie, kaum liegen zehn Meter Abstand zwischen Gruppe und Tisch, laut genug, dass Sabrina und er es auch mitbekommen, hört ihn vernehmbar grummeln: »Das Stück deutsche Scheiße, die Fotze mit ihren Messern …«

Krippen legt Sabrina, die sich zurück auf den Stuhl setzt, eine Hand auf den Arm.

Sie sieht ihn an und wispert: »Für diese blöden Wichser haben wir gekämpft.«

Was die Charge auf der Tribüne sagt, hört Krippen, ohne den Inhalt zu verstehen. Stattdessen versucht er sich ins Gedächtnis zu rufen, was Leon ihm von der AntiFa an seiner Schule erzählt hat.

Noch in der S-Bahn nach Pieschen – er teilt, froh ob der Gesellschaft, die Sitzbank mit betrunkenen Punks, die *Nazi-piss-off*-Sticker tragen und deren Hunde stinken – hat er die Melodie des kaum strukturierten Gewäschs, die tollpatschig wirkenden Betonungen des Redners im Ohr, der sich als Volkstribun geriert und aussieht wie ein Mann, der Flaschen sammelt.

Krippen steigt aus und läuft zu seinem Sparkassengebäude, ein Raumschiff, versehentlich gelandet an einem unguten Ort.

Währenddessen werden Leon und Sabrina der Demonstration der Patrioten aus dem Panoptikum folgen, die sich der Kundgebung anschließt, durch die sonst stille Stadt.

Wann genau sind sie nach Hellersdorf gezogen, weg von der Roten Insel am Rand von Schöneberg?

Dem Umzug vorausgegangen waren diverse Streits mit Sabrina.

Jedes Mal fühlt sich Krippen auf eine Art in die Defensive gedrängt, die ihn mit einem schalen Gefühl schlafen und aufstehen und den anschließenden Tag in der Bibliothek vertändeln lässt.

»Halil, haram – was soll das? Vier Mal in den letzten acht Wochen hat er aufs Maul gekriegt. Von irgendwelchen asigen Türken, die immer – immer! – in der Überzahl sind.«

Ich bin in der Überzahl. Ein T-Shirt mit solch einem Aufdruck hat Krippen mal getragen. Lange her.

»Das letzte Mal waren's Araber. Definitiv.«

Während Leon in seiner Kammer vor seinem Computer sitzt, das Training im Verein will er, möglichst morgen, aufgeben, hocken Sabrina und Krippen in der Küche an der Kolonnenstraße, trinken Tee, und Sabrina schüttelt den Kopf.

»Na und? Ich kann's nicht fassen, ehrlich. Türken, Araber. Scheiße, was soll das? Die Ärsche, die hau'n ihm einfach aufs Maul. Handy weg, Kohle weg. Und noch mal, zack, in die Fresse.«

»Einmal waren's wahrscheinlich Jugoslawen. Bosnier. Is' was anderes.«

»Spinnst du, Jörg? Bist du jetzt völlig gaga? Wir reißen uns den Arsch auf. Dich hat so ein Nazi fast geschlachtet. Jetzt komm' diese Wichser und verprügeln unsern Sohn?«

»Sabrina, das kann man doch alles nicht vergleichen. Das …«

»Du bist so was von Stulle, Krippen. Ostbrot ist gar nix dagegen. Dieser scheiß Islam, das ist doch wie die Faschos, bloß mit halal und haram.«

Auf dem Rückweg von der Kundgebung, als Krippen, in Gedanken versunken, durch Pieschen läuft, begegnet er ersichtlich einem Nazi.

Tätowiert bis über die Halskrause, am Gürtel *Unsere Ehre heißt Treue,* auf dem T-Shirt *Odin statt Jesus,* neben ihm ein Bullterrier, angeleint, mit Maulkorb, Säuglingsalter, fragt ihn der Mann nach Feuer. Indem er ihn über die Straße hinweg mit »Entschuldigen Sie, Kamerad«, und ohne die Stimme zu heben, ausgesucht höflich anspricht.

Der Bullterrier winselt. Der Mann tritt auf die Fahrbahn. Krippen macht sich bereit: um an ihm vorbei zum Elbufer zu rennen, in den Biergarten mit den Schweinenackensteaks von der Größe eines Panzerkettenglieds.

»Nein. Nichtraucher.«

Er bleibt stehen. Spürt das Adrenalin, das ihm die Haare auf den Unterarmen und im Nacken aufstellt. In den Fingerspitzen ein Kribbeln, als habe er zu lange mit dem Pinkeln gewartet. Der Babyterrier jammert erneut. Sein Maulkorb auf Zuwachs ist ihm von der Schnauze gerutscht.

»Auch gesünder«, sagt der Mann. Der im gelblichen Licht der einzigen hellen Pieschener Laterne keine zehn Meter entfernt breitbeinig auf der Fahrbahn steht.

»Dann noch schön' Abend, Kamerad.«

Er hebt seinen zitternden Hund behutsam hoch, der den nicht kupierten Schwanz zwischen die Hinterläufe klemmt, streicht ihm über den Kopf und murmelt: »Noch keinen Monat alt. Aber das wird noch, das wird.«

Nach einer Schlachteplatte im Biergarten an der Elbe setzt sich Krippen mit der Bettdecke um die Schulter auf die Terrasse. Das Bad riecht nach wie vor nach toter Ratte. Er beginnt seinen Artikel für den Cousin zu schreiben, in dem er die ernorme Verlockung einer nationalen oder kulturalistischen Lösung der sozialen Frage thematisiert und die neuen Nomaden der *upper class* als Agenten der Herrschenden tituliert. Immer auf der Suche nach dem Erfolgreicheren erfüllen sie blind die Zumutungen derer, die sie bestimmen. Fliege, flieg um die Erde, sei Hamster und Rad, Unruhe und Rädchen, lang schon hast du vergessen, woher du gekommen bist. Vor sich am dunklen Himmel von Dresden erkennt er Kali, dessen Gesicht schwärzer ist als die Nacht. Sieht ihn tanzen, ihn mit den sechs bis acht Armen wedeln, während er mit den Augenbrauen abwechselnd Jojo spielt, eine Tasse galligen Nescafé-Surrogats trinkt und mehrere Blatt Papier in winzig kleine Schnipsel reißt, um die Fitzelchen, jedes für sich, in Zug um Zug geleerte Colaflaschen zu füllen, *original classic design.*

47 – Bow Common Lane

Nachdem er von Dresden über Frankfurt kommend, Berlin hat er auf seinem Weg zurück nach London gemieden, in Heathrow gelandet ist, sein Gepäck in einem Schließfach verwahrt hat, fährt er nach Canary Wharf.

Auf dem Weg, die Tube muss verschiedentlich halten und die Fahrt zieht sich hin, denkt er an das Abschiedsessen, das Simon für ihn im Haus an der Bow Common Lane ausgerichtet hat. Es kommt ihm vor, als sei seither ein halbes Leben vergangen.

Ehe das Essen beginnt, das Simon in der Wohnküche zubereitet, Szegediner Gulasch, »schade, dass die Loni nicht mitessen kann«, spielen sich Raji, trotz geschientem Ringfinger, und Jörg Krippen den Rugby mit den farbenfrohen Motiven des Haka der All Blacks draußen, auf dem Fabrikhof eine Weile zu.

Mae wird an dem Essen teilnehmen, auch Arundhati, die still am Kopfende des Tischs sitzen und Jörg Krippen nicht anschauen wird. Simon wird den Großteil der Unterhaltung bestreiten, indem er sich von Mae deren aktuelle Forschung erläutern lässt, vor allem die Testung der Abstammung – die Gruppe, in der sie als wissenschaftliche Hilfskraft, kurz vor Abschluss ihrer Promotion, seit anderthalb Jahren arbeitet, hat ein Verfahren entwickelt, das zuverlässiger und schneller als das gängige sein oder werden soll.

Krippen wird nur mit halbem Ohr zuhören, weil ihm Raji erneut eines der zur Legende geronnenen Endspiele zwischen den australischen Wallabies und der meist unschlagbaren Nationalmannschaft Neuseelands vorführt und ausführlich kommentiert.

Für einen Augenblick wird er sich in der aufgeräumten, aber deswegen noch ärmlicher wirkenden Wohnküche zurücklehnen. Die Geräusche von Rajis Smartphone, dessen Erläuterungen, die Stimmen der anderen: die ungeduldige Maes, die manchmal rührend naive Simons, die Abwesenheit von Kali, der einen dringenden Termin vorgeschoben hat, all das wird in den Hintergrund treten, ebenso das Schweigen, das Arundhati umgibt wie eine Wolke aus Stahl.

Jörg Krippen wird den Eindruck haben, angekommen zu sein. Selbst die Erinnerung an die Unstimmigkeit am Ende des Spiels auf dem Fabrikhof wird die Empfindung nicht trüben. Im Gegenteil, er wird das Gefühl haben, Raji auf seltsame Weise näher zu sein als zuvor.

Sie haben den Haka-Rugby eine Weile hin- und hergeworfen. Simon ist kurz auf dem Hof erschienen, um mitzuteilen, dass die Kartoffeln, auch das Gulasch noch dauern. Jörg Krippen hat sich verschiedene Wurftechniken und die erlaubte Art des Tiefhaltens erläutern lassen, als Raji einen Angriff vorschlägt, den Krippen abwehren soll, indem er ihn, den Angreifer, an den Oberschenkeln umfasst.

Auf einem winzigen Rasenviereck vollziehen sie den Übergang von der Theorie zur Praxis.

Möglich, dass Krippen aufgrund der Leichtigkeit, die er empfindet: ein Essen, der Abflug, die Vorfreude auf die Zeit mit Mae in Amerika, möglich, dass er, untrainiert, die Abwehr zu grob, zu ungestüm ins Werk setzt, möglich, dass

Raji schlicht zu klein und zu leicht ist, jedenfalls fällt er, als Krippen sich ihm entgegenwirft, härter als erwartet auf das kaum vorhandene Gras, schlägt mit dem Oberkörper auf den ausgelaugten Boden und bleibt liegen.

Der Ball rutscht ihm aus den Händen. Die Luft wird ihm aus der Lunge gepresst. Mit schmerzhaft verzogenem Gesicht ringt er nach Atem.

Krippen, der erschrickt, will ihm aufhelfen. Raji erhebt sich aus eigener Kraft, richtet die Schiene am Ringfinger, schüttelt den Kopf, als wolle er zum Ausdruck bringen: alles halb so schlimm, das ist Rugby.

Tröstend legt ihm Krippen einen Arm um die Schulter.

Obwohl zu spüren ist, wie Raji sich gegen den eigenen Impuls zur Wehr setzt und versucht, weich zu sein, nachgiebig, versteift sich sein Körper in Krippens Arm, kaum dass ihn dessen Hand am Schlüsselbein berührt.

Er schiebt den Unterarm beiseite, taucht, als sei das Spiel wieder angepfiffen, unter der Berührung weg und holt den Ball, der zwischen zwei Kabeltrommeln gerollt ist und in einer Pfütze aus altem Schmierfett liegt.

Er wischt ihn mit einem Taschentuch sauber, dreht sich um, nickt und sagt, als sie den morastigen Pfad mit einem Schritt Abstand hintereinander entlanggehen, murmelt, ohne sich Krippen zuzuwenden: »Ich habe es nicht so gern, wenn man mich anfasst.«

Nach dem Essen, dem Kaffee, einem Kräuterschnaps, den Gesprächen, dem Abwasch des Geschirrs, der Reinigung von Herd und Spüle, dem Verschwinden Arundhatis in ihrem Zimmer, Cousin Kali hat sich kurz gemeldet und allen Grüße ausrichten lassen, nach dem Zubettgehen Rajis, Mae will die letzte Nacht vorm Abflug bei ihm und ihrer Schwester verbringen, brechen Simon und Krippen auf. Vor der Haustür von Maes Wohnung in der Devons Road bleiben sie verlegen stehen, scharren mit den Schuhen, wissen nicht, was sagen. Bis sich Simon mit einer Umarmung verabschiedet.

»Sie kommen ja wieder, Herr Krippen. Das dauert ja so lange nicht.«

Er kann seine Rührung nicht verbergen, als er sich von seinem Mitbewohner der letzten Wochen löst.

Er reicht Krippen die Hand, macht sich auf den Heimweg, die paar Meter, bevor er die Wohnung mit Uwe Johnson, Lonis leerem Zimmer, Krippens Kartons, den Büchern, Papieren, der vor Jahren enthusiastisch begonnenen Habil über Dr. Frankenstein, das von ihm erschaffene Geschöpf, erreichen und zu Bett gehen wird. Vielleicht mit einer *New York Times* aus dem Jahr 1968. Oder einem Glas Rotwein. Oder einem Gedanken an die letzten Wochen.

Krippen hebt die Hand und merkt, wie er dem Rücken der Gestalt auf der dunklen Devons Road einen Moment hinterherwinkt.

Am folgenden Tag fährt Kali das Paar zum Flughafen, wünscht ihnen gutes Gelingen, und Raji grüßt zum Abschied, indem er den Rugby über seinen Kopf hebt, während Mae schon in der Schleuse zum Sicherheitscheck verschwindet.

Krippen sieht es in einem Spiegel, der über dem Transportband hängt. Scheu grüßt er zurück.

Eine Stunde später startet die Maschine nach New York.

48 – Canary Wharf

Als die Docklands Light Railway, in die er für wenige Stationen umgestiegen ist, mit einem zischenden Geräusch zum Stehen kommt, steigt Krippen eilig aus, taucht umgehend unter dem Halbrund aus Glas und Stahl hervor und macht sich ohne Verzug auf den Weg zu Kali, Dr. der Ökonomie und der Philosophie, der wider Erwarten in seinem Büro ist und dessen Räume Krippen, ohne sich von der fernöstlichen Sekretärin daran hindern zu lassen, unverzüglich betritt.

»Herr Dr. Krippen, es gibt … Gepflogenheiten, nicht wahr?«

Krippen, das Büro wirkt auf ihn kleiner als bei seinem ersten Besuch, zuckt kaum die Achseln, setzt sich, steht wieder auf und sagt: »Ja.«

»Ihr erster Artikel, Herr Krippen, über die USA – kritisch, ja. Sehr kritisch, gut. Aber: brillant! Das hier …«, er fuchtelt mit einem Ausdruck vor sich in der Luft herum, »das hier über Pegida, bitte, was soll das denn?«

Krippen setzt sich erneut.

»Sie können alles schreiben: dass diese Leute Faschisten sind, hören die Briten gern, nichts hören sie lieber. Dass alles harmloser ist als gedacht. Dass Adolf Hitler wiedergeboren wurde oder dass er nie tot war.« Krippen merkt, wie Kalis Worte, der Erregung geschuldet, mit dem Glamour rheinischer Mundart veredelt werden, während er, ohne Luft zu holen, weiterredet. »Sie können schreiben, was immer Sie mögen. Können experimentell werden, montieren, collagieren, wie in Ihrem ersten Artikel, aber Sie können nicht anfangen, von Klassenverhältnissen zu faseln, vom Gegensatz zwischen Produktivkraft und Produktionsbedingungen zu phantasieren, eine steinzeitliche Ansicht über den Eigentumsbegriff im Subtext zum Ausdruck zu bringen.« Endlich atmet er ein, und gepresst wieder aus. »Sie wissen, was ich meine, Dr. Krippen?«

Krippen lehnt sich zurück.

»Jetzt sagen Sie doch mal was. Sie sind der Freund meiner Cousine. Der Vater meines Neffen. Sie sind ein phantastischer Autor. Warum verschenken Sie das?«

Während ein Vogel, eine Möwe, die knapp vor der heute kaum getönten Scheibe des lichten Büros abdreht, eine Schliere auf dem Sims der Außenfassade hinterlässt, holt Jörg Krippen Luft. Dann sagt er: »Ich schreibe die Artikel. Ich verkaufe sie nicht.«

»Ist das alles, Herr Krippen?«

»Ich … Ich hätte gern so eine Coca Cola aus Ihrem Kühlschrank.«

Kali schüttelt den Kopf. Er mustert sein Gegenüber. Misst ihn von oben bis unten, von den Füßen zum Scheitel. Blickt ihm in die Augen. Hebt hilflos die Hände.

»Gehen Sie noch mal in sich, Herr Dr. Krippen. Bitte.«

Die Braue des Cousins zuckt hoch, ehe er den Wunsch seines Besuchers erfüllt.

Der Schachlehrer, der Betreiber des Clubs, diesmal mit weinrotem Turban, befindet sich allein in seinem Raum im Souterrain und scheint beschäftigt mit einem neuen Arrangement der Schachtische, die er, so Krippens Eindruck, im Verlauf des Vormittags in verschiedener Art angeordnet hat.

Als Jörg Krippen den Raum betritt, wieder riecht die Luft nach frischer Minze, keine der Neonröhren an der Decke flackert, der noch feuchte Boden ist eben gewischt worden, nickt ihm der Sikh freundlich und ohne Überraschung zu. Er weist auf einen der Stühle, um dem Besucher einen Platz anzubieten, und will in der Küche verschwinden, Teewasser aufzusetzen.

»Ich habe nicht lange Zeit.«

Krippen ignoriert das Angebot, Platz zu nehmen. Er versucht dem mit jeder Bewegung Würde ausstrahlenden Herren zu bedeuten, dass er unmöglich auf eine Tasse Tee bleiben könne. »I'm in a hurry. Sorry, only some minutes.«

Am Blick des Sikh ist zu erkennen, wie wenig er Eile schätzt.

Dennoch verharrt er an der Tür zur Teeküche, wartet ab, was der Besucher, Vater seines begabtesten Schülers, von ihm möchte, zeigt mit einer Geste, dass er Hast zwar missbillige, aber in diesem Fall wohl akzeptieren müsse.

Krippen legt das Geld in dem Umschlag, den er vorbereitet hat, vor dem Sikh auf den Tisch.

»It's for Raj.«

Mit diesen Worten wendet er sich ab, dreht sich noch einmal um, ergreift die Hand des Schachlehrers, schüttelt sie, »danke, vielen Dank«, und verlässt den kargen, dem Schachspiel gewidmeten Raum im Souterrain eines Gebäudes, das eine Kfz-Werkstatt, einen Frisör, eine winzige Druckerei und ein Geschäft für die Reparatur elektronischer Geräte beherbergt, das mit einer verstaubten Schreibmaschine inklusive gerissenem Farbband im Fenster für sich wirbt.

Auf dem Weg zum Sportplatz begegnet er Raji, der das Training nach einer sichtbaren Blessur am Oberschenkel früher als gewohnt hat abbrechen müssen. Er trägt noch die kurzen Sporthosen und humpelt. Eine Jacke, die er sich nachlässig um die Taille gebunden hat, schleift mit den Ärmeln über den Gehweg, ebenso wie die Schnürsenkel seiner hellblauen Stollenschuhe, die nicht zu einer Schleife nebst Doppelknoten gebunden sind, sondern lose aus den Ösen hängen. Die linke Lasche schlappt bei jedem Schritt.

»Hallo«, sagt Jörg Krippen. »Was ist passiert?«

»Foul.«

Raji bleibt stehen, zerrt sich die Sportjacke von den Hüften, faltet sie zusammen und stopft sie in die Tasche mit seinem Trainingszeug.

»Schlimm?«

»Nicht so.« Er deutet mit einer beiläufigen Geste auf den sich verfärbenden Fleck, der den rechten Oberschenkel ziert. »Mit dem Knie, so what. Wie sagt man im Deutschen?«

Auf seinem Gesicht beginnt sich, als sei ein Schalter in seinem Gehirn mit Verzögerung umgelegt worden, ein ungläubiges Lächeln zu verbreiten.

»Du bist früher zurückgekommen?«

Jörg Krippen hebt die Schultern, verzieht den Mund, weiß nicht, was er sagen soll, obwohl er sich den Wortlaut wieder und wieder zurechtgelegt hat.

Jetzt will ihm nicht mehr einfallen, wie er hat erklären wollen, dass er weder bei Mae noch in London bleiben wird, auch nicht bei Raji, und dass er das Angebot, fortan für Satyendranath Bhattacharya zu arbeiten, ausgeschlagen hat.

»Du wirst nicht bleiben?«

Raji bückt sich zu seinen Schnürbändern, die er mit übertriebener Sorgfalt zu artifiziellen Schleifen mit doppeltem Doppelknoten verzwirbelt, derweil Jörg Krippen fürchtet, sein vor ihm kniender Sohn habe Tränen in den Augen.

»Ich kann nicht.«

»Wegen des Jungen, mit dem du bei mir beim Training warst?«

»Auch.«

»Ich konnte den gar nicht erkennen. Wer ist das?«

»Das ist mein Sohn aus Berlin.«

Raji erhebt sich langsam und sieht seinen Vater an. Sein Gesicht zeigt keine Härte, nicht die stoische Sturheit, zu der er häufig neigt. In seinem Blick wohnt eine geduldige Trauer.

Und Jörg Krippen meint, darin noch etwas anderes zu lesen, das er nicht zu deuten weiß. Bis Raji ihn nachdenklich mustert und sich, mit einem Hauch Trotz in der Stimme, bei ihm erkundigt: »Berlin ist nicht weit, oder? From Heathrow, or Stansted, isn't it?«

Im ersten Moment will Krippen seinen Sohn in die Arme schließen. Besinnt sich, weiß um Rajis Sprödigkeit. Stattdessen ballt er die rechte Faust, streckt sie Raji entgegen, der die Ghettofaust erwidert, ein verwegenes Grinsen versucht, das ihm nur ungenügend gelingt, verlegen lächelt und die Sporttasche aufnimmt.

»Mom kocht, ich muss …«

»Dein Schachlehrer …«

Krippen spürt die Scham wie einen Parasiten, der in seinem Brustkorb wächst. Merkt, wie er sich windet, weil dieser Junge, gerade elf Jahre alt geworden, im Gegensatz zu ihm klar ist und unverstellt.

»Ich habe deinem Schachlehrer Geld für das Ticket gegeben. Für einen Flug nach Berlin.«

»Danke«, sagt Raji.

Und setzt seinen Weg fort, weder schnell noch langsam, aber mit gebundenen Schuhen, ordentlich gewebtem Doppelknoten, ohne die nachschleifende Jacke. Bis er an der nächsten Straßenecke seinen Blicken entzogen ist, schaut ihm Jörg Krippen nach.

In Maes Wohnung schreibt er den Brief, den er während des Fluges formuliert hat.

Liebe Mae,

ich meine, dass ich Dich liebe, aber das hilft uns nicht.

Ich hoffe, Du erlaubst Raj, mich in Berlin zu besuchen. Ich muss zurück. Das Geld für ein Ticket habe ich im Schachklub, Du kennst ihn, deponiert.

Dein Jörg Krippen.

Er legt den zweiten Wohnungsschlüssel, den sie ihm in Kingston überlassen hat, neben dem Brief auf den Küchentisch, zieht die Wohnungstür ins Schloss und verlässt das Haus an der Devons Road.

Danach fährt er zurück zum Airport Heathrow, nimmt das Gepäck aus dem Schließfach, bucht mit seinem Restgeld den Rückflug nach Berlin. »Indeed, one way.« Während er überlegt, ob er den Security Check gleich hinter sich bringen soll, um die zwei Stunden bis zum Start im Wartebereich zu verdösen, spürt er eine Hand auf der Schulter, einen behutsamen Druck, der ihn veranlasst, sich umzudrehen.

»You look so lost.« Mae lächelt verloren. »Ich hatte so eine Ahnung. Noch einen letzten Kaffee?«

49 – London Heathrow

Es ist ein Kuss, der, wie Alice Munro es ausdrückt, ein Ereignis für sich ist. Eine Geschichte mit Anfang, Mitte und Ende. Zartes Vorspiel, wirksamer Druck, ein beherztes Erkunden und Entgegennehmen, ausgedehntes Dankeschön, ein befriedigender Rückzug. Ein Kuss, der lang wird und länger und alles, was Alice Munro über Küsse und das Küssen weiß und aufgeschrieben hat, hinter sich lässt. Der zum Ausdruck bringt, dass Mae ihn geliebt hat, ihn immer noch liebt, trotz, vielleicht wegen seines Alters, wegen, vielleicht trotz ihres Neffen, unabhängig von ihrer Schwester, ihrem Vorhaben, dem Plan, unbeeinflusst von Cousin Kali, dessen nächtlichem Besuch auf der Couch des Pausenraums einer Putzfeudelbrigade vor ungefähr zwölf Jahren in einer lauen Nacht. Der zu Bewusstsein bringt, dass er Mae geliebt hat, sich in sie verliebt hat wie schon seit Jahren, Jahrzehnten in keine Frau. Dass er sich angenommen und aufgehoben fühlt, immer noch, ja, eine Empfindung, die ihm verloren gegangen ist während der Jahre mit Sabrina, die nicht mehr Martina gewesen ist, ein Gefühl, an das er nicht die Spur einer Erinnerung hat, wie nie gewesen, nie empfunden. Wie niemals erlebt, Jörg Krippen, ein Kuss, der ihm zeigt, und er fürchtet: zum wohl letzten Mal, was denkbar ist, spürbar zwischen einer Frau und ihm, die er nach wie vor liebt, deren Körper, unfassbar jung, aber was hilft das?, als Versprechen vor ihm steht. Bauch, Beine, Brüste, die Warzen, deren Höfe ihn auf eine Weise, die er zu gern leugnen würde, an Arundhati erinnern. Ein Kuss, der diesen Körper vergessen lässt, der dir zuflüstert: Jörg Krippen, ich werde für dich da sein, immer. Ein Kuss, der ihm sagen will: Denk nach, Jörg Krippen, geh in dich, horche in dich hinein, weißt du, wogegen du dich entscheidest? Ein Kuss, der ihm bedeutet: Bleib. Ich bin zeitig genug zurückgeflogen, weil ich geahnt habe, was geschieht. Um dich abzufangen, zu empfangen, mit diesem Kuss, von dessen Existenz, mein Lieber, von dessen Größe und Traurigkeit, von dessen Geduld und Vergeblichkeit, von dessen Schönheit, Jörg Krippen, mein Liebster, gesättigt mit den Erinnerungen an unsere Nächte in Devons Road, Tower Hamlets, im Holzhaus in Kingston, von dessen Verlangen, mein Schöner, von dessen Gier, meine Liebe, diese Mrs. Munro keine Ahnung hat.

Die Flugzeuge starten und landen. Die Menschen strömen an ihnen vorbei. Sie lösen sich voneinander.

Sie treten einen Schritt zurück. Sie halten Abstand, berühren sich nicht, werden einander zum Abschied nicht noch einmal umarmen.

Mae sagt, und in ihrer Stimme das Beben der Erwartung, als sie ihm am Dean-Rees-House zum ersten Mal begegnet ist, die Erinnerung an die Wochen mit ihm, die Enttäuschung, weil sie weiß, dass vergeblich ist, was sie erhofft hat, sie sagt: »Du weißt nicht, was du willst. Du bist ein Weißer.«

50 – Hellersdorf

Er wird eine Station vorher aus dem Bus steigen und hoffen, dass sein Sohn das Training an diesem Tag nicht schwänzt. Er wird seinen Rucksack, der, befreit vom Ballast der Bücher, die in der Devons Road geblieben sind und bald nach Staub riechen werden, angenehm leicht geworden ist, auf der Holzbank abstellen, auf der bei den Heimspielen die gegnerischen Trainer Platz nehmen.

Er wird sich fragen: War da was in Dresden? Was ist da gewesen? Und er wird die Frage auf dem Weg zum Fußballplatz seines Sohns vergessen.

Er wird seinem Sohn, der ihn noch nicht bemerkt haben wird, beim Training zuschauen, ohne auf sich aufmerksam zu machen. Er wird warten, bis ihn einer der anderen Jungen oder Big Jonni entdeckt.

Sein Sohn wird angesprochen werden, zusammenzucken, zögern, zu ihm herübergucken, zaudern, sich des Nickens des Co-Trainers versichern, er wird sich auf den Weg über den Kunstrasenplatz machen, dessen grüne Plastikfasern in den Socken und Stutzen hängen bleiben und sich schwer auswaschen lassen.

Sein Sohn wird nicht winken, nicht lächeln, weil er sich vor den anderen Jungen keine Blöße geben will.

Er wird sich jedoch beherrschen müssen, um zu schlendern, nicht zu rennen, um, pendelnder Kopf, hängende Schulter, zu trotten, mit dennoch erwartungsfrohem Gesicht.

Jörg Krippen wird seinem Sohn die gewünschte Haarbürste mit dem Emblem der Strukturformel des Wasserstoffperoxid mitgebracht haben. Sein Sohn wird sich kurz kämmen, »danke, Papa«, während die Bürste blinkt.

Leon, der linke Unterarm nach wie vor bandagiert, das Handgelenk stabilisiert durch eine Ledermanschette, winkt weder, noch lächelt er.

Widerstrebend, so hat es den Anschein, aber nur für jemanden, der Leon nicht kennt, quert er den Kunstrasen und bewegt sich, betont langsam, Blick und Kopf gesenkt, auf seinen Vater bei der Holzbank am Rand des Spielfelds zu.

Der Vater hat während der Busfahrt zum Trainingsplatz zwei Heftchen aus dem Rucksack gekramt, Andenken in englischer Sprache, um darin zu stöbern.

Sowohl in der fremdsprachigen Formelsammlung als auch in der Broschüre, streng genommen bloß ein Faltblatt mit dem periodischen System, Teil einer Jubiläumsausgabe der British Library, auf deren Hof Isaac Newton über die Studierenden wacht, sind kaum Worte, geschweige denn Sätze zu finden – kein Unterschied zu den Formeln, den chemischen Elementen, die er beim Vergleich in den abgegriffenen, vielfach geklebten Papieren aus dem hellblauen Kinderrucksack seines Sohnes findet.

Daß das Edle im Menschen, erworben in Jahrhunderte langen Prüfungen und Irrtümern, darauf beruhe, die Materie zu beherrschen. Daß über die Materie zu siegen, sie begreifen bedeute … Und daß somit das periodische System – Poesie sei.

Er bückt sich unter der Absperrung hindurch, öffnet, während er ein paar Schritte über den Kunstrasen auf Leon zuläuft, die Arme. Er spürt, weil der Oberkörper des Jungen ihm nachgiebig, nicht störrisch oder verkrampft entgegenkommt, dass sein Sohn, obwohl er es vor den Mannschaftskameraden, die ihm keine Beachtung schenken, nicht zeigen möchte, die Umarmung gern erwidert. Sie lösen sich voneinander, sie zögern, schlagen die Handflächen kurz ineinander, *give me five,* sie lächeln.

»In die Billigpizza? Und danach Eis?«

Jörg Krippen mustert den Sohn, sieht den Flaum auf der Oberlippe, der ihm in London so deutlich nicht aufgefallen ist.

»Ja.« Leon nickt. »Rumpsteak-Pommes. Aber zuerst muss ich duschen.«

Auf seinem nun weichen Gesicht entsteht ein noch unsicheres Lächeln.

»Und drei Kugeln. Schlumpf, Erdbeer, Zitrone. Und Schoko, besser vier.«

»Und sonst so?«

»Geh nach dem Sommer auf die Oberstufe.«

Wow, will Krippen sagen, Wahnsinn. Aber er beherrscht sich. Weiß, dass Begeisterung, im Überschwang geäußert, fehl am Platz wäre. Dass weder »cool« noch »bonfortionös« bei seinem Sohn verfinge.

Leon geht ein paar Schritte rückwärts, den Blick fest auf den Vater geheftet, als könne der, kaum aus den Augen gelassen, wieder verschwunden sein. Er grinst, zweifelnd, ungeschickt, hebt die Hand, ein Winken, wendet sich, fast scheint es unwillig, ab, bevor er den Mitspielern seiner Mannschaft nachläuft, die ein Spiel gegen eine B-Jugend aus dem Umland, ein Freundschaftsspiel siegreich bestritten hat. Folgt ihnen ohne größere Eile, um sie dennoch vor den Kabinen, die jüngst renoviert worden sind, einzuholen und sich von den anderen Jungen befragen zu lassen.

Dein Alter? Trainiert er uns wieder? Ja. War in London, ist zurück.

Während Big Jonni zu ihm herüberschlendert, auf seinem Gesicht die übliche Frage: Und, was geht?, die Daumen umschließen sich beim Gruß, die Hände verschränken sich ineinander, die Art zu grüßen, die sich Sportler für derlei Gelegenheiten vorbehalten, schon während Jonni Krippens Gratulation betont beiläufig entgegennimmt: »Habt ihr schön ausgehebelt, die Bauern aus der Lausitz«, und während sie die letzten Schritte aufeinander zumachen, um sich, »gut, dass du wieder da bist«, nach dem Gruß zu umarmen, sieht Krippen den Mann auf sich zuschlendern, den Vater des jüngsten gegnerischen Spielers, erkennbar jünger als seine Mannschaftskameraden, der, das hat Krippen kurz vorm Abpfiff aufgeschnappt, auf den einprägsamen Vornamen Adolf hört. Kein Schäferhund – ein Junge. Ein begnadeter Mittelstürmer, den der Trainer der Mannschaft aus dem südöstlichen Brandenburg, Braunkohlerevier, »Adi« ruft, »Adi, mach noch einen rein«. Ein Spieler, der Talent hat, der Klassen besser als seine Kameraden spielt, der das Geschehen während des Spiels zu lesen weiß, vergeudet an einen Verein, dessen übrige B-Jugend unterirdisch agiert. Er sieht den Mann sich nähern, sieht ihn ohne Zögern herantreten, um dem Trainergespann sein Anliegen vorzutragen, den Teamleitern der C-Jugend des BSV Eintracht Mahlsdorf.

Jonni zieht die Brauen hoch, wispert: »Regel du das«, und verschwindet – »ich muss den Jungs noch ein paar Takte vorsingen« – in Richtung der Kabinen. Deren frischer Anstrich zu Krippen herüberleuchtet und deren kaum geschrägte Krüppelwalmdächer, die erst zehn Tage zuvor gedeckt worden sind, im letzten Licht glänzen wie nach einem Regen.

»Tach«, sagt der Mann, »ich …«

Krippen schneidet ihm mit einer Geste das Wort ab.

»Sie werden in diesem Verein, dessen bin ich mir sicher, nicht glücklich werden. Und ich fürchte, ihr Junge auch nicht.«

Er mustert den Mann. Der Mann mustert ihn.

Unvermittelt steht Sabrina neben ihnen. Hebelt mit dem rechten Eckzahn den Kronkorken von einer Bierflasche, deren dunkelgrünes Glas die späte Sonne spiegelt.

Grinst. »Prost!« Hebt die Flasche. »Siegerbier.« Fixiert den Mann und lässt ihn nicht mehr aus den Augen.

Und der Mann, dessen akkurat weißes Thor-Steinar-T-Shirt einen schönen Kontrast zum vor der Brust offenen Pitbull-Hoody bildet, beides kommt in dem hinter den Einfamilienhäusern von Mahlsdorf sinkenden Sonnenball gut zur Geltung, dreht sich ohne ein Wort um und läuft mit seinem Sohn, der in einigem Abstand gewartet hat und dem er einen Arm um die Schulter legt, aufreizend langsam über den Sportplatz davon.

Er verlässt die Anlage durch das angelehnte Tor, das mit einem Klappen ins Schloss schlägt, als Adolf die Klinke loslässt, und Krippen hat den Eindruck, er habe am Hals des Manns, vom Thor-Steinar-T-Shirt mit aufgestelltem Kragen nur notdürftig verdeckt, eine gezackte Narbe gesehen, die mit zahlreichen Stichen genäht worden sein muss.

Du siehst Gespenster, denkt er.

Sabrina kippt die Flasche, aus der sie kaum zwei Schluck genommen hat, und lässt das Bier in eine Gullyöffnung laufen. Der letzte Schaum verschwindet in der Kanalisation.

»Es fängt wieder an«, sagt sie.

»Es fängt wieder an«, sagt er.

Und als der Mann, dessen Sohn schon ins Auto gestiegen ist, sich, bevor er die Fahrertür öffnet, noch einmal auf dem Parkplatz vorm Sportgelände umdreht und zu Sabrina und Krippen, die seinem Blick begegnen, auffällig lange herüberschaut, rutscht Sabrinas rechte Hand in die stark ausgebeulte Tasche der rissigen Lederjacke, die sie zu ihrer Jogginghose trägt.

Für einen Moment meint Krippen, den Griff der Pistole, der Waffe ihres Vaters, unter einem zusammengeknüllten Halstuch, dessen Enden aus der Jackentasche hängen, im diffusen Licht des frühen Abends aufblitzen zu sehen.

Erschrocken sieht er sie an.

Während sie seinen Blick trotzig erwidert, malt sich von ihren Mundwinkeln her ein Grinsen auf ihre vom Wind geröteten Wangen. Erreicht die Augen, die Schläfen, die Stirn, lässt sie die linke Schulter kaum merklich heben, die Lippen sich öffnen, lachen. Lachen ohne Laut. Und als sie die Enden des Tuchs zurück in die Tasche stopft, ihre rechte Hand anschließend daraus hervorgleiten lässt, nickt Krippen, nickt mehrfach, und lacht ebenfalls. Ein heiseres, erleichtertes Lachen, das sie beide, Mahlsdorf, die Sportanlage, Berlin und Leon einschließt.

Er erinnert sich an den Tag nach dem Überfall in der Umsetzwohnung, bevor sie aus Schöneweide weg sind. Erst bei Freunden unterkamen, und wieder anderen Freunden, »mal sehen, was die Bullen noch so von uns wollen«. Und als er sie gefragt hat, wie sie an die Waffe gekommen sei, und wie sie geantwortet hat: »Mein Vater, der hat sich nicht erschossen. Hätte der nie hinbekommen. Dem ist ein Aneurysma an der Aorta gerissen. War tot innert Minuten. Konnte nix machen, aber ich wusste, wo er die Knarre versteckt.«

Sabrina hebt die geöffneten Hände, als wolle sie sich einer Übermacht ergeben. Lässt sie sinken, sagt: »Geht ihr mal essen wie geplant. Hat Leo mir gesteckt, is' ja Begrüßung.« Ein wenig matt fügt sie hinzu: »Ich warte dann ausnahmsweise zu Hause mal auf euch. Vielleicht mit einem Nachtisch, muss mal sehn.«

Während sie sich schon wegdrehen will, verhält sie plötzlich in der Bewegung, als habe ihr jemand etwas zugerufen. Sie wendet sich Krippen zu, fährt mit der Hand in die Tasche, in der er das Blinken der Waffe bemerkt zu haben meint, zieht keine Pistole daraus hervor, sondern einen Umschlag mit Sichtfenster, DIN-A5, gefaltet, in dem sich Geldscheine befinden. Mehrere Hundert-Euro-Noten, die sie Jörg Krippen wortlos übergibt.

»Für's fast leere Konto. Die haben mich befördert. 'Ne Art Provision.«

»Was heißt befördert?«

»Leiterin im Lager. Der bisherige Arschloch-Chef hatte 'n Herzinfarkt.«

»Und jetzt?«

»Na ja, jetze bin ich der Chef. Aber nich' das Arschloch.«

»Ah. Dann könntest du mich einstellen?«

»Dann könnte ich dich einstellen, genau.«

Sie feixt. Dann deutet sie auf den Umschlag mit dem Sichtfenster, murmelt: »Für die Pizza. Oder das Steak oder so.«

Schüttelt den Kopf, dreht sich um und läuft, beschwingt, so kommt es Krippen vor, über den Platz, am Kabinentrakt vorbei, zieht ihre Lederjacke aus, wirft sie sich über die Schulter, läuft weiter, er weiß es, zur Bushaltestelle, um raus aus der beinahe pittoresken Einfamilienhaus-Siedlung nach Hellersdorf zu fahren, zur Maxie-Wander-Straße, mitten hinein in die Platte, wo der Osten noch hundert Jahre Ostzone bleiben wird.

»Wird das wieder was mit euch?«

Big Jonni, der nach seiner Ansprache in der Kabine eben zurückgekommen ist, sich jedoch dezent im Hintergrund gehalten hat, sieht Sabrina, die trotz des schlabberigen Sweat-Shirts und der Jogginghose wirkt, als habe soeben sie das Fußballspiel absolviert und ihre Mannschaft mit einem Hattrick zum überlegnen Sieg geschossen, angelegentlich nach.

Schließlich schaut er mich an.

Und ich, der ich ihn mit dem Handballen knapp an der Schulter berühre, zucke die Schultern, runzele die Stirn, schürze leicht die Lippen, schüttele den Kopf.

»Glaube ich nicht.«

Dann erkenne ich meinen Sohn, der, frisch geduscht, die Bürste zieht er noch zweimal durchs seitlich ausrasierte Haar, Arm und Gelenk ohne Stützverband oder Ledermanschette, über den verwaisten Platz – den der Abend mit einem Dunst belegt, aus den Mahlsdorfer Gärten steigt ein früher Nebel – federnd und froh auf mich zukommt.

»Wie viele Jahre sind vergangen?«, fragt die schöne Russin, die merklich älter geworden ist. Wie bei Frauen, die schlank wirken wollen und dünner, als es zu ihnen passt, wölbt sich der Bauch, drängt durchs weicher werdende Gewebe und zeichnet sich unter einem schwarzen, eng anliegenden Kleid, das sie über der Jeans trägt, erkennbar ab.

»Ungefähr elf?«

Während mich unwillkürlich die Erinnerung an Nächte in Montevideo einholt, ein Hotel mit Blick auf den Rio de la Plata, und ich die Bilder mit einem Kopfschütteln zu verscheuchen suche, ohne dass es mir gelingt, und während ich ahne, dass ich zu leise gesprochen habe, zu verhalten, um meiner selbst gewiss zu wirken, und während mein Sohn, der sich auf einer Anzeigetafel im Foyer des Flughafengebäudes über die Ankunftszeiten informiert hat und nun, als er angerannt kommt, sich uns nähert, zögernd innehält, weil er fürchtet, das Gespräch zwischen mir und der ihm unbekannten Person zu stören, weil er nicht einzuschätzen weiß, welche Bedeutung die Frau für mich hat, weil er rasch weiterlaufen möchte, zu Terminal C, obwohl noch eine halbe Stunde Zeit bis zum Eintreffen des Fliegers ist, und während ich ihn zu uns heranwinke, er der Geste aber nicht folgt, sondern mir bedeutet, er wolle schon vorgehen, mir zuruft, er kenne das Terminal, sei ja von dort aus nach London geflogen, frage ich abgelenkt: »Und, wo bist du jetzt?«

»Mal hier, mal da. Saarbrücken, Heilbronn. Jetzt am Maxim Gorki. Vielleicht hab ich nächste Spielzeit was am Deutschen Theater.« Die schöne Russin zuckt die Schultern. Lächelt, eine Spur gezwungen. »Letztlich überall. Und du?«

Nirgendwo, denke ich.

Sage aber nichts, sondern sehe ihr zu, wie sie ihre riesige Reisetasche von der einen auf die andere Schulter hievt und gleichzeitig am Griff ihres voluminösen Rollkoffers zerrt, der, da der Griff im Gehäuse klemmt, wie amputiert wirkt.

Ungeduldig winkt sie nach einem Taxi.

»War das dein Sohn? Der von damals?«

Ja, denke ich. Nicke. Hebe, ein wenig verlegen, die Achseln, während das Taxi neben ihr hält, der Fahrer, um ihr mit dem Gepäck zu helfen, beflissen aussteigt und um seinen betagten Opel Commodore herumläuft. Vokuhila, Wallrossbart. Dass es so was noch gibt, denke ich.

Und indem ich schon loslaufe, rufe ich ihr, den Kopf kurz wendend, derweil sich die automatische Tür zur Abfertigungshalle in ihrem Rücken schließt und öffnet, schließt und öffnet, während das Wallross mit dem Vokuhila ihren Koffer und ihre Tasche verstaut, rufe ihr zu: »In Berlin«, und erkenne, noch gerade im Augenwinkel, wie sie mir halbherzig hinterherwinkt, bevor sie in den penibel gepflegten Opel Commodore mit den roten Lederpolstern steigt.

Dann folge ich meinem Sohn, der längst im Gebäude des Flughafens verschwunden ist und wohl den Verbindungsgang mit den Wellblechwänden, der zum Terminal C führt, hinunterrennen wird.

Als Leon nach der dritten Cola aus dem Automaten zum dritten Mal die Toilette aufsucht, »Papa, ich glaube, ich muss richtig« – »kein Stress, genügend Zeit«, setze ich mich auf einen Heizkörper, der trotz der zwanzig Grad in Berlin erstaunlich heiß ist, und lasse die letzten Wochen Revue passieren.

Sabrina – spricht manchmal mit mir, manchmal nicht. Schreit oft herum, ist hin und wieder ruhig. Lässt dann mit sich reden, gelegentlich bei einem Nachtisch.

Ich – ausgezogen.

Die Russin – eigenartig.

Big Jonni – hat eine Wohnung in Kaulsdorf gefunden. Acht U-Bahn-Stationen bis zu seiner Arbeit. Reist nicht mehr zu jedem Training erst aus Schöneberg an.

Kali – »Sie werden, Herr Dr. Krippen, wissen, was Sie tun. Ich betrachte unsere Verbindung als beendet.«

Simon – schreibt selten eine SMS. Verwahrt die Kartons mit den Büchern, dem Beginn der Habil, wenigen Kapiteln. Dort, in Lonis Zimmer stehen sie sicher.

Die Wohnung, die für anderthalb Jahre zu hüten ist. Weltreise, meinetwegen: keine Katzen, kaum Pflanzen, kaum Miete, drei und ein halbes Zimmer. Einmal im Monat die Putzfrau aus Polen. Die Eigentümer, frühere Genossen aus der Lottumstraße. Pärchen seit der Schulzeit, keine Kinder. »Du hast doch damals den Kopf hingehalten, komm erst mal an, Jörg. Und wenn wir von unserer Tour – he, man kann nicht alles tun, aber alles lassen, Mann! –, also, wenn wir zurück sind, dann sehen wir mal weiter, okay?«

Mae – acht Wochen kein Wort, nichts, keine Zeile. Unvermittelt ruft sie eines Abends an. Danach erneutes Schweigen.

Die Arbeitsagentur, das Jobcenter. Mit derlei Begriffen sollst du dich fortan herumschlagen. Weist dich einer Maßnahme zu. In der die Beteiligten, allesamt Geisteswissenschaftler, die meisten promoviert, Betätigung simulieren: pünktlich aufstehen, pünktlich erscheinen, Bewerbungen erstellen, Training von Bewerbungsgesprächen, Präsentation der eigenen Person, virtuelle Projekte entwickeln, planen, realisieren. »Stelln Sie sich doch einfach vor. Stelln Sie sich doch einfach mal vor. So ganz entspannt mal vor. Dass Sie …«

Ein weiterer Companero aus den vergangenen Zeiten, der inzwischen eine Arztpraxis für Drogensubstituenten im Wedding betreibt. »Methadon-Klitsche, Alter, aber der Rubel rollt.« Den du nach knapp zwanzig Jahren auf einer Party wiedertriffst – »ich schreib dir jeden

Schein, den du willst. Damit sie dir die scheiß Bezüge nicht noch mal streichen. Meld dich am Montag bei mir.«

Juan Ecua Ocomo aus Äquatorialguinea, seit seinem sechsten Lebensjahr in Berlin, gemeinsam mit seiner Tante. OSZ Wirtschaft, sein Ziel: das Fachabitur, um Volkswirtschaft an der Technischen Uni in der Uhlandstraße zu studieren. Hülfe gern beim Aufbau seines Landes. »Hier ist alles so fertig, so komplett. Aber da unten, Herr Krippen …« Hat beträchtliche Probleme in höherer Mathematik. Ist dir von Freunden vermittelt worden. »Du warst doch so ein Ass. Hast ewig Nachhilfe gegeben. Wir sind da so ein Freundeskreis, wir könn' das finanzieren, keine Sorge.«

Rubin, Indigo, Gymnasiastinnen aus Wannsee – »warst du nicht in Chemie in der Schule ganz gut?« Die alte Formelsammlung, das periodische System, dein Lachen, als du das Gespräch mit dem früheren Mitschüler – »bin bei Schering, jetzt Bayer, Kohle spielt keine Rolex, mein Junge, echt mal, aber mit mir wollen die einfach nich' lernen« – endlich beendet hattest.

Dein Set mit den Werkzeugen – noch an seinem Platz im rückwärtigen Schuppen der Kleingartenlaube deiner unterdessen alt gewordenen Mutter. Das fällt dir erst beim Anblick der nicht beschnittenen Bäume in ihrem Garten auf.

Das Kino in Neukölln – die Tür ist ausgewechselt worden. Die Schließanlage ebenfalls. Keine Alarmanlage, das weißt du, deine Fähigkeiten sind ein bisschen eingerostet, benötigst zwei, drei Anläufe, das wundert dich nicht. Dein Geschick, deine Umsicht, all das ist dir geblieben. Und als du die Gummibärchentüten auf dem Tresen zu einer Grußbotschaft arrangierst, um den Kassenraum, in der Kassette befinden sich vierzig Euro in Münzen, die du nicht anrührst, gleich darauf zu verlassen, weißt du um deine Möglichkeiten, auf die du zukünftig wirst zurückgreifen können.

Leon stößt die Klotür mit Schwung gegen den Stopper in der Abfertigungshalle und stürzt sich in meine Arme. Die Bürste aus London blinkt in seiner Gesäßtasche. Die Haare sind noch nass.

»Wer war'n diese Frau da, Papa?«

»Uralte Bekannte. Ewig nicht gesehen.«

»Ah ja.«

»Wie war eigentlich die Deutsch-Klausur?«

»Eigentlich beschissen. Könn' wir gehen?«

Bevor ich »Ja« sagen kann, ist er losgelaufen, drückt sich an die Absperrung, die die Reisenden von den Besuchern trennt, drängelt sich vor in die erste Reihe. Um einen Blick durch die Stahltür zu erhaschen, um möglichst früh zu erkennen, wann die Passagiere aus den gelandeten Flugzeugen mit ihrem Gepäck die Kontrolle passiert haben und die letzten Schritte in die Ankunftshalle treten. Terminal C, als Provisorium hässlich, in seiner Hässlichkeit angenehm ehrlich, unverstellt. Und weil der Flieger aus London zwanzig Minuten zu früh gelandet ist, dauert es nur einige Augenblicke, bis Raji, den Rucksack geschultert, unter dem Arm den Rugby mit den farbenfrohen Motiven des Haka der All Blacks, im ersten Strom derer, die bloß ihr Handgepäck mit sich führen, durch die Tür kommt, sich suchend umsieht, mich entdeckt. Ein Lächeln erhellt seine Augen, gleitet, ein lichter Schatten, über sein rundes Gesicht. Er läuft mir entgegen.

Und trifft zusammen mit Leon bei mir ein, der sich kurzerhand unter der Banderole, die die Wartenden zurückhalten soll, hindurchgeschlängelt hat. Und obwohl Raji sich, ich sehe es an seiner Bewegung, an mich hat drängen wollen – es ist, als habe sich der gedrungene Körper, beschwert mit dem unförmigen Rucksack, mir entgegengeöffnet – hält er in der Bewegung inne, zaudert, zögert, wendet sich Leon zu, der ebenfalls, ein wenig unsicher, verharrt, streckt ihm, eckige Geste, die rechte Hand hin, während der linke Arm den Rugby unter der Achsel eingeklemmt hält, als wolle er den Kampftanz der All Blacks verbergen.

Leon, verblüfft durch die steife Begrüßung, schüttelt die Hand und schweigt.

»Guten Tag.«

Rajis Stimme wird von den Geräuschen, vom Trubel der Ankunft fast verschluckt.

»Ich bin Raj. Und du bist …?«

»Das ist dein Bruder«, sage ich.

Leon pufft mich in die Seite, grinst, murmelt: »Ich heiß Leon. Weißt du ja schon. Und mein Vater, der ist manchmal … eben manchmal, na ja.«

Dann zieht er Raji den Rugby unterm Arm vor. Pfeift durch die Zähne. »Cool. Das sind …?«

»Die besten«, sagt Raji.

Und während ich ihm seinen Rucksack abnehme, drückt Leon mir den Ball in die Hand.

»Komm mit.«

Mit einer ausholenden Geste, als gehöre ihm die Cafeteria, die Halle, der Flughafen, Tegel, Berlin, bedeutet er Raji, ihm zu folgen.

»Mein Vater spendiert uns Sandwich und Cola.«

»Ich habe nur britische Pfund.«

In Rajis Gehirn kreisen die Rädchen und Rechenwerke, um den Wechselkurs auf vier Nachkommastellen genau zu bestimmen, derweil er aus seiner Hosentasche zwei zerfledderte Pfundnoten zottelt.

»Spendieren. Einladen. Er zahlt.«

Leon deutet auf mich, legt Raji einen Arm um die Schulter. Und der, das Geld verschwindet in seiner Jacke, lässt es wie selbstverständlich geschehen.

Und während sie sich in der Schlange vor dem Tresen einreihen, Leon verzichtet darauf, sich vorzudrängeln – wow, denke ich, wow –, und während sie darüber debattieren, welches Getränk, welches Sandwich auszuwählen die kommode Entscheidung sei, und während ich mich ärgere, das Wechselgeld aus der Kinokasse vor acht Tagen in Neukölln nicht mitgenommen zu haben, fällt mir eine Zeile des Songs ein, »musst du unbedingt hören, Papa«, den Leon mir auf dem Weg zum Flughafen in der U-Bahn vorgespielt hat.

»Wenn nicht mit Rap / dann mit der Pumpgun.« Hurra, die Welt geht unter. So lautet der Titel einer Gruppe namens K.I.Z.

Und während ich mich frage: Hat er nur den Rucksack aus London mitgebracht und seinen Haka-Rugby?, gehe ich mit Rucksack und Rugby ein paar Meter der wachsenden Menge der Ankommenden entgegen, ohne mich, allem Schimpfen zum Trotz, aufhalten zu lassen. Bis ich durch die Doppeltür aus Stahl linsen kann und einen leidlichen Blick auf die Zoll- und vor allem die Passkontrolle habe.

Dort, weiter hinten in der Halle, wo die Bundespolizei Reisende herauswinkt, um ihren Ausweis zu kontrollieren, das Visum für die Einreise zu überprüfen, Verdächtige zu bitten, ihr Gepäck zu öffnen, meine ich einen Moment, Mae zu erkennen, wie sie, während sie auf die Rückgabe ihres Koffers wartet, zu mir herübersieht.

Kein Nicken, keine Geste.

Im nüchternen Kunstlicht, das vom Metall der Wandverkleidung reflektiert und im Widerspiegel verzerrt wird, bin ich mir im nächsten Augenblick sicher, mich geirrt zu haben. Nur die übliche Überprüfung einer Frau mit dunklerer Hautfarbe. Stigma, das bei Bundespolizisten den gewohnten Reflex auslöst.

Schon treibe ich im Strom der Urlauber, der Geschäftsleute, der Berlinbesucher zurück in die Ankunftshalle, als sich die beiden Sheriffs mit einem herablassend wirkenden Winken von der Frau abwenden. Ihr so zu verstehen geben, sie dürfe den Koffer wieder schließen, ihr die Papiere aushändigen, sich unter den Nachzüglern umschauen, ob nicht jemand darunter sei, der das Schema für einen Zugriff erfüllt.

Die junge Frau verstaut ihre Ausweispapiere, lässt die Schlösser am Deckel in die Verriegelung klicken, und als sie den Koffer anhebt, sich *umdreht, drei Schritte auf den Ausgang zuläuft, zwei weitere, den Koffer absetzt, um ihn, trotz defekter Rollen, hinter sich herzuzerren, wird gewiss, womit ich nie gerechnet hätte, was nicht zu erwarten war.*

Da steht sie einige Meter entfernt im Rahmen der Brandschutztür.

Sie hebt die Hand, zuckt die Schultern, als wolle sie mir bedeuten: Bin da, hast du gedacht, ich lass ihn allein nach …? Und in ihren Augen ist ein Ausdruck, der mir sagt: Was guckst du so verwundert? London-Berlin, das sind zwei Stunden. Und morgen, mein Lieber, fahren wir zuerst zur Roten Insel. Und anschließend nach Frohnau.

Mein besonderer Dank gilt Astrid Köhler und Thomas Wild, ohne die der Roman nicht hätte geschrieben werden können, sowie sowohl der Stadt Dresden, die die Arbeit am Manuskript großzügig unterstützt hat, als auch dem Deutschen Literaturfonds, durch dessen Förderung es mir ermöglicht worden ist, längere Zeit in London zu sein.

130386916 €22,-